KB112656

요단강 건너가 만나리

요단강 건너가 만나리

발행일   2021년 6월 14일

지은이   오승재
펴낸이   손형국
펴낸곳   (주)북랩
편집인   선일영   **편집**   정두철, 윤성아, 배진용, 김현아, 박준
디자인   이현수, 한수희, 김윤주, 허지혜   **제작**   박기성, 황동현, 구성우, 권태련
마케팅   김회란, 박진관
출판등록   2004. 12. 1(제2012-000051호)
주소   서울특별시 금천구 가산디지털 1로 168, 우림라이온스밸리 B동 B113~114호, C동 B101호
홈페이지   www.book.co.kr
전화번호   (02)2026-5777   **팩스**   (02)2026-5747

ISBN   979-11-6539-828-6 04810 (종이책)   979-11-6539-829-3 05810 (전자책)
             979-11-6539-802-6 04810 (세트)

잘못된 책은 구입한 곳에서 교환해드립니다.
이 책은 저작권법에 따라 보호받는 저작물이므로 무단 전재와 복제를 금합니다.

(주)북랩 성공출판의 파트너
북랩 홈페이지와 패밀리 사이트에서 다양한 출판 솔루션을 만나 보세요!
홈페이지 book.co.kr   •   **블로그** blog.naver.com/essaybook   •   **출판문의** book@book.co.kr

작가 연락처 문의 ▶ ask.book.co.kr
작가 연락처는 개인정보이므로 북랩에서 알려드릴 수 없습니다.

오승재 문집 **3** 단편

요단강 건너가 만나리

토기장이가 빚은 질그릇

북랩 book Lab

/ 일러두기 /

• 이 '요단강 건너가 만나리'는 2019년 단행본으로 출판한 것과는 몇 제목을 빼고는 내용이 다름을 알려 둔다.
• 오늘날 맞춤법과 띄어쓰기, 외래어 표기 등 규정에 어긋나는 것은 바로잡았다.
• 제2의 토기장이가 질그릇이 마땅치 않으면 과감하게 부수고 토기장이의 의견에 좋은 대로 버리거나 다시 빚었다.

머리말

살다 보니 어언 90을 바라보는 나이가 되었습니다. 낙엽 질 때가 되면 인간은 누구나 이 세상을 떠날 날을 생각하며 나는 어떻게 살았는가? 하고 뒤돌아보게 됩니다. 하나님께서 나를 창조하시고 나에게 술도 재어순 ┼역이 있었을 텐데 나는 그것을 '수학을 가르치며 글을 쓰고 살아라.'라는 것이었다고 믿습니다. 하지만, 이 세상과 제 삶을 회계(會計)하고 떠날 때 너무 하찮은 삶을 살지 않았나 하고 부끄럽습니다. 죽을 때 호랑이는 가죽을 남기고 사람은 이름을 남긴다는데 저는 이름을 남길 만한 업적이 없습니다. 그러나 업적을 남긴다는 생각 자체가 제가 하늘 높이 높아지겠다는 교만입니다. 저는 하나님이 진흙 한 덩이로 빚은 하나의 질그릇에 불과합니다. 천하게 쓰일 그릇으로 빚어졌다 할지라도 그분의 뜻을 따라 얼마나 성실하게 순종하며 살았느냐가 제가 세상과 회계하고 떠날 몫이라고 생각합니다.

저는 바위틈이나 돌담 밑에 자기 생명력을 다해 피어 있는 제비꽃을 봅니다. 하나님이 만드시고 보시기에 아름답다고 칭찬한 야생화 중 하나입니다. 이 꽃의 다른 이름은 일야초(一夜草)라고 합니다. 발로 뭉개고 지나가면 그만인 꽃이지만 일본의 옛 시인 야마베노 아키히토(山部赤人)는 봄 들에 나와 제비꽃을 보고 너무 귀엽고 예뻐서 하룻밤을 새워 가며 바라보았다고 합니다. 그래서 제비꽃의 다른 이름은 일야초(一夜草)이고 이 제목으로 아키히토가 쓴 짧은 시, 와카(和歌)는 일본 나라(奈良)시대에 만든 망요슈(萬葉集)에 실려 있습니다.

저는 일야초 이야기에 힘입어 평생에 쓴 몇 편 안 되는 글을 모두 묶어 『토기장이가 빚은 질그릇』이라는 이름 아래 5권으로 묶어 출판하기로 하였습니다. 각 책을 차별화하기 위해 책등에 그 책에 알맞은 부제를 써넣었습니다.

하나님을 믿는다는 사람들과 섞여 살면서 갈등하고 때로 하나님을 원망했으나 이것은 제가 높아져서 세상을 내 뜻대로 재단(裁斷)하고 싶은 오만 때문이었습니다. 지금은 더 내려갈 수 없는 나락으로 떨어져 나를 살피다가 제 소명은 제가 펼치려고 제 뜻대로 내세울 수 있는 게 아님을 깨달았습니다. 비와 눈이 하늘로부터 내려서 그리로 돌아가지 아니하고 땅을 적셔서 소출을 내게 하는 게 하나님의 섭리입니다. 저도 주님 따라 순리대로 살 것입니다. 토기장이가 빚은 질그릇은 문집의 제목이라기보다 제 존재의식이자 신앙고백이라 말할 수 있습니다. 이 책의 출판을 흔쾌히 허락하신 출판사 사장님께 감사를 드립니다. 또한 디자인으로 도와준 오근재 화백, 그리고 북랩 편집팀 여러분의 수고에 감사합니다.

2021년

계룡산록(鷄龍山麓)에서

오승재

토기장이가 빚은 질그릇
3. 단편 - 요단강 건너가 만나리

/ 전체 차례 /

질그릇 5. 콩트

삶

토기장이가
빚은
질그릇 3

요단강 건너가 만나리
단편(2009 ~ 2020)

교회를 찾은 여인

:

4월 중순이 되자 봄기운이 완연해졌다. 몇 번의 꽃샘추위도 지나갔다. 바람은 볼을 쓰다듬는 것처럼 부드러웠다. 교회 화단 가의 돌 사이로 둘러 심어 놓은 철쭉이 활짝 피고 가지 끝마다 다발 지어 핀 라일락에서도 짙은 향기가 풍겨오고 있었다. 메마른 나무에서 새로운 생명이 꿈틀거리는 것이 손에 만져지는 것 같았다. 봄기운에 취하기도 했지만 봄에는 늘 나른함을 이기지 못한 배 집사는 교회에 들어서자 그때야 깨어있지 못한 자기의 삶을 후회했다. 오늘도 불신자를 한 사람쯤 데려와야 했는데 그리하지 못하고 빈손으로 교회에 나온 것이다. 너무 바빠서 정신이 없었다. 또 열심을 내도 자기에게는 따라나서겠다는 새 신자가 한 사람도 없는 것이 안타까웠다. 얼마 전 전도 집회에서 400명도 더 전도했다는 전도왕의 간증을 생각해본다면 손에 꼽을 정도도 전도하지 못한 자기는 한심스러울 뿐이었다. 이때 그녀의 눈에 들어온 것은 교회에서 보지 못했던 한 여인이 고갯길 곁에 있는 교회 문을 통해 화단 앞까지 걸어오고 있는 모습이었다.

"안녕하세요. 반갑습니다. 우리 교회 처음이시지요?"

그녀는 고개를 끄덕였다. 배 집사는 정말 반가워서 그녀를 예배당의 새 가족 좌석으로 배정된 제일 뒷좌석에 앉히며 물었다.

"누구 소개로 오셨나요? 혼자 오셨어요? 이 근처로 이사 오셨나요?"

거침없이 묻는 말에 그녀는 앞만 쳐다본 채 말했다.

"누구 소개를 받아야 올 수 있나요?"

"아니에요. 잘 오셨어요."

그러면서 신입 교인 등록 양식을 가져와서 내밀었다. 신입회원 일대일 양육을 맡은 그녀는 으레 하는 일이었다.

"어려우시겠지만 이것 좀 적어 주실래요?"

그녀는 용지의 위아래를 훑어보더니 흥미 없다는 듯 말했다.

"이런 것 쓰고 싶지 않은데요. 이것을 써야만 예배드릴 수 있나요?"

배 집사는 당황해서 용지를 거두어들이며 걱정하지 말고 앉아서 예배를 드리라고 말했다. 스스로 교회로 나왔다는 것은 얼마나 기특한 일인가? 그녀는 손에 아무것도 들고 있지 않았다. 어쩌면 교회를 지나가다가 들린 것 같은 인상이었다. 그래서 성경과 찬송가 책을 갖다 주었다. 그녀는 책을 받았지만, 그것을 열어보지 않고 초점을 잃은 눈으로 앞만 주시하고 있었다. 분명 무슨 사연이 있는 것임이 틀림없었다. 예배 시간 내내 성경을 찾아 주었으나 읽지도 않았고 찬송을 찾아 주었으나 부르지도 않았다. 그저 우두커니 앉아있을 뿐이었다. 예배가 끝나자 그녀는 성경을 돌려주었다.

"이것은 선물이에요. 가지셔도 됩니다."

그러나 그녀는 애써 돌려주었다. 인제 그만 오겠다는 뜻인가? 아니다, 거저 받는다는 것은 부담스러울 수도 있다. 배 집사는 부정적인 생각을 지우며 교회에 처음 나오는 사람을 이해해야 한다고 애써 자기에게 타이르며 그녀에게 상냥하게 물었다.

"어떠세요. 우리 목사님 말씀 좋지요?"

"무슨 말씀이요?"

"성경 말씀 말입니다"

"안 들었는데요. 뭐라 하셨어요?"

"예수님 곁에 두 강도가 같이 십자가에 매달렸는데 한 강도는 회개하여 구원을 받았잖아요?"

"그것이 나와 무슨 상관이 있는데요?"

"흉악한 죄인까지도 회개하면 구원을 받는답니다."

그녀는 아무 말도 하지 않았다. 그러더니 갑자기 엉뚱한 질문을 하였다.

"참, 이 교회에서 결혼식도 할 수 있나요?"

그녀는 설교는 듣지 않고 잘 꾸며 놓은 설교단 앞에서 결혼식을 하는 한 쌍의 부부를 보고 있었다고 말했다. 자기 친구가 그 시간에 시내에서 결혼식을 한다는 것이었다.

"결혼식에 가지 않고 왜 이곳에 왔어요?"

"그럴 일이 있어요."

그녀는 말꼬리를 흐렸다. 여기까지 왔으니 점심을 먹고 가라고 붙들자 왜 점심을 주는지 또 물었다. 모든 교인이 식사하고 성경공부를 한 뒤 2시에는 다시 오후 예배를 드리고 집에 간다고 했더니 이상하다는 듯 고개를 갸우뚱하고 자기는 그냥 가겠다고 말했다. 배 집사는 새로 찾아온 한 영혼을 또 이렇게 잃어버리는 것 같아 안타까웠다. 처음으로 교회를 찾은 사람들은 마치 소문을 듣고 새로운 식당을 찾은 사람처럼 한 번쯤 들렀다가 '그저 그렇구먼.' 하는 표정으로 떠나서 다시는 찾지 않는 일이 많았다. 전도는 못 해도 찾아온 영혼을 예수와 접목을 시키지 못하는 것은 자기의 책임이라고 배 집사는 생각하고 있었다. 지난번에도 어떤 여인 한 사람이, 전도를 받고 교회에 왔었다. 이 사람은 오랫동안 임신이 되지 않는 사람이었다. 그런데 전도한 교인이 예수님은 죽은 사람도 살리시고 눈먼 자도 눈을 뜨게 한 분인데 무슨 일을 못 하겠느냐면서 교회에 나오면 어린애를 갖게 된다고 말해서 교회를 찾은 사람이었다. 배 집사는 새 가족 일대일 도우미로 새로운 가족이 교회에 오면 한 사람씩 맡아 신앙이 생기도록 도와주는 일을 하고 있었다. 이 자매를 맡은 배 집사는 자녀를 주시도록 열심히 기도하되 그것으로 하나님을 시험하는 일이 없도록 오래 인내하며 기도하라고 힘써 새 교인을 양육해 가고 있는데 어떤 여집사가 새 교인을 잘 안다는 듯 그녀에게 귓속말로

"요즘 인공수정을 한다고 들었는데 잘되어가요?"

이렇게 물어서 쫓아내 버린 일이 있었다. 먼저 그 영혼을 사랑하고 가까워진 뒤에는 그런 질문을 했어도 괜찮을 것이었다. 배 집사는 한 시답잖은 여집사 때문에 이 여인이 예수를 알기도 전에 교회에서 쫓겨난 것이 안타까웠다.

"전화번호든지 집 주소를 좀 알려 주세요. 같이 이야기를 하고 싶습니다. 난 꼭 동생을 만난 것 같아요. 동생이 여기 없거든요."

그녀는 돌아보며 피식 웃었다.

"다시는 안 올 것 같아 그런 거지요? 다음 일요일에 또 올게요."

다음 주일이었다. 이번에는 그녀가 착해 보이고 상냥한 한 젊은 남

자와 함께 나왔다. 배 집사는 너무 기뻤다. 한 사람도 아니고 스스로 새끼를 쳐서 두 사람이 나온 것이었다. 배 집사는 이번에도 새 가족등록 용지를 가져갔다.

"우리가 한 가족처럼 잘 사귀고 싶어 그럽니다. 이 양식에 좀 기록해 줄 수는 없나요?"

그들은 서로 쳐다보았다. 그러더니 남자가 받아들고 순순히 기록해 주었다. 그리고 이번에는 식사까지도 사양하지 않았다.

"참 식당의 전망이 좋군요."라고 그녀는 말했다.

이 교회는 과수원이 있었던 작은 산 위에 세워졌으며 식당은 교육관의 맨 위층에 있어서 시내가 한눈에 내려다보이는 전망이 아름다운 교회였다.

"그렇지요? 여기서 식사를 할 때마다 기분이 좋답니다."

"이 교회에서 결혼식을 하면 이 식당에서 피로연도 할 수 있겠네요?"

"그럼요. 모든 교인이 자기 일처럼 나서서 음식을 장만하고 대접한답니다. 왜 여기서 결혼하고 싶으세요?"

그녀는 피식 웃고 아무 말도 하지 않았다. 배 집사는 그녀의 말을 듣고 정말, 이 교회가 지역사회에 문을 열고 누구에게나 결혼식을 할 수 있도록 해 주면 얼마나 좋을까 하고 생각했다. 처음으로 교회를 나오는 사람은 오래도록 교회를 나온 사람들보다 더 신선한 것을 본다. 하나님께서는 사람이 독처하는 것이 좋지 않아 그를 돕는 여자를 만드시고 남자가 그 부모를 떠나 그 아내와 연합하여 둘이 한 몸을 이루라고 말씀하셨기 때문에 교회는 결혼하는 남녀의 혼례를 해 주는 것은 마땅하다. 갑자기 신선한 비전이 눈앞에 전개되는 것 같음을 배집사는 느꼈다. 그래 교회에서 불신자들을 위해 그들이 원한다면 결혼식을 해 주는 거다. 세례를 받은 부부만 결혼예식을 해 주라는 말은 없지 않은가? 또 있다면 이것은 사람이 만든 법이지 하나님이 원하시는 것은 아닐 것이다. 부부가 엄숙한 결혼의 서약을 하려면 법관 앞에서 하든지 하나님 앞에서 하는 것이 옳다. 권한이 없는 주례자가 서약을 받고 성혼 선포를 하는 것은 웃기는 일이다. 더구나 30분 사이에 결혼을 해치우고 사진 찍고 헤어진다면 결혼만큼 쉽게 이혼도 할 수 있다는 뜻이 되지 않은가? 우리 교회가 불신자들에게 결혼식장을 제공하는 첫 번째 교회가 되었으면 좋겠다. 당회에 건의하고 목사님께 건의하자. 이것이 하나님의 사랑을 선포하는 교회가 사회에 할 수 있는 일이 아닐까?

그녀는 목사님을 만나기 전에 한 장로님을 만나 상의를 하였다. 그러나 매우 부정적이었다. 누구에게나 무료로 결혼식장을 내주면 시내예식장들의 반발이 이만저만이 아닐 것이라는 이야기였다. 그뿐 아니라 불신자가 들어오면 담배꽁초 등 교회가 불결해지고 성스러운 교회의 인상이 깨진다는 것이었다.

"예수님께서는 잔치를 할 때는 부유한 이웃을 청하지 말고 가난한 자들을 청하라고 하시지 않았나요? 담배꽁초를 버리면 우리가 청소하면 되지요."

"말도 안 되는 소리 하지도 마세요. 교회에서 그것을 어떻게 감당합니까?"

교회는 누구에게나 문을 열어야 한다. 무엇이 교회를 더럽게 하는가? 사람인가? 담배꽁초인가? 예배당에서는 아무도 흡연할 수 없다는 것을 삼척동자도 알고 있다. 혹 모르고 흡연하는 사람이 있다고 하자. 그때는 가볍게 주의를 시키면 된다. 그렇게 해서 사회 사람이 교회를 조금씩 더 알게 되지 않겠는가? 불신자에게 교회문화가 어떤 것인가 하는 걸 보여주려면 혼례식을 해 주는 것보다 더 나은 것은 없다. 교인들은 결혼하는 사람들을 축하해 주며 모두 협력해서 피로연을 도와준다. 그보다 더 나은 전도가 어디 있는가? 웨딩드레스도 몇 벌 준비해 놓았다가 빌려준다. 사진은 실비로 찍어 준다. 이런 봉사야말로 보람 있는 봉사가 아닐까? 배 집사는 길에서 '우리 교회 나오세요.'라는 말은 못 해도 이런 일을 도와 달라고 하면 얼마든지 돕겠다는 생각이 드는 것이었다. 그러나 이런 생각은 자기 혼자의 생각이었을 뿐 교회의 담은 너무 높은 것 같았다.

식사 후 커피를 마시며 대화를 나누고 가라고 권했지만, 그들은 굳이 사양하고 집으로 갔다.

"같이 온 분은 애인이세요?"

하고 귓속말로 묻자 그녀는 웃으며 그저 친구라고 대답했다.

다음 주일에는 두 사람 다 나오지 않았다. 배 집사는 자기의 잘못을 뉘우쳤다. 토요일이라도 확인 전화를 하고 데리러 갔어야 할 것이었다. 다행히 전화번호가 있어 교회가 끝난 뒤 그녀에게 전화를 걸려다가 멈추었다. 그녀는 어쩐지 접근하기가 껄끄러웠다. 그보다는 착해 보이는 남자 쪽이 좋을 것 같았다. 그녀는 남자 쪽 핸드폰으로 전화를 걸었다.

"박기수입니다. 누구십니까?"

그 목소리가 상냥해서 곧 친근해질 것 같았다. 교회에서 만났던 배 집사라고 말하며 좀 시간을 내서 만나 줄 수 없느냐고 물었다.

"왜 그러는데요?"

"교회 나오라고 강요하기 위해서가 아닙니다. 다만 같이 나오셨던 여자분이 좀 걱정이 있는 것 같아 도와주고 싶은데 접근하기가 힘 드네요."

그는 그럴 거라고 말하며 웃었다. 자기도 그렇다는 것이었다.

"좀 만나서 도울 수 있는 길을 가르쳐 주세요."

그는 내키지 않은 듯했으나 어디가 좋겠냐고 물었다. 커피만 전문으로 파는 곳이 있는데 어떠냐고 물었더니 시간을 약속해 주었다.

박기수라는 청년은 제시간에 나와 기다리고 있었다.

"바쁘시지 않으세요?"

"아니요, 오늘은 괜찮습니다."

그들은 커피를 주문했다. 그가 말했다.

"저는 이런 커피집이 있는 것도 몰랐습니다. 또 커피 종류가 이렇게 많은 것도 몰랐습니다."

"괜찮지요? 분위기도 있고. 한 번 그 여자분과도 함께 와 보세요."

"그래야 하겠는데요. 그런데 워낙 까다로워서."

"아주 잘 어울리시던데. 그 여자분과는 어떤 사이세요?"

"그냥 친굽니다. 말 잘 들어주는 친구."

"제 말도 잘 들어주는 친구가 되어 주지 않으실래요?"

"아주머니는 말동무가 되는 남편이 계시잖아요?"

"저도 혼자 산답니다. 지금 제 남편은 예수님이세요."

"그래 눈에 보이지 않는 예수님과 산다는 말입니까?"

그는 구김새 없이 웃었다. 얼마 동안 앉아있으면서 배 집사는 까다롭다는 여인 혜진에 관한 이야기를 들을 수 있었다. 그녀는 대학에서 정보통신학을 전공하고 모 통신회사에 취직해 있었다. 대학 재학 시에 같이 사귀던 동료는 군대에 갔다 와서 대학을 삼 년 뒤 졸업했는데 직장이 없었다. 그래서 그녀의 주선으로 같은 회사에 입사하게 되었다. 그녀는 그보다 더 기쁜 일이 없었다. 점심을 싸 오기도 하고 나가 먹기도 하고 영화도 보러 가고 주말에는 아름다운 경치도 찾고…. 이렇게 꿈같은 일 년이 지났다. 그러나 결혼 때가 되자 둘 중 하나는 퇴사를 할 수밖에 없었다. 그래서 그녀가 퇴사했다. 그런데 문제는 그때부터였다. 그 남자에게 다른 여자가 생긴 것이었다. 드디어는 결혼을 할 수 없다는 통고를 해왔다. 그 이유는 간단했다. 다른 여자가 좋아졌다는 것이었다. 좋아지는데 무슨 이유가 있느냐고 말했었다. 또 싫은 감정을 자기가 어떻게 통제할 수 있느냐고 말했었다. 머리로 그래서는 안 된다는 것을 알고 있지만 자기의 감정을 평생 억제할 수는 없다. 인간은 자기의 감정에 충실하게 사는 것이 위선 없는 가장 정직한 삶이라는 것을 믿는다는 것이었다. 무엇을 믿느냐 하는 것이 그렇게 다른 인생을 결정하는 것이었다.

배 집사는 교회에서 초점을 잃은 듯한 그녀의 멍한 표정을 연상했다. 교회에 와서 시내의 예식장에서 결혼식을 하는 그 남자를 생각하고 있었던 모양이다. 결혼식을 하는 남자를 두고 혼자 교회에 나와 앉았을 때 그 상처가 얼마나 컸겠는가? 자신의 울분, 부모의 울분, 이웃 사람들의 울분은 결국은 어리석었다는 그녀의 행동에 귀결되었을 것이었다.

"너무 상처가 컸겠네요. 누가 그 상처를 낫게 해주겠어요. 기수 씨가 좀 어루만져 주세요."

"지금은 누구의 말도 듣지 않고 누구도 믿지 않습니다. 저에게도 마음의 문을 꼭 닫고 열어주질 않습니다. 이 이야기를 집사님이 아신 걸 알면 저를 죽일 겁니다."

"잘 달래서 교회에 데리고 나오십시오. 제 남편 예수님은요 우리 한 사람 한 사람을 지으시고 우리를 잘 알고 계십니다. 그래서 그런 상처를 근본적으로 치유해 주시는 분입니다. 한 번 믿어보세요."

이 두 사람은 그 뒤로 꾸준히 교회에 잘 참석했으며 식사 후 새 가족 성경공부반에도 참석했었다. 배 집사는 그들의 일대일 양육을 맡아 공부 시간에 그들을 인도하여 같이 참석했다. 성경공부는 부목사가 인도하는데 공부 때 혜진은 엉뚱한 질문으로 인도자를 당황하게 했었다. 〈마태복음 5장 1절로 12절까지의 말씀〉이라고 인도자가 말하면

"1절에서 12절까지라고 이렇게 쉽고 바른 말을 쓸 수 없습니까?"

라고 교정해 줄 때도 있었으며

〈말씀에 은혜를 많이 받았습니다.〉라고 하면

"그것이 무슨 뜻입니까? 감동하였다는 말씀입니까? 처음 우리나라에 선교사를 보낸 미국에 가서 '말씀에 은혜를 받았다'라는 말을 영어로 하려면 어떻게 하면 됩니까? 그런 말이 영어로 있기는 한 겁니까?"

이렇게 질문하기도 했다. 또 어떨 때는

"성경은 왜 배우는 것입니까? 이스라엘 역사 배우는 것입니까?"라고 묻기도 했다. 그러나 아무도 그를 싫어하지 않았다. 좀 오래된 사람은 처음에는 다 그런다고 생각하고 있는 것 같았고 그녀는 모범답안을 만들어서 성경을 공부하는 것은 옳지 않다고 생각하고 있는 것 같았다. 배 집사는 혜진과 조금 가까워졌다고 생각되자 박기수 씨를 만났던 찻집으로 불러냈다. 그녀는 이곳에 벌써 기수와 와본 적이 있는 듯했다.

"이 집 좋지요?"

"네 좋아요."

"단도직입으로 한 가지 물어봐도 돼요?"

"그러세요."

그녀는 모든 것이 사무적이었다.

"박기수 씨를 어떻게 생각하세요?"

"어떻게 생각하다니요?"

"배우자로 어떻게 생각하느냐는 말이에요"

"배우자요? 그 사람 나를 사랑하지 않아요."

"사랑한다면?"

"그분 모르시지요? 한 번 결혼해서 일찍 상처한 분이에요. 어린애도 하나 있구요."

배 집사는 깜짝 놀랐다. 정말 처음 안 사실이었다. 그렇다면 자기가 큰 실수를 하는 것이었다. 처녀에게 재취로 가라는 뜻이 되기 때문이었다. 겉모양만 보고 깊이 알지도 못하면서 너무 주제넘은 일을 하고 있다고 생각했다. 배 집사는 황급히 사과했다.

"정말 미안해요. 너무 실례했어요."

"괜찮아요. 그 사람은 나보다 더 소심한 사람이에요. 자기를 닫아 놓고 결코 마음을 열지 않는 사람이에요. 자기는 프러포즈할 자격이 없다고 생각해요. 물론 저도 받을 자격도 없구요. 그래서 우리는 서로 친구예요."

"친구란 문을 두들길 수도 있고 열고 맞아들여 대화를 나눌 수도 있고… 이런 사이가 되는 게 아니에요?"

"서로 문을 두드리면 안 된다고 생각하고, 문을 열면 안 된다고 생각하는 것이지요."

"머리로는 그렇게 생각하고 있지만, 가슴은 그와 반대 생각을 하고 있을 수도 있지 않아요?"

"저는 머리로 옳다고 생각하는 것을 거부하고 감성의 노예가 된 사람을 증오합니다."

혜진의 얼굴에는 증오의 표정이 역력했다.

"혜진 씨 마음에 평안함이 있길 원합니다. 시기, 질투, 분냄은 평화의 적입니다. 인간은 하나님의 참 안식에 들어가기 전까지는 마음의 평안이 없답니다."

"하나님의 참 안식이 무엇인데요?"

"수고하고 무거운 짐 진 자들아 다 내게로 오라는 예수님의 말씀이 있는데 이것을 머리로 아는 것이 아니고 가슴으로 체험하게 되는 때를 말합니다. 우리는 혜진 씨 같은 경우는 기도해 보라고 말합니다. 기도는 하나님과의 대화인데 혜진 씨를 뜻이 있어 창조하신 하나님이 길을 인도하신다는 뜻이지요."

"저는 하나님을 안 믿는데요."

"그러면 자기가 옳다고 믿는 것을 따라 살아야지요. 그때는 하나님의 말씀은 아무 능력이 되지 못합니다."

그들은 창밖을 바라보고 있었다. 각자 다른 생각을 하고 있었음이 틀림없었다. 배 집사는 결혼도 하지 않은 처녀에게 어린애가 딸린 상처한 남자를 소개한 것은 있을 수 없다고 생각하고 있었다. 왜 이런 사람들을 만나게 되었을까? 그러나 솔직히 혜진도 안타까웠지만, 기수도 안되었고 안타깝다는 생각을 금할 수가 없었다. 인간은 독처하는 것이 좋지 않다고 했는데 좋은 배필을 만날 수는 없는 것일까?

가을도 지나고 추수 감사절이 되었다. 그래서 이 두 사람은 교회에서 학습을 받게 되었다. 학습을 받은 뒤 두 사람을 저녁에 초대하였다. 이제는 퍽 가까워져서 서로 농담도 주고받을 수 있게 되었다.

"왜 우리가 말 잘 들어준다고 저녁 사주시는 겁니까?"

"그래요. 너무 예뻐 죽겠어요. 그래 학습 받은 기분이 어떻습니까?"

"솔직히 멍에를 진 것처럼 답답해요. 두리번거리면 세상이 보이는데 종이를 들들 말아 눈에 대고 이것을 통해서만 세상을 보라고 하는 것 같아요."

"왜 받았어요?"

"너무 잘해주신 배 집사님이 강권해서 받은 거지요. 집사님, 사실 이것은 사람이 만들어 놓은 의식이에요. 예수님이 교회 만들라고 했나요? 구원받으려면 세례받아야 한다고 했나요? 예수님은 십자가에 달린 강도를 구원하기 위해 6개월씩 기다려 학습 받고 또 6개월 기다려 세례받은 뒤 구원해 주었습니까? 세례받은 사람들끼리 이곳은 우리 교회네 하고 구원의 기득권을 받은 사람들처럼 유세하고 지내서는 안 된다고 생각해요."

"왜 그렇게 비뚤어졌어?"

박기수가 거들었다.

"비뚤어지긴. 옳은 말을 하는 거죠. 박 선생은 속 다르고 겉 달라서 분간하기가 힘들어요."

"내가 언제 그랬지요?"

"저는 언제나 박 선생님이 말하면 저게 무슨 뜻일까 하고 다시 한번 생각하게 돼요. 그리고는 내 마음대로 해석하기가 싫어서 판단을 포기해요."

"누군가 한 사람이 나는 당신을 사랑합니다. 그렇게 불쑥 말하고 상대방 반응을 보는 것이 어떨까요. 줄다리기하는 것보다 훨씬 편할 텐데."

배 집사가 끼어들었다. 그러자 혜진이가 재빨리 화제를 바꾸었다.

"참 나는 교회를 나올 때 악수하려고 줄줄이 서 있는 사람들이 마음에 안 들어요. 이건 식당도 아닌데 '또 오십쇼.' 하는 것 같잖아요."

"일주일 만에 만나 반가워서 그러는 건데…."

"그 사람들 중에 정말 나를 알고 나를 걱정하고 기도하며 나를 반기는 사람이 몇이나 되는데요. 한 사람도 없는데 나와서 반기는 체하는 것은 위선 아니에요?"

"왜 아는 사람이 없어요. 저는 혜진 씨를 잘 아는데."

"정말 저를 잘 아세요? 제가 학습 받기 전 목사님 만난 것 아세요?"

"아니 목사님을 만나 보셨어요?"

"그럼요. 집에까지 찾아갔지요."

"무엇 때문에요. 무슨 일이 있었어요?"

"그럼요. 진지하게 상의할 일이 있었어요. 그런데 목사님이 저를 모르는 거예요. 당연하지요. 모르시겠지요. 그래도 나는 말을 계속했어요. 제가 여기서 결혼식을 할 수 있습니까? 하고 물었어요."

"뭐라 하셔요?"

"세례를 받았는가? 그럼 신랑감은 세례를 받았는가? 그래서 둘 다 받지 않았다고 말했지요."

"그랬더니?"

"그럼 안 되지. 착실히 교회법을 따라 교회 생활하고 둘 다 세례를 받으면 주례를 해주지. 주일을 잘 지키고, 헌금도 잘하고, 말씀 따라 순종하는 생활을 해. 그리고 세례를 받으면 다시 찾아와 알겠지? 이러시더라구요."

"아니, 신랑감도 없으면서 왜 그런 것을 물으러 가?"

기수의 말에 혜진은 약간 얼굴을 붉히며 말했다.

"그 말을 듣고 나니 학습을 받기 싫더라구요. 무슨 기득권 얻으려고 하는 것 같아서. 그러나 그 말을 듣자 또 안 받는 것은 내게 무슨 속셈이 있었던 것처럼 마음이 꺼림칙해서."

배 집사는 가슴이 덜컹 내려앉아 멍하니 그들을 쳐다보았다. 여기까지 양육해 왔는데 또 한 영혼을 잃어버리는 것이 아닐까 해서였다.

"혜진 씨. 어느 경우에도 하나님은 혜진 씨를 사랑한답니다. 하나님은 방황하는 혜진 씨를 결코 두고 보지 않을 겁니다. 나도 두고 보지 않을 겁니다. 교회는 그런 곳이 아닙니다. 힘내세요."

마지막 설교

:

「말씀교회」는 목사가 7년 이상 머물러 있지 못한다는 소문이 자자했다. 역사는 꽤 오래되었지만 터가 세고 정치 장로들이 터를 잡고 앉아서 부임해 온 목사마다 7년을 넘기지 못했다. 그래선지 교인들도 300명을 넘지 못했다. 지난번 김성령 목사 때 거의 7년에 육박했으나, 결국 다 채우지는 못했다. 목사가 여자 문제로 말썽을 일으켜 교회를 떠난 것이었다. 그는 그래도 침체한 교회에 성령의 바람을 일으킨 목사였다. 처음 얼마 동안은 거의 매 주일이 부흥회였다. 그는 부흥강사 출신으로 여기저기 강사로 출강했을 뿐 아니라 본 교회에서도 자기와 사귀던 부흥강사를 모셔 와서 부흥회를 했다. 부흥회 날짜가 정해지면 이를 위해 준비기도회가 열렸고, 새벽기도와 철야기도에서는 온 교인이 성령의 장작불을 지폈다. 그는 방언의 은사를 받은 목사로 교인들에게도 적극적으로 방언하기를 권하였다. 전체 교인들을 위해 기도할 때 그 많은 성도를 위해 어떻게 일일이 이름을 들어 기도할 수가 있겠는가? 방언으로 기도할 수밖에 없다는 것이었다. 자기는 멀리 떨어져 있는 많은 사람을 위해서도 끊임없이 기도하는데 계시의 은사를 받지 않고 또 방언이 아니고서는 그들 한 사람 한 사람의 사정을 다 알아서 기도할 수 없다는 것이었다. 그렇지 않으면 벌써 죽어버린 사람의 평안을 위해서도 기도하는 어리석음을 범한다고 했다. 우리의 생각과 다른, 우리의 길보다 높은 영의 세상을 보는 눈을 떠야 한다고 했다. 그는 성령 충만한 목사였다.

모두 그를 우러러보았다. 그리고 그를 추종하였다. 그의 몸에서는 특별한 향기가 난다고도 했다. 그래서 그가 부흥강사로 떠나면 꼭 몇 사람씩 교인들이 박수부대로 따라나서 밤을 새우고 돌아왔다. 교인들은 그가 강사로 전국을 다니는 것을 자랑스럽게 생각했으며 그가 없을 때는 그 목사를 위한 기도회로 더 많은 사람이 모여 철야기도를 했기 때문에 교회는 성령의 열기가 식지 않았고 또 그가 돌아오면 꼭 몇 명씩 새 교우가 따라오기 마련이었다. 물론 그들은 얼마 있지 않아 철새처럼 또 떠나갔지만, 교회는 긴장과 생기가 감돌았다. 그러나 부작용도 적지 않았다.

목사를 초청하여 심방 받기를 좋아하는 사람이 많아졌는데 부목사나 전도사의 심방은 거절하였다. 원 목사가 심방해 주어야 모든 가정이 성령 충만, 기쁨 충만해진다는 것이었다. 그는 우렁찬 목소리로 너무나 시원하게 성경의 요절을 들어가며 축복을 선언했기 때문이었다. 그는 신유(神癒)의 은사도 있어 그가 안수해주면 병이 낫기도 한다고 했다. 심방을 못 받은 가정은 어떤 여집사 집만 특별히 자주 심방을 한다고 불만이었다. 그러더니 목사와 그 여집사 사이가 보통이 아니라는 소문이 돌고 급기야 여자 문제로 말썽이 생겨 교회를 떠나고 말았다.

목사 지지파는 꼬리를 친 여집사가 떠나야지 왜 목사가 떠나느냐

목사도 실수할 수 있으니 한 달쯤 기도원에 가서 회개하고 돌아오면 용서해야 한다고 주장하는 한편, 반대파는 경건하게 살면서 양 무리의 본이 되겠다고 하나님께 서원하고 목사가 된 사람이 그런 일을 할 수가 있는가? 기도원 아니라 어디 가서 금식 기도하고 돌아와도 그의 가증스러운 기도와 축도는 더는 받을 수 없다고 말하며 그런 인간은 교계에서 추방되어야 한다고 강경하게 맞섰다. 목사가 떠난 뒤에도 교인들은 얼마 동안은 두 파로 갈라져 사이가 좋지 않았다.

그가 떠난 뒤 바로 목사청빙위원회가 구성되고 노회에 임시당회장을 파송해 달라고 요청하는 등 교회는 분주하게 움직였다. 목사가 잘 갈리기 때문에 이런 일에는 이골이 난, 또 어쩌면 신이 난 정치 장로가 많은 교회였다. 이 위원회를 통해 새 목사를 물색하게 되었다. 교인들은 이번만큼은 조용히 설교를 잘하는 40대 중반의, 신대원 이상의 학력을 가진 목사로 하자는 의견이 압도적이어서 위원회에서는 신문광고를 하지 않고 스카우트를 하기로 했다. "말씀교회 추계 대 사경회"라는 이름으로 월요일부터 금요일까지 5일 밤을 암암리에 스카우트한 목사 5명을 초빙하여 말씀 잔치를 베풀었다. 부흥회에 맛들인 교인들은 모든 목사의 설교가 영감에 넘치는 설교가 아니라고 시큰둥하였다. 그러나 당회의 젊은 유 장로는 지금은 7~80년대처럼 대형 부흥회 시대도 아니며 부흥강사처럼 밖으로 나돌지 않고 차분히 교회를 가족처럼 보살피는 목자가 필요하다고 설명을 잘한 뒤 전 교인이 투표하여 3명을 고르고 당회에 일임하여 그중 한 분을 뽑아 목사를 초빙하기로 했다. 그런데 당회에서 추천한 1순위 목사는 자기를 도마 위에 올려놓고 목자를 교인이 저울질하는 교회는 가지 않겠다는 이유로 거절을 했다. 따라서 둘째 순위에 놓인 분을 모시기로 하였다. 두 번째 천 목사는 외국에서 설교학으로 학위를 했을 뿐 아니라 매우 지성적이고 차분한 분이어서 성령파 목사를 모신 반동으로 오히려 차분하고 지성적인 천 목사를 좋아하는 사람이 많았다.

그의 설교는 매우 깊이가 있었다. 그 설교에는 새로운 각도에서 다시 한번 말씀을 생각하게 할 뿐 아니라 말씀에 새 눈을 뜨게 하는 각성제가 들어있어서 대학생들이나 지성인들에게 열광적인 환영을 받았다. 그러나 노인들은 잠이 온다고 했고 뜨거운 흥분을 갈망하는 사람들은 성령 못 받고 설교하는 것 같다고 했다. 그는 새벽기도 때 "생명의 삶"으로 큐티를 인도했고 기도할 때에는 큰 소리를 내어 소리 지르지 말라고 하면서 이웃 사람의 방해가 되지 않도록 안으로 향한 기도를 하라고 했다. 그래서 소리가 큰 사람이 있으면 행간을 걸어 다니며 머리에 손을 대고 주의를 시키는 것이었다. 기도하면서 흥분하고 감정이 개입되면 안 된다고 했다. 신앙에 감정은 금물이라는 것이었다. 감정은 주관적이며 변화가 심해 절대 불변의 말씀을 깨닫는 데 방해가 된다고 했다. 선악을 판단하는 데 감정이 개입되고 구제를 하는 데 감정이 개입되면 안 된다는 이야기였다.

'기도의 용어가 따로 있는 것이 아니다. 다른 사람의 흉내를 내지 말라. 오직 예수 그리스도를 생각하라. 그는 누구이며 자기는 어떤 죄인인지, 그가 자가를 구원해 준 은혜가 얼마나 놀라운지, 은혜의 통로가 어떻게 마련된 것인지, 거듭나서 바라본 세상이 얼마나 황홀한지, 이 세상을 아우르는 천국의 크고 비밀스러운 세상이 계시(啓示)되는 황홀함이 어떤 것이지, 새 힘이 어디서 솟아나며 주를 찬양하고 싶은 생각

이 왜 솟는 것이지…'

그 은혜의 강에 자기를 던지고 잠시 지금까지 해오던 기도를 멈추고 오직 감사하며 주를 묵상하고 오래 참고 기다리라고 말하였다. 이것이 예수 그리스도 안으로 들어가는 기도의 문이라는 것이었다.

그러나 그것은 이해하기 어려운 말이었다. 어떤 사람들은 속이 후련하지 않다고 집에 가서 다시 큰 소리로 기도하거나 아예 큰 소리로 울며 기도하는 다른 교회의 새벽기도에 나가기도 했다. 이런 내부 사정과는 달리 천 목사는 설교 잘하는 목사로 이웃에 소문이 났다. 그 목사는 새 바람을 일으키는 분이라고 극찬하며 자기 교회는 변화가 없다고 이웃 교회 사람들이 안타까워하는 소리도 들려 왔다. 그래서 특히 젊은이들이 모여들고 그 동안 교회를 떠났던 사람들도 다시 돌아왔다. 말씀교회는 목회자를 잘 만난 복받은 교회라는 외부 소문 때문에 내부에서는 밖으로 드러내 놓고 불평을 하기가 어려웠다. 한편 이런 새로운 변화는 교인들은 불안하게 하고 적응하기 힘들게 하기도 했다.

일 년이 지나자 천 목사는 전 교인이 말씀 공부를 해야 한다고 말했다. 교회 주변에는 교회에 들어올까 말까 하는 주변인들이 있는데 먼저 이들을 전도해서 교회 안으로 끌어들여야 한다고 했다. 교회 안으로 들어와서도 교회 마당만 밟고 왔다갔다 하는 사람들이 있는데 이들이 받은 은사를 따라 역할을 맡고 헌신하는 자리에 서게 해야 한다는 것이었다. 헌신할 뿐 아니라 이제는 헌신할 사람을 양육하는 핵심 멤버를 길러야겠다고 했다. 먼저 다음 해를 위해 구역인도자와 성경공부 인도를 희망하는 사람들을 모아 매주 목요일 오후 2시와 밤 8시에 목사관에서 공부를 시작했다. 교재는 자기가 개발한 책이었다. 직장인을 위해 밤에 모이는 반도 함께 개설한 것이었다. 처음에는 잘 모이지 않았으나 밤에 모이면 거의 12시가 되기까지 흩어지지 않고 열심을 내어 토론하게까지 되었다. 목사가 헌신적으로 너무 고생한다고 안타까워하며 목사를 위해 특별히 기도하는 중보(仲保)기도 모임도 생겼다. 이런 기도 모임은 전임 목사인 김성령 목사 때부터 잘 훈련되어온 그런 모임이었다. 이렇게 다시 일 년이 지나자 새해 초부터는 모든 구역인도자를 훈련받은 사람들로 교체하였다. 그리고 구역 인도 교재도 목사 스스로 개발한 것으로 바꾸었다. 이것은 너무나 큰 혁명이었다. 지금까지는 나이 많은 장로나 권사들이 구역 인도를 했는데 교육을 안 받았다는 이유로 바꾸어버리니 불만이 많을 수밖에 없었다. '구역예배란 말씀만 배우는 곳이 아니지 않은가? 구역원의 사정을 알고 기도하며 보살피는 것이 구역인데 새파랗게 젊은 사람들이 구역예배를 인도한다는 것이 말이 되는가?'

그러나 한편에서는 지루하게 책이나 읽고 헌금이나 걷는 것보다 훈련된 인도자가 가르치는 것이 얼마나 좋은가, 하고 반론을 제기하기도 했다. 특히 이것은 구역예배가 아니라 목사가 지난 주일에 설교한 내용을 가지고 묵상하고 말씀을 나누며 교제하는 일이었다. 그뿐 아니라 목사는 주일마다 일부 예배 전에 그리고 점심 후에 전 교인을 특성에 맞게 반을 만들어 성경공부반을 개설했다. 이때도 교재는 목사 자신이 개발한 것이었다. 교회의 구역예배, 성경공부 등을 모두 자기가 개발한 교재로 통일한다는 것은 모든 교인에게 자기 목소리 외에 다른 목소리를 못 듣게 하는 세뇌 공작이며 천 목사 왕국을 세우려는 것이 아니냐고 비난하는 사람도 생겼지만, 목사는 모든 교인이 같은 날, 같은 내용으로 공부하고 묵상해야 견고한 공동체가 된다는 주장을 굽히지 않았다. 물론 인도자는 다 훈련받은 젊은이들이었다. 나이든 분들은 새로운 변화에 적응하기가 힘들었다. 이건 즐거운 교회 생활이 아니라 하기 싫은 공부를 하는 학교 같다고 말했다. '주일에 예배 드리고 헌금하고 찬송하고 설교에 은혜받고 돌아가면 되지, 신학생도 아닌데 무슨 공부가 필요한가? 설교를 듣고 구역예배 때는 그 말씀을 되씹고 깨닫고 실천한 것을 나누라고 하는데 아무리 생각해도 나눌 말이 없다. 읽으면 어렵고 잠만 오는 성경은 설교 듣는 것으로 충분하지 덧붙일 말이 무엇이 있는가?'

교인들은 더욱 구역예배에 가기 싫어졌다. 전에는 시원찮은 인도자의 설교가 듣기 싫었는데 이제는 무슨 말을 하라고 시키니 더욱 부담되는 것이었다. 점차 답답해진 교인들은 떠나가버린 전임 김 목사가 그리워졌다. 그래서 성령 충만한 목사를 모시고 부흥회를 하자고 제안했다. 그러나 부흥강사는 지금까지 잘 방향을 잡아놓은 교인들을 흩어놓고 기독교를 무속 종교로 타락시킬 우려가 있다고 천 목사는 반대했다. 당회는 처음에는 목사의 의견을 좇아 부흥회를 보류했으나 교인들의 성화에 못 이겨 부흥회를 해야 한다는 결의를 하게 되었다. 목사는 그러면 강사는 자기가 정하겠다고 말했다. 강단에 설교자를 세우는 것은 목사의 고유권한이라고 인식하고 있던 당회원들은 아무 말도 하지 못했다. 드디어 2박 3일의 부흥회가 시작되었다. 박수하며 찬양을 하고 "주여!" 삼창을 한 뒤 통성기도 후 강사가 단상에 올라왔다. 그런데 이 부흥강사는 강대상에 올려놓은 헌금 봉투를 들고 일일이 이름을 부르고 축복기도를 하는 순서는 빼버리고, 수북이 놓인 봉투는 쳐다보지도 않고 주기도문 설교를 시작하는 것이었다. 자기는 설교만 했는데 병자가 낫고, 불면증이 사라지고, 가정문제가 해결된 실례가 많다는 이야기였다.

첫날 오후와 저녁 시간 내내 "하늘에 계신 아버지시여 이름이 거룩히 여김을 받으시오며"라는 설교로 말씀을 끝냈다. 강사 목사는 주기도문은 너무 많이 외웠기 때문에 이것은 주님이 가르쳐 주신 기도로 생각하기보다는 귀신을 내쫓는 주문(呪文)처럼 아무 뜻도 모르고 외우고 있다고 말했다. '참으로 하나님의 임재를 깨달으려면 지금까지 교회에서 기독교인이 되기 위해 배운 모든 의식을 다 버려야 한다. 사도신경을 외우는 것으로 자기 신앙고백이 끝났다고 생각하면 안 된다. 교회를 왔다 갔다 하는 것이 성스러운 주일을 잘 지키는 것이 아니다. 곗돈 붓듯이 내는 십일조가, 십일조가 아니다. 이런 율법적인 틀을 깨버리지 않으면 성도들은 참으로 살아 계신 하나님을 만날 수 없으며 화석같이 굳어진 사고의 틀 속에서 자유롭지 못하며 하나님이 창조하신 신비하고 놀라운 세상을 체험할 수가 없다. 인간이 즐길 수 있는 모든 상상력이 제한되고 화석화되기 때문이다. "기도합시다." 하면 기관총을 쏘듯이 외쳐대는 전통을 버려야 한다. 내가 하나님 앞에 섰다고 상상해보라. 자비로운 하나님 앞에서 따발총 같은 간구가 나오겠는가? 내가 서 있는 곳이 어디이며 나는 어떤 존재인지 알아야 한다. 욥은 하나님을 만난 뒤 "나는 미천하오니 무엇이라 주께 대답하리이까? 손으로 입을 가릴 뿐이로소이다."라고 말했다. 우리의 기도는 먼저 무언으로 시작되어야 한다. 기도는 구하고 응답받는 것이다. 참으로 사랑하는 마음으로, 사랑에 넘치는 목소리로 "아버지!" 하고 그의 품에 안기는 느낌으로 부르게 되면 벌써 모든 간구가 이루어지고 모든 기도에 응답을 받은 것이나 마찬가지다. 하나님은 나의 모든 것을 아시고 나는 그의 모든 것을 믿고 의지하기 때문이다. 그 아버지는 육신의 아버지가 아니라 하늘에 계신 불편부당(不偏不黨)하신 의로운 아버지시다. 그리고 나만의 아버지가 아니고 우리들의 아버지시다.…
강사는 이런 식으로 부흥회가 아니라 강해설교를 했기 때문에 처음에 회중에서 나온 몇 번의 '아멘' 소리도 사라져버렸다.

한번은 저녁 예배가 끝나고 여집사 몇 사람이 신앙 상담을 위해 목사를 방문했다.

"지금까지 교회에서 배운 모든 것을 버리라는 말은 무슨 뜻입니까?"

여집사의 물음에 목사가 대답했다.

"집사님은 어떻게 구원을 받으셨습니까?"

"예수님의 십자가 보혈로 구원을 받았지요."

"좀 더 자세히 말해 줄 수 있습니까?"

"우리는 태어날 때부터 죄인으로 스스로 구원받을 능력이 없는데 하나님께서 독생자 예수님을 세상에 보내주셔서 죄 없는 의로운 분이 우리 죄인을 위해 피 흘려 돌아가심으로 그 피 값으로 우리를 사셔서 구원해 주신 것입니다."

"어디서 배우셨나요?"

"교회에서 배웠습니다."

"그렇게 줄줄 외우는 것을 다 버리라는 것입니다. 처음 믿는 사람은 그렇게 대답하지 않습니다."

그리고 말을 이었다.

"집사님은 죄인이라는 것을 믿습니까?"

"예 믿습니다."

"왜 죄인입니까?"

"아담이 하나님을 거역하여 죄를 지었기 때문에 죄인이지요."

"정말 아담 때문에 죄인이 되었다고 느끼십니까?"

"그럼 왜 제가 죄인입니까?"

"집사님은 죄인이라는 생각이 없는데 교회에서 죄인이라고 세뇌한 겁니다. 집사님은 지식의 열매를 따 먹은 사람입니다. 남이 가르쳐 주어서 죄인이 아니고 스스로 죄인임을 깨달아야 합니다."

이 신앙 상담 뒤 이번 강사는 이단인 것이 틀림없다는 소문이 퍼졌다. 그렇지 않으면 교회에 가만히 들어와서 성도들을 현혹하는 거짓 교사나 적그리스도임이 틀림없다는 것이다. 그러나 설교한 내용으로 보아 그런 증거가 분명한 것도 아니었다. 젊은이 중에는 오히려 신선한 느낌을 받았으며 은혜받았다고 하는 사람들도 있었다.

다음 날 저녁 신앙 상담 시간에는 남자 집사들이 찾아갔다. 정말 이단인지 알아보기 위해서였다.

"목사님, 교회는 새벽기도를 잘하고, 십일조를 잘 바치며, 하나님의 일에 열광적으로 따르는 성도들이 많아야 부흥한다고 하는데 어떻게 생각하십니까?"

먼저 목사를 떠보는 질문을 하였다.

"하나님은 목적이 있어 우리를 창조하셨고, 우리가 하나님의 뜻대로 살기를 원하십니다. 그분의 뜻대로 살기 위해 하나님께 구해야 할 것이 무엇입니까? 예수님께서는 주기도문으로 기도하는 것을 가르쳐 주셨습니다. 그 기도 속에 우리는 새벽기도 잘 나가야 한다. 십일조 잘 내야 한다. 하나님 일 열심히 해야 한다. 이런 내용이 있습니까? 이것을 가지고 하나님께 아뢴다면 행위 신앙입니다. 이중 어떤 것이 '아버지의 이름을 거룩하게'하는 일에 보탬이 됩니까? 우리 같은 죄인이요 미물이 하나님의 이름을 거룩하게 하는 데 일조할 수가 있습니까?"

"그럼 어떻게 해야 합니까?"

"내가 할 수 있는 일은 없습니다. 하나님 뜻에 순종함으로, 즉 서로 사랑함으로 다른 사람들이 우리를 보고 영광을 하나님 아버지께 돌리게 하는 것입니다. 그것이 아버지의 이름이 거룩하게 여김을 받도록 하는 일입니다."

"우리는 교회에 나와서 복 받고, 병 낫고, 사업이 잘되고 성공하기 위해 기도하러 나오는 것인데 하나님 뜻대로 되는 것만 위해 기도한다면 믿는 사람의 유익이 어디 있습니까?"

"우리의 유익은 그런 개인적인 정욕을 다 버리고 경건의 훈련을 하는 데 있습니다. 하나님은 영이십니다. 우리의 영을 다스리는 분입니다. 우리의 세계가 육체적인 곳에 한정되지 않고 영적인 세계까지 확장되어 주님이 다스리는 주권 아래 들어가게 되면 우리는 그의 백성이 되고 또 많은 사람을 이 영역으로 인도하면 아버지의 나라가 임하게 되고 그 하늘나라가 확장되며 '아버지의 뜻이 하늘에서와 같이 땅에서도 이루어지게 되는 것'입니다."

"너무 엉뚱한데요. 이건 교회가 우리를 지금까지 세뇌한 것이 아니라 목사님이 우리를 세뇌하고 계시는 것 같습니다."

"주기도문처럼 기도하고 그 기도대로 살아 보십시오. 여러분은 거듭나고 새 하늘과 새 땅을 보게 될 것입니다."

남자 집사들도 시원한 대답을 듣지 못하고 나왔다. 이 세상의 교회를 싸잡아 비난하는 것 같은데 그렇다고 이단이라고 단정하기는 어려운 야릇한 감정이 되었다.

이렇게 부흥강사는 2박 3일 내내 주기도문만 강해(講解)하고 떠나버렸다. 울고 기도하고 축복받고… 이런 카타르시스가 있어야 하는데 이 부흥회는 결국 스트레스만 더 쌓이게 했다. 이 부흥회 때문에 교회가 부흥한 것이 아니라 오히려 성령을 소멸하는 결과가 되었다고 말했다. 이 때문에 교회를 떠나는 사람도 생겼다. 교인들의 불만이 여기저기서 튀어 나왔다.

'천 목사는 신학교 교수나 할 일이지 목회자가 아니다. 책만 많고 책만 많이 읽으면 뭐하냐? 교인들 이름도 제대로 못 외우는… 성령 안 받고 목회하는 목사가 목사냐? 성경 몰라서 신앙생활 못하는 사람 봤어? 매 주일 성경만 풀어 주는데 그래서 어쨌다는 거야.'

교인들은 이제는 다른 목사들의 설교를 원했다. 그래서 각 선교회 헌신예배 때는 신령한 목사들을 초청하려 했다. 그러나 교파가 다르다, 신앙 노선이 다르다, 참 목자가 아니다. 등등의 이유로 천 목사로부터 거절을 당했다.

6년째 되니까 교회의 인터넷 게시판에도 목사에 대한 비난이 뜨기 시작했다.

'목사는 자기 교만을 버리고 이 교회를 떠나라. 훌륭한 성경 교재도 많은데 왜 자기가 개발한 교재만 고집하는가? 예수님을 자기가 만든 현미경을 통해 보고 있으란 말인가? 하나님의 말씀을 조리 있게 잘 표현하여 성도들이 감동하고 예수님을 닮아갈 결단을 하게 하면 그것이 예수님이 바라는 말씀의 선포이다. 당신만 설교 잘한다고 자기 절대화를 하지 말라. 또 목사만 신학교육을 받고 설교할 수 있는 자격증을 받았다고 생각하는 것은 잘못이다. 우리 교회에서 훌륭한 강사의 말씀을 가로막고 못 듣게 하는 바리새인 같은 목사는 스스로 자숙하고 떠나라.'

  당회에서는 목사에게 다음 일 년은 부임한 지 7년째이기 때문에 안식년 휴가로 일 년간 성지 순례든 외국 여행이든 또 훌륭한 교회 순례든 어떤 방법으로든 영적으로 재충전을 받고 오는 것이 어떠냐고 제의하였다. 그러나 목사는 반대하였다. 자기는 안식년 휴가를 원치 않는다고 말했다.

'지금 교인들의 불평을 모르는 것이 아니지만 그것은 교회가 빛 가운데 서고자 할 때 언제나 일어나는 마귀의 장난이다. 일 년 동안 강대상을 개방하면 6년간 쌓아놓은 공력이 무너진다. 이럴 때는 장로들이 자기에게 힘을 실어 주어야 한다. 이것은 이 교회뿐 아니라 한국 교회 전체의 위기를 극복하는 문제다.'

  이렇게 눈물까지 글썽이며 말했다. 천 목사도 자기의 철학과 정열이 있다. 그러나 교회는 붕괴 직전이었다. 당회원들이 따로 모였다. 이 교회는 목회자가 7년을 넘기지 못한다는 징크스가 있다. 이 목사도 떠나야 할 것 같다. 그러나 이렇다 할 흠을 발견할 수 없으니 어떻게 해야 하는가? 그래서 당회원이 지금까지 최후의 수단으로 썼던 "목사 자진 사퇴 권고"의 건의문을 연명으로 써서 서명하여 제출하였다.

대표자가 이 글을 들고 목사를 찾아가서 말했다. '목사님은 여러 가지 훌륭한 점이 많다. 우리 교회에 이바지한 것도 많다. 그러나 우리 교회 교인들의 정서와는 맞지 않은 것 같다. 그래서 이 건의문을 드리게 되었다'고 설명하고 탁자 위에 놓고 왔다. 목사가 '나는 법적으로 잘못한 것이 없다'라고 맞서면 교회는 갈라질 수밖에 없었다. 그런데 목사는 일 개월간 기도원에 갔다 오겠다고 말하고 사라져버렸다. 목사가 안 나타나자 한편에서는 훌륭한 목사를 쫓아내려고 한다고 화를 내는 사람이 있는가 하면 그는 떠나야 한다고 후련해하는 사람들이 있어 교회가 요란한 목소리를 내기 시작했다.

한 달 만에 교회에 나타난 목사는 "유레카"라는 제목으로 주일 설교를 하였다. 교인들은 '유레카'라는 뜻이 무엇인지 알 수가 없었다. 성경 본문은 요한복음 16 : 21이었다. 성도들은 목사가 한 달 동안 기도한 뒤 어떤 설교를 할 것인지 몹시 궁금했다. 설교는 기도의 깊이만큼 깊어진다는 말이 있으므로 이번에는 좀 더 다른 설교를 예비해서 들려주리라고 기대했다. 부패한 교회를 위해 정식으로 선전포고를 하는 설교를 할 것인지, 아니면 자기가 교인을 무시하고 교만했던 것을 회개하는 설교를 할 것인지 알 수가 없었다. 그는 먼저 고대 그리스의 수학자이며 과학자인 아르키메데스의 이야기로 설교의 도입 부분을 열었다. 이탈리아 남방에 있는 시라쿠사 섬에 있던 히에론왕이 금 세공인에게 맡겨 만든 왕관이 순금으로 만들어졌는지 아닌지 알아내라는 명을 받고 머리를 짜내고 있던 아르키메데스가 하루는 목욕하다가 물속에서 몸이 가벼워지는 것을 알게 되었다. 후에 이것은 아르키메데스 부력의 원리라고 알려졌는데 그는 이 부력을 이용하여 왕관이 순금인지 아닌지를 아는 원리를 발견한 것이다. 그는 너무 기뻐서 옷을 벗은 줄도 모르고 거리로 뛰어나와 "유레카(발견했다)"라고 외쳤다는 이야기였다. 새로 발견한 진리에 얼마나 놀라운 것이었으면 그렇게 기뻐할 수가 있었겠는가? 성경에는 이렇게 크고 비밀스러운 보물들이 많이 숨겨져 있다. 성경을 수십 번 통독하면서 이런 비밀의 창고를 열어보지 못하면 너무 부끄러운 일이다.

중세에 종교개혁을 주도한 마르틴 루터는 로마서 1장 17절의 '복음에는 하나님의 의가 나타나서'라고 써진 말씀에서 구원은 행위가 아니며 하나님의 의라는 것을 깨달았다. 후에 그는 이 구절을 통해 그가 중생했으며 낙원에 이르는 열린 문을 통과했다는 것을 느꼈다고 기록했다.

성 아우구스티누스는 자신이 묵고 있던 정원에서 "집어서 읽으라. 집어서 읽으라."라는 어린애들의 목소리를 듣고 성경을 편 곳이 바로 로마서 13 : 13-14였다. 그는 이 문장의 마지막 단어들을 읽고 나자 모든 의심의 그림자들은 사라져버렸다고 쓰고 있다. 그는 구습을 완전히 벗은 것이다.

목사는 설교를 계속했다.

"저는 고등학교 1학년 때 제 친어머니는 저를 낳다가 돌아가신 것을 알게 되었습니다. 그때부터 저는 아무도 저를 진심으로 사랑해 주는 사람은 없다고 생각하고 자포자기의 삶을 살았습니다. 부모도 형제들도 싫었습니다. 오직 교회에 나와 울며 기도하는 것뿐이었습니다. 그러나 고등학교 3학년 때 '여자가 해산하게 되면 그때가 이르렀으므로 근심하나 아이를 낳으면 세상에 사람 난 기쁨을 인하여 그 고통을 다시 기억지 아니하느니라.'라는 요한복음 16:21의 말씀을 보게 되었습니다. 홀연히 어머니의 얼굴이 떠올랐습니다. 그분은 가셨지만 지금 천국에서 나를 보고 흐뭇해하고 기뻐하고 계신다고 생각했습니다. 이생에서는 세상에 난 아들을 보고 해산의 고통을 잊지는 못했어도 의로운 하나님께서는 반드시 천국에서 그 기쁨을 회복시켜 주신다는 것을 믿게 되었습니다. 저를 기뻐하시는 어머니를 볼 때 저는 힘을 얻고 다시 행복해졌습니다. 지금 제가 고학을 하면서 이 자리에 온 것은 그 말씀을 만났기 때문입니다."

그는 이 말을 할 때 이마에 땀방울이 맺히는 것이 보였다. 그에게서 공부하던 젊은 사람들은 공부 도중 "내가 놀란 것은 이 교회 신도들이 성경을 몰라도 너무 모른다는 것입니다."라고 했던 말이 생각나서 정말 저 목사는 하나님 말씀을 가르쳐 주고 싶어 견딜 수 없어 하는 목사라고 생각했다.

"여러분도 성경을 읽다가 '유레카' 하고 외치는 순간이 있기를 빕니다." 하고 설교를 마쳤다. 몇 사람을 빼고 대부분 사람은 좀 멍청해진 표정이었다. 한 달 동안이나 기도를 하고 왔으면 태도를 분명히 밝히는 설교가 있어야 하는데 너무 모호했기 때문이었다.

'뭐야? 떠나겠다는 거야, 남아 있겠다는 거야?'

그날 오후 목사는 당회에 사의를 표하고 며칠 뒤 교회를 떠났다. 결국, 칠 년 징크스를 못 깬 것이다. 곧바로 당회는 목사가 사표를 노회에 제출한 것을 확인하고 노회에 임시당회장을 파견해 주기를 요청하고 또 목사청빙위원회를 구성했다. 당회에 있는 정치 장로의 재빠른 움직임이었다. 이런 일을 늘 겪어온 교인들은 또 새 목사가 오겠구나 하고 교회 땅을 밟고 들어와 예배를 드리고 또 교회 땅을 밟고 세상으로 나갔다.

"칠 년도 못 채울 교회에 이번에는 어떤 목사가 올까? 말씀교회는 정말 이름을 '목갈치 교회(목사 갈아치우는 교회)'로 바꿔야 해" 하고 밖에는 소문이 무성했지만 얼마 동안 그러다 말 것이었다. 목사 자주 바꾼다고 천당 가는 데 큰 문제는 없을 것 같았다.

방언 기도와 아멘

김 장로는 중차대한 사명을 띠고 박 권사를 만나러 갔다. 박 권사는 방언도 하며 신유(神癒)의 은사를 받은 신앙이 좋은 할머니 권사로 알려져 있었다. 삼 년 전 남편을 사별한 후로는 오직 하나님을 섬기고 사는 것이 낙이었다. 하나님을 섬기고 산다는 것은 성전에서 하나님과 함께 사는 일이었다. 주의 궁전에서의 한 날이 다른 곳에서의 천 일보다 낫다고 생각하는 분이었다. 영감과 함께 살 때는 헌금도 자유롭게 못 하고 교회 봉사도 자유롭게 할 수 없었는데 남편이 죽고 애들은 다 장성해서 분가해 버렸으므로 혼자 남아서 할 수 있는 일은 하나님 섬기는 일뿐이었다. 영감에게는 좀 미안한 일이지만 그렇게 사는 것을 오랫동안 동경해 왔었다. 새벽에 일찍 교회에 나와서 기도하는 방을 쓸고 방석을 깔아 놓고 혼자 기도하며 성도들을 기다리면 한두 사람씩 나와 방을 채우고 기도하는 함성이 방을 압도한다. 그러면 기분이 그렇게 후련하고 좋을 수가 없다. 그녀는 모든 사람이 떠난 뒤까지 홀로 남아 기도하고 자기 집으로 온다. 집에서 아침을 들고 나면 영감이 없으니 너무 많이 시간이 남고 그렇게 한가할 수가 없다. 다시 교회에 가고 싶어진다. 병자가 생기면 그보다 좋은 일이 없다. 심방을 갈 수 있기 때문이다. 자기를 빼고 심방을 갔다는 말이 들리면 몹시 서운하다. 심방 팀을 만들어 새 신자 가족을 방문한다. 그녀는 방언을 받은 뒤 기도하고 싶어서 견딜 수가 없다. 뭔가 기도할 일이 없는지 두리번 거려진다. 또 실제 그가 안수하고 기도해 주면 상대방이 성령이 충만 해지고 방언이 터지기도 한다. 철야기도가 있을 때는 아예 집에 가지 않고 교회에서 밥을 해 먹고 졸릴 때는 기도실에서 자고 있다가 철야 기도에 참석하기도 한다. 하나님께서 영감을 데려간 것은 자기를 이렇 게 쓰시려고 그랬나보다는 생각이 들어 오히려 영감이 일찍 떠나 준 것이 감사할 때도 있다. 그런데 한 가지 흠이라면 가까이에 사는 막내 아들 내외를 전도해서 교회로 인도하지 못한 일이었다.

새벽기도 때마다 막내 내외를 구원해 달라고 울면서 기도했는데 영 감이 떠난 지 일 년 만에 막내 내외가 교회에 나오게 되었다. 이제는 세례도 받고 서리 집사도 되었다. 아마 박 권사의 신앙을 보고 쉬 직 분을 맡기게 되었을 것이다. 이 막내아들 성 집사가 교회의 김 장로 밑에서 성경공부를 하는데 그것이 계기가 되어 성 집사는 김 장로에 게 어머니에게 집을 팔지 못하도록 강력하게 저지를 해 달라는 중차대 한 사명을 부여한 것이었다. 어머니가 건축헌금을 낼 돈이 없어 집을 팔아 바치려 하고 있다는 것이었다.

"집을 팔고 어디서 사시겠답니까?"

"전세방을 하나 얻고 나머지를 다 건축헌금을 하겠다는 것입니다. 교회는 그렇게 돈을 뜯어 가는 곳입니까?"

교회에 나온 지 얼마 안 되는 성 집사의 말이었다.

"그럴 리가요. 억지로 내지 말고 지원해서 내라고 하지 않았나요?"

"그러니까 장로님께서 가서 설득 좀 해 주세요."

"아들 말도 듣지 않는데 내 말을 듣겠습니까?"

"어머니는 제가 신앙이 없어서 자기 행동을 이해하지 못한다는 겁니다. 그러니 장로님께서 말씀해 주셔야 합니다."

김 장로는 박 권사의 결단이 너무 극단적인 것 같다는 생각을 하였다. 돈이 없을 때는 금반지나 금팔찌 같은 것을 바친다는 말을 들었지만 하나밖에 없는, 사는 집을 바친다는 말은 들은 적이 별로 없었다. 생계유지가 막연한 할머니가 그럴 수는 없는 일이었다. 그 집을 몽땅 받은 교회는 또 얼마나 부담스럽겠는가? 성 집사가 아니라도 이것은 교회를 위해 자기가 앞장서 말려야 한다는 의무감까지 드는 것이었다. 김 장로는 시간 약속을 하고 박 권사를 만나기로 하였다.

*

박 권사는 김 장로를 만나자 무슨 일 때문에 자기를 만나러 왔는지 잘 알고 있다고 영통(靈通)한 듯이 말했다.

"집을 팔려고 하신다구요?"

"글쎄, 그런데 집이 잘 안 팔리네요. 좀 알아봐 주세요."

"왜 그런 생각을 하셨습니까? 집 팔아 헌금하라는 계시라도 받으셨습니까?"

박 권사는 영감이 살아 있을 때도 교육관 건축이 있었는데 그때도 제대로 헌금을 하겠다고 하나님께 서원했는데, 실행을 못 해 언젠가는 해야겠다고 결심한 것을 지금 하는 것뿐이라고 말했다.

"하나님이 '왜 나에게 약속해 놓고 약속을 지키지 않느냐?'고 노하셨습니까?"

"나는 사람과 약속한 것도 지키지 않으면 못 견디는 성미인데 오 년 동안 하나님과의 약속을 지키지 못해 죽고 싶은 심정이었답니다."

"집을 팔면 어디서 사실 생각입니까?"

"전세방 하나면 됩니다. 곧 하나님을 만나러 갈 것인데 작은 장막이면 어떻습니까?"

"생활비는 어디서 나옵니까? 자녀들이 부양합니까?"

"내게는 하나님이 계세요. 모든 것 다 버리고 하나님만 의지하는데 보살펴 주시지 않겠어요? 난 아무짝에도 쓸데없는 집이라는 것을 가지고 있는 것이 귀찮습니다."

"권사님은 그렇게 바치면 하나님께서 기뻐하시리라 생각하시는 것이지요? 사람들은 여러 가지 법을 만들어서 법을 잘 지키면 하나님이 기뻐하시리라고 생각해서 거기에 목을 맵니다. 그러나 하나님께서는 이를 가증히 여기시고 물질보다는 당신만을 사랑하시기를 원하십니다. 권사님, 그렇게 생각하지 않으세요?"

"장로님은 어떻게 하나님을 사랑하는데요?"

"하나님이 나를 사랑하시고, 내가 하나님을 사랑한다는 것을 믿는 믿음으로 사랑합니다. 사랑받는다, 사랑한다는 느낌은 일시적인 감정입니다. 그리스도를 영접하면서부터 그분 안에 있으면서 이렇게 사랑받고 있다, 사랑하고 있다고 확실히 믿는 것만 영원합니다. 무슨 행위를 하고 무엇을 드리는 것만이 사랑이 아니라고 생각합니다."

"장로님, 그러나 나는 내 모든 것을 사랑하는 분에게 드리고 싶어요."

김 장로는 박 권사를 설득하러 갔으나 설득은 불가능하다는 것만 깨닫고 돌아왔다. 성 집사는 "그 할망구 고집 누가 꺾어." 하고 자기도 기권하고 있는 것 같았다.

"그 할망구가 영세민 증을 갖고 싶어 그래요."

성 집사는 자기 어머니를 아주 세속적인 면에서 바라보고 있는 것 같았다.

"그게 뭔데요."

"국민기초생활수급 대상자를 말하는데 영세민 증이 있으면 월 생활비가 3, 40만 원은 나오고, 병원도 무료고, 병들면 양로원도 무료거든요. 그런데 우선 수입이 없어야 하고 무주택자라야 합니다."

"그렇게 좋은 제도가 있었군요."

"그런데 어머니는 해당이 안 됩니다. 부양 의무자 조사표를 내야 하는데 자녀들이 살아 있고 집이 있거나 땅이 있거나 예금 잔액이 꽤 되면 안 되게 되어있어요."

"그럼 자녀들이 부양해야 하겠군요."

"그 고집이 자녀의 돈은 받지도 않아요. 기초노령연금 7, 8만 원으로 살겠다는 겁니다."

그러면서 성 집사는 이런 일에는 교회가 교인들의 무모한 광신을 막아 주어야 한다는 것이었다. 그는 이어서 말했다.

"한국주택 금융공사가 있어서 현 집을 담보로 하면 종신형에 가입할 경우 월 50만 원 정도 받을 수 있거든요. 그러다가 죽으면 사후에 남은 집값을 돌려받을 수도 있습니다. 그런데 통 말을 듣지를 않아요."

"여러 가지로 많이 연구하셨군요. 하지만 본인이 하나님께 그렇게 헌신하겠다니 어떻게 합니까? 아무튼, 가족이 좀 부담이 되겠습니다. 그러나 어머님 말씀대로 모든 것을 버렸으니 하나님께서 만나로 먹여 주시겠지요. 함께 기도하는 사람들이 많으니 권사님의 쓸 것을 채워 주시도록 기도하는 사람도 많겠지요? 또 그런 기도로 하나님의 도우심을 체험하며 살고 싶으신 게 아닐까요?"

"이건 이단 종교에 빠져 가산 바치고 몸 바치는 극단적인 경우의 일부라고 나는 생각합니다. 교회는 방사능 제거 장치를 하고 훈련하는 것처럼 이런 위험에 노출된 사람을 구제하는 교육을 해야 합니다."

"그런 교육은 할 수 없습니다. 본인이 자원해서 하나님께 헌신하겠다는 것을 막는다면 이것은 성령을 훼방하는 일입니다."

"저는 종교가 마약이라는 말을 믿습니다. 환자는 이 마약을 한 번 빨기 시작하면 이성을 잃게 됩니다. 하나님께서는 그런 제자들을 원하고 계실까요?"

"물론 아닙니다. 그것은 환상을 보는 현실도피입니다. 하나님께서는 우리가 잘못된 길을 가고 있을 때는 돌아서서 하나님과 바른 관계를 회복하기를 원하십니다. 우리를 측은한 마음으로 안타까워하면서 말입니다."

"저는 장로님처럼 그렇게 이성적인 신앙인을 존경합니다. 사람들은 꼭 이적을 체험해야만 참 신앙인이 된다고 생각한다니까요."

김 장로는 아무래도 한 번 더 박 권사를 만나봐야 하겠다고 생각했다.

"권사님, 아드님이 여러 가지로 권사님 걱정을 하고 있던데 집 문제에 대해 한 번 더 생각해보시지요."

"장로님도 그 애에게 물들었어요? 그놈은 아직 신앙이 없어요. 신앙 없는 놈이 어떻게 나를 이해할 수 있겠어요? 장로님도 그놈과 한패라면 더는 나를 찾아오지 마시오."

"권사님, 저더러 어떻게 하나님을 사랑하느냐고 물으셨지요? 저는 아내가 내 말을 진지하게 들어주고, 또 내가 아내 말을 진지하게 들어주면 우리는 서로 사랑하고 있다고 느낍니다. 이처럼 성경은 하나님의 말씀인데 제가 성경을 진지하게 읽고 또 그 말씀 안에 사시는 주를 믿고, 기도로 진지하게 내 생각을 하나님께 아뢰면 저는 하나님과 서로 사랑하고 있다고 느낍니다. 그런데 우리 교인들이 그런 진지한 시간을 갖지 못하고 교회 행사에 너무 바쁜 걸 보면 안타깝습니다. 하나님의 '일'이란 하나님이 보내신 이를 믿는 것인데 믿는 일 말고 인간적인 어떤 일을 따로 해야 한다고 생각하는 건 옳지 않다고 생각합니다. 무엇을 해드려야 하나님이 기뻐하실까 하고 일을 만들어서 바쁘게 삽니다. 기도도 해야 하고 성경도 읽어야 하는데 바쁜 행사로 시간이 없다 보니 기도도 한 행사 속에 끼어서 간단히 하는 것으로 생각하는 것 같습니다."

박 권사는 이런 말을 하는 김 장로를 뚫어지게 바라보고 있다가 말했다.

"김 장로는 기도를 많이 해 봤소?"

그러더니

"사탄아, 물러가라."

하고 큰소리로 외치고 계속 방언으로 기도하기 시작했다. 김 장로는 너무 놀랐지만 무슨 말인지 모르는 끝없이 계속되는 방언 기도를 듣고 있다가 기도가 끝나자 "아멘"하고 밖으로 나왔다. 방언을 알아들을 수 없는 김 장로가 할 수 있는 일은 "아멘"뿐이어서 그렇게 했는데 그것은 박 권사의 생각에 동의한다는 것인지 아들 말을 박 권사가 이해해서 감사하다는 것인지 자기도 알 수 없는 "아멘"이었다.

낙원 이야기

:::

노숙주는 눈앞의 화려한 광경 때문에 눈이 부시고 몸이 공중으로 뜨는 느낌이었다. 하늘 문이 열렸는데 그곳에 보좌가 있고 하나님의 보좌 주변은 무지개가 있어 보좌를 둘렀는데 그 후광이 눈이 부셔 감히 쳐다볼 수가 없어 머리를 숙이고 쭈그려 앉았다. 하나님의 얼굴은 볼 수도 없고 보이지도 않았지만, 보좌에 둘려 이십사 장로들이 흰옷을 입고 앉아있는 것과 보좌 가운데와 보좌 주변에 여섯 날개를 가진 네 짐승이 둘러 있는 것은 보였다. 숙주는 정말 자기가 죽어 천국에 온 것일까 하고 생각하였다. 얼마나 오고 싶었던 천국인가? 처음으로 교회에 나와서 성경공부도 하고 세례도 받았으며 이웃 사람들로부터 하나님의 사랑을 체험하자 천국을 소망하며 살게 되었는데 천국에 오다니 놀라운 일이었다.

정신을 차리고 다시 보니 보좌 앞에 예수님 같은 분이 서 있었고 또 그 앞에는 오동포동하고 예쁘게 생긴 사람이 서 있었다. 옷을 걸치고 있지 않았다. 그런데 자세히 보니 남자도 아니고 여자도 아니었다.

"당신은 누굽니까?"

"나는 당신을 안내하는 천사입니다."

"그럼, 여기가 천국이요?"

"아닙니다."

"그럼, 당신이 나를 천국으로 인도하려고 여기 나와 있소?"

"아닙니다."

"당신은 무엇을 안내하는 천사입니까?"

천사는 슬프거나 기쁜 표정이 아니었다. 다만 온화하고 부드럽다는 느낌을 줄 뿐이었다. 온 세상은 대낮보다도 밝은 곳이었다.

"여기를 찾아오는 사람은 모두 당신 같은 질문을 해서 이곳 천상의 세상에 적응하도록 설명하고 돕는 오히려 도우미라고 생각하면 더 좋을 것입니다."

"천국에 오면 하나님을 거울로 보는 것처럼 보지 않고 얼굴과 얼굴을 대하여 볼 수 있다고 했는데 하나님은 왜 안개 속에 가려져서 보이지 않습니까?"

"아직 그때가 차지 않았습니다. 이곳은 천국이 아니라고 했지요. 천국이 아니고 낙원입니다."

"그 말이 무슨 말입니까?"

"아직 예수님께서 재림하지 않으셨습니다. 사람은 영과 육이 있는데 예수를 믿는 분의 영은 다 죽어서 이곳 낙원으로 와 있으며 육체는 무덤에 가 있습니다. 당신은 영과 육이 다 이곳에 와 있는 것이 아니며 영만 와 있는 것입니다. 보십시오. 많은 죽임을 당한 영혼들이 흰옷을 입고 재단 아래 있어 큰 소리로 '거룩하고 참되신 통치자님, 우리가 얼마나 더 오래 기다려야 땅 위에 사는 자들을 심판하시고 또 우리가 흘린 피의 원수를 갚아 주시겠습니까?'라고 호소하는 소리가 안 들립니까? 이들도 예수님의 재림을 기다리고 있는 성도들의 영입니다."

"우리 교회의 박 장로님은 예수 믿고 죽으면 요단강을 건너 천당 간다고 했는데 천당이 아니고 낙원이라니 이게 무슨 말입니까?"

"나더러 주여 주여 하는 자마다 다 천국에 들어갈 것이 아니라는 주님의 말씀을 못 들었습니까? 천국, 천국 하는데 당신은 정말 천국에 갈 확신이 있습니까?"

"구원받았는데 물론 있지요. 나는 내 모든 재물을 하늘에 쌓았습니다. 나는 노숙자로 가진 것이 없습니다. 또 이제부터는 예수만 믿고 살기로 결심한 사람입니다."

"그러나 천국은 당신의 뜻이나 행위로 가는 곳이 아닙니다. 당신보다 훨씬 많이 일한 영혼들이 다 이곳에 잠들어 있습니다. 아니 주님과 영적인 교제 속에 안식하고 있다 해야 옳겠지요. 주께서 호령과 천사장의 소리와 하나님의 나팔 소리로 친히 하늘로부터 강림하시면 그때 홀연히 다 변화되어 주를 맞게 될 것입니다."

"그때 천국에 간다는 말입니까?"

"아닙니다. 크고 흰 보좌 앞에서 모두 심판을 받게 되는데 그때 생명책에 기록된 사람이 드디어 천국에 가게 됩니다. 당신의 뜻대로 천국에 가는 것이 아닙니다."

"그럼 아직 아무도 천국에 가본 사람이 없습니까?"

"그렇습니다."

그는 머리가 혼란해졌다. 요단강을 건너면 주의 손을 붙잡고 기쁨으로 주의 얼굴을 볼 수 있는 곳이 천상의 세상이 아니었던가? 생명 시냇가에는 생명 나무가 무성하고 그 나무는 열두 가지 열매가 매월 열리고, 주의 보좌에는 만국 백성이 둘러서 천사의 노래로 화답하며 흰

옷 입고 황금 길로 다니며 황금 문, 황금 종이 있는 보좌에서 우리를 위해 예비한 면류관을 씌워 주시는 것이 아니던가? 그렇게 노래하던 천국을 아직 아무도 가보지 못했다는 말인가?

"천국에는 하나님 영광의 빛이 태양 빛보다 밝다고 했는데 그곳에는 다이아몬드의 빛과 석류석과 사파이어와 루비의 반작거림과, 값진 진주의 광채도 있습니까? 또 지상에서 쌓은 공력으로 들어가 누릴 고대 광실도 있다고 들었는데 정말 그런 것이 있습니까?"

"그런 말을 많이 듣는데 주께서 재림하시기 전에는 천국에 가본 사람이 없으며 아직 들어간 사람이 없습니다."

"무슨 말인지. 그럼 나에게 돌아가신 박 장로를 보여주십시오. 그분은 나 같은 노숙자들을 모아 주일마다 예배 인도를 돕고 계셨던 분입니다. 나를 새 사람으로 태어나게 해 준 사람이란 말입니다. 노숙자들에게 교통비도 주고, 점심도 주고, 이발도 해 주었으며 자기를 희생하여 예수를 전한 분입니다. 분명 그분은 이곳에 있을 것입니다."

"물론 만날 수 있습니다. 어떤 모습을 보기 원하십니까? 교회에서 활동 하실 때? 아니면 돌아가시기 직전?"

"그런 여러 가지 모습으로 장로님이 이곳에 계십니까?"

"그렇습니다. 이곳은 우주만큼 광활한 천상입니다. 당신이 말하는 박 장로뿐 아니라 돌아가셔서 낙원에 온 모든 사람의 모든 과거 모습들이 다 이곳에 있습니다. 대용량 메모리칩에 여러 가지 형상이 다 들어있다고 생각해도 됩니다. 단추만 누르면 그들이 삼차원의 가상현실의 영상이 나타날 것입니다."

"무슨 단추를 어떻게 누른다는 것입니까?"

"간단합니다. 눈을 감고 2, 3분만 보고 싶은 그분의 모습을 상상하십시오. 그리고 눈을 뜨면 됩니다."

노숙주는 박 장로의 사랑을 특별히 많이 받았다. 그가 회사 임원으로 있으면서 전산처리도 잘하고 통솔력도 있는 것 같아선지 박 장로는 집에 있는 옷도 갖다 주며 노숙자 반 예배 인원이 200명이 넘자 자기 어깨에 손을 얹고 예배 모임의 책임을 맡아 달라고 부탁했던 분이다. 갑자기 간암으로 돌아가셨지만, 그분의 인자한 모습을 보고 싶다고 생각했다. 이 교회는 베데스다 부에서 각 노숙자에게 주일마다 교통비를 주며 그들과 함께 예배를 드렸는데 강 부목사가 노숙자들의 예배도 인도하며 성경공부도 인도하였다. 그들을 돕는 많은 바나바라는 명칭을 가진 도우미들이 사랑으로 그들을 도왔다. 그러자 노숙자들이 변하여 용기를 얻고 작은 일자리를 찾아 나서며 교회에서 주는 교통비를 거절하고 일반 예배에 참석하는 사람도 많아졌다. 이 모든 것은 이 팀, 박 장로의 희생적인 봉사 때문이었다. 노숙자들은 산뜻하게 이발을 해주면 목욕탕을 찾아가고, 목욕하고 나면 깨끗한 옷을 입으려 하고, 깨끗한 옷을 입으면 노숙자 생활을 청산하였다. 새롭게 거듭나고 세례를 받은 자도 많아졌다.

눈을 감고 이렇게 교회에서 희생적으로 일하던 박 장로를 상상하다 눈을 떴다. 그러자 그의 영상이 나타났다. 마치 박물관의 전시실에서 내용을 설명하는 사람의 입체 영상처럼 그가 눈앞에 나타난 것이었다. 온화한 얼굴이었다. 그러나 웃고 있지도 울고 있지도 않았다. 슬픈 모습도 아니었다. 노숙주는 반가워 "장로님!"이라고 부르며 다가가 보듬었다. 그러나 아무것도 잡히지 않고 그는 한 자만큼 뒤에 다시 서 있었다.

"이건 박 장로 같지 않습니다."

"당연하지요. 박 장로는 지금 영계에 계십니다. 육의 몸으로 심고 신령한 몸으로 이곳에 오셨습니다. 이곳에는 다시 사망도, 슬픔도, 눈물도, 아픈 것도 없습니다. 육체를 가진 사람들의 흔히 갖는 감정이 없다는 말입니다."

"박 장로는 나를 못 알아보는 것입니까?"

"알아보십니다. 세상에 있었던 과거의 살아 있던 노숙주 씨가 아니라 영계에 온 친구로서 영통하는 것입니다."

"그럼, 박 장로님은 돌아가신 뒤 예수님 곁에 앉아 세상에 있는 우리 교회 노숙자 반을 위해 계속 중보(中保)하고 기도하지 않으셨다는 말입니까?"

"그럴 수가 없습니다. 이곳에 오는 순간 세상에 있는 모든 것은 다 망각해 버리니까요. 죽으면 누구나 요단강이라고 하는 망각의 레테 강을 건너게 됩니다. 흐느적거리며 온몸을 감싸듯이 조용히 흐르는 이 강이 생각나지 않습니까? 이 강을 건너면서 시간과 역사 속에 있는 이승은 완전히 그 강의 망각 속에 묻어버리고 이곳에 오는 것입니다."

"그럼 돌아가신 박 장로와 살아 있던 우리는 아무 상관이 없었다는 결론이네요."

"있었다고 생각해보세요. 박 장로가 기도해서 일이 잘되고 저주해서 망한다면 세상에서는 예수님 말고 박 장로를 숭배해야지요. 박 장로가 우상이 되는 것입니다."

"그렇군요. 죽은 망령들은 살아남은 사람들을 위해 아무 도움이 안 되는군요. 그런데 죽기 전에 왜 예수를 영접하고 가라고 그렇게 애를 썼던 것입니까?"

"그렇게 해야 사후에 '오늘 네가 나와 함께 낙원에 있으리라'라고 예수님께서 약속하신 낙원에 들어올 수 있기 때문입니다. 죽어 낙원에 있는 영들은 세상에 살아 있는 가족과는 아무 상관이 없지만, 낙원에 있는 영들과 교제하시는 예수님만이 하늘의 영계와 땅의 세계를 자유로 오가며 성령을 받은 자녀들에게 자신을 계시하십니다. 이분은 낙원에 잠든 모든 영을 대신합니다. 그 특수 계시 속에서 당신이 원하는 박 장로의 음성도 들을 수 있습니다."

"그럼 믿지 않고 죽은 사람은 어디로 갑니까?"

"영혼은 '스올(sheol)'이라는 곳으로 가고 육은 무덤으로 갑니다."

"그곳에 간 사람은 어떻게 됩니까?"

"예수님이 재림하시면 다 육체를 입고 부활하여 심판을 받겠지요. 그래서 지옥 불에 던져지게 되거나 천국에 가게 될 것입니다. 그러나 더 자세한 것은 나도 모릅니다. 다만 나는 이곳 낙원의 영들을 돌보는 일을 맡아 있을 뿐입니다."

숙주는 자기가 죽을 때 망각의 강을 건넌 것이 분명하다는 생각을 하였다. 왜냐면 아내나 자녀나 자기 가정을 파산케 하고 도망친 원수도 생각나지 않았기 때문이었다. 어쩌면 지긋지긋한 세상을 다시는 생각하고 싶지 않아 그들을 잊었는지도 몰랐다. 하긴 그들이 생각난다면 하루도 걱정 근심이 떠날 날이 없고 이곳은 주의 품에 안식하는 곳이 아니며 다시 긴장과 근심과 저주로 미워하는 장소가 될 것이 분명했다. 그런데 궁금한 것은 왜 이 낙원에서 면류관을 받고 기뻐하는 성도들의 모습이 보이지 않느냐는 것이었다. 환난과 핍박 속에서도 이 생을 견딘 것은 하나님의 면류관을 받기 위해서였고, 각각 자기의 일한 대로 상을 받기 위해 공력을 쌓았으며, 이 세상과 다른 천국을 꿈꾸고 모든 부끄러움을 참았는데 낙원에 그런 모습이 보이지 않는 것은 이상한 일이었다.

"낙원이 이런 곳이라면 나는 세상에서 더 환락을 즐기고 살았지 그렇게 인내하며 살지 않았을 것 같습니다."

"사후의 세상이 어떤 곳이라고 생각했습니까?"

"사시사철 아름다운 꽃이 피어 있고, 무엇보다도 거룩한 성, 새 예루살렘이 있는 곳입니다. 금으로 꾸민 성, 다이아몬드로 꾸민 성벽, 진주로 꾸민 성문, 보석으로 꾸민 기초석, 즉, 열두 기초석은 벽옥, 즉 다이아몬드요, 남보석은 청옥색, 옥수는 하늘색, 녹보석은 녹색, 홍마노는 분홍색, 홍보석은 붉은색, 황옥은 금색, 녹옥은 청록색, 담황옥은 엷은 녹색, 비취옥은 자주색, 청옥은 붉은 주황색, 자정은 보라색으로 꾸며진 화려한 성을 볼 수 있는 곳입니다. 시온 산에는 어린 양이 서 있고 하늘의 보좌 앞에 네 생물과 12장로들이 둘러앉았는데 이마에 어린 양의 이름과 아버지의 이름을 쓴 십사만 사천의 성도들이 노래하는 것이 들리는 그런 광경을 상상했습니다. 생명수의 강가에 생명나무가 서 있고 우리가 나아가면 들고 있던 면류관을 씌워 주는 그런 장면도 상상했습니다. 그런데 이곳은 우리의 고생을 보상해 줄 만한 것이 아무것도 없습니다."

"2, 3분 동안 눈을 감고 그런 광경을 상상한 뒤 눈을 뜨십시오. 아무도 천국을 가보지 못했지만 그런 천국이 눈에 보일 것입니다."

노숙주는 아름다운 천국을 상상했다가 눈을 떴다. 과연 그 모든 것이 눈앞에 펼쳐지는 것이었다. 시들지 않은 꽃, 하늘에서 내려온 새 예루살렘, 그리고 생명수의 강이 눈앞에 있었다. 그는 눈이 휘둥그레졌다.

"이게 웬일이요."

"만일 하나님의 뜻에 합당하면 예수님께서 재림하실 때 당신은 이런 천국에 가게 될 것입니다."

들판은 그냥 들판이 아니었다. 하나님께서 온갖 귀한 보물을 포장해 두었다가 그 속에 무엇이 있을까 하고 비밀을 찾고 싶어 궁금해하도록 한 뒤 포장을 열고 놀라운 것을 보여주는 것 같았다.

"그래요. 이런 천국을 가고 싶었는데 흡족하게 보여주시는군요. 그런데 이런 천국을 가기 위해 이 낙원에서 또 주의 재림까지 여러 해를 기다려야 한다는 말입니까?"

"그것은 사람마다 다릅니다. 이곳에서 천년을 하루같이 기쁘게 지내는 사람이 있고 하루를 천년처럼 지루해하는 사람도 있습니다."

"나 같은 사람은 친구도 없고, 어떻게 이런 곳에서 천년을 하루같이 지낼 수 있다는 말입니까?"

"이곳은 세상과는 인연을 끊었지만, 예수님과 친근한 교제를 가까이서 한없이 할 수 있는 곳입니다. 바울은 차라리 세상을 떠나 주와 함께 있고 싶다고 간절히 원했으며 에녹은 계속 주와 동행함으로 하나님이 데려가셨습니다. 이곳은 주를 간절히 사모하는 사람은 말씀과 함께 사는 것이 너무 행복하고 기쁜 그런 곳입니다."

"그 말은 곧 세상에서 주의 말씀을 마음에 두고 살며 주의 궁전에서의 한 날이 다른 곳에서의 천 날보다 낫다고 생각하고 살아온 사람은 지상에서 벌써 낙원의 삶을 살고 있었다는 말이군요."

"그렇습니다. 세상에서 낙원의 삶을 그림자로만 체험하다 죽어서는 진짜 낙원에 들어와 사는 것이지요. 매일의 삶이 얼마나 황홀하겠습니까? 에녹 같은 사람은 세상과 낙원의 경계선에 있던 죽음을 뛰어넘어 바로 낙원에 와버린 사람입니다."

"한 가지 궁금한 것이 있는데 여기에도 하루와 천년 같은 시간 개념이 있습니까? 하루가 지나고 이틀이 지나면 새것이 낡은 것이 되고 부패하는 그런 일이 있을 수 있느냐는 이야기입니다."

"천상의 세상에는 시간이 없습니다. 오직 지상의 세상에만 시간은 존재합니다. 지상에서의 하루나 천년은 이 천상의 세상에는 없지만, 지상에서 온 사람에게 설명하기 위해 편의상 그렇게 말하는 것입니다."

"그럼 세상은 유한하게 창조되어서 창조한 시간과 멸망하는 시간이 정해져 있다는 말이지요? 하나님께서 세상을 창조하셨을 때에 시간이 생겼고 주께서 재림하여 세상을 최후 심판하시고 멸망할 때 시간이 자연 없어진다는 것 아닙니까?"

"세상 창조 전에 시간이 있었다 하더라도 그 시간은 이 우주 생성과 아무 상관이 없으며, 또 종말 후에 시간이 있다 하더라도 그 시간은 아무 쓸모가 없는 것입니다. 다만 사후에 온 이 천상의 세상에는 '영원'이 있을 뿐입니다. 다시 말하면 지상에서는 크로노스의 시간이 있었다면 천상에는 카이로스의 시간이 있다고나 할 수 있을까요?"

나그네는 천사로부터 많은 설명을 들었지만, 아직도 풀리지 않은 문제가 많았다. 시간은 무엇이고 영원은 무엇인가?

"혹 제가 여기서 돌아가신 아인슈타인 박사를 만나볼 수 없을까요?"

"무엇 때문이지요?"

"그분은 과학자이기 때문에 물어볼 말이 많이 있습니다. 성경에 의하면 우주는 최근 약 주전 5,000년쯤에 만들어졌다고 합니다. 그런데 하나님은 영원부터 영원까지 계시는 분인데 주전 5,000년까지는 뭘 하고 계셨는지, 또 왜 꼭 그 시점에 우주를 만들 생각을 하셨는지, 정말 그전에는 시간이 존재하지 않았는지 궁금해서 물어보고 싶어서입니다."

"그분을 내가 만나도록 해드릴 수는 없습니다. 또 그분이 이 낙원에 계시는지, 안 계시는지도 알 수 없습니다. 꼭 만나고 싶으면 만나고 싶다는 신호를 하십시오. 나타날지도 모릅니다."

노숙주는 눈을 감고 여러 가지로 그분을 상상했지만, 과학자라는 것밖에 뚜렷한 신호를 찾지 못했다. 이 낙원에 과학자는 수없이 많을 것이었다. 결국, 그분은 나타나지 않았다. 기독교 신앙은 가졌지만, 주를 영접하지 않고 군중의 한 사람으로 살다가 죽었는지도 모르는 일이었다.

"천당과 지옥은 언제 갈 수 있는지 알 수 없습니까?"

"그것은 아무도 모릅니다. 다만 하나님께서는 되도록 많은 사람이 구원을 받도록, 또 하나님께서 예정하신 이방인의 수가 차기까지 인내하고 계시는 것만 알 수 있습니다."

"그럼 천년 왕국이란 무슨 말입니까?"

"사탄이 세상의 왕 노릇을 하고 있습니다. 하나님은 사람이 하나님 찾기를 기다리시나 그들이 하나님을 인정하기를 싫어하므로, 하나님께서는 사람들을, 해서는 안 될 일을 하게, 타락한 마음자리에 내버려 두시는 벌을 주기도 하셨습니다. 드디어는 마귀들과 타락한 자들을 무저갱(無底坑)에 던져 넣어 잠그고 그 위에 인봉(印封)하여 천년이 차도록 다시는 만국을 미혹하지 못하게 하셨습니다. 이 평화로운 천 년 동안을 천년 왕국이라고 합니다."

"그 뒤는 어떻게 됩니까?"

"천 년이 찬 뒤에 모든 사탄이 옥에서 풀려나고 대환란이 있게 되는데 그 뒤 하나님께서 크고 흰 보좌에 앉으셔서 부활한 모든 신자와 불신자를 모으고 심판하시게 됩니다. 그리고 하나님의 생명책에 기록되지 못한 사람은 불 못에 던져지게 되는데 이것을 둘째 사망이라고 합니다. 노숙주 씨께서 말하는 지옥이지요."

노숙주는 이번에는 도우미가 사라지기 전에 꼭 궁금했던 것 하나를 알아내고 싶었다. 그것은 자기가 대기업 직원으로 잘 일 하고 있었는데 중국과 작은 무역을 하고 있던 중소기업 사장이 자기 회사에 와서 사장을 맡아 달라고 간청해서 어쩔 수 없이 떠맡은 회사가 있었다. 그 뒤 사업이 부진해지자 은행 빚을 내기 시작했는데 부도가 나자 먼저 회삿돈을 횡령하여 해외로 도망친 천 씨라는 사람이 있었다. 그는 도망가서 결국 죽었는데 그때 자기는 회사 사장을 맡았기 때문에 빚을 내면서 자기 집도 담보가 되어있어 모두 날리고 결국 아내는 애들을 데리고 이혼했다. 자기는 노점상을 하다가 그것도 안 되어 노숙자로 전락했는데 그 천 씨가 어떻게 되었는지 궁금하였다. 평소에 자기는 죽으면 그 천 씨가 반드시 꺼지지 않는 지옥 불에 던져져 죽지도 않고 신음하고 있는 것을 보고 싶어 견딜 수가 없었던 것이다. 악한 자는 죽어서라도 벌을 받아야 한다는 것이 그의 신념이었다.

"꼭 한 가지 내 친구 천 씨를 어떻게든 만나보고 싶은데 그것은 안 될까요?"

"무엇 때문입니까?"

"그가 부도를 내고 도망가서 죽었습니다. 그래서 저는 그놈 때문에 지상에서 지옥 같은 삶을 살았습니다. 이제 그가 죽어서는 지옥에서 살 차례입니다. 그가 불과 유황으로 타는 불 못에 들어가 그가 구더 기도 죽지 않고 불도 꺼지지 아니해서 모든 사람이 소금에 절이듯 불에 절여져 아비규환 하는 모습을 꼭 보고 싶습니다."

천사는 노숙주를 의아하다는 듯 뚫어지도록 쳐다보았다.

"당신은 그 사람을 결코 만나 볼 수 없을 것이요. 그의 영혼은 스올로 갔기 때문에 이 낙원과 그런 죄인이 가는 곳은 큰 구덩이가 놓여 있어서 결코 건널 수가 없습니다. 꼭 만나고 싶으면 세상으로 돌아가서 당신도 그 죄인들이 있는 스올로 가야 합니다."

"천국을 미리 볼 수 있듯이 지옥에서 신음하는 그도 볼 수는 없을까요? 나는 억울해서 꼭 그 녀석의 모습을 보고 싶습니다."

천사의 표정이 굳어지는 것 같았다.

"당신이 원수를 미워하는 그런 마음을 가지고 어떻게 이 낙원에 와 있는지 모르겠습니다. 아마 내가 당신을 잘못 보고 지금까지 안내한 것 같습니다. 당신은 온전히 망각의 레테 강을 건너지 못하고 지상 세상과의 인연을 지금도 지속하고 있는 흔적이 역력합니다."

그러면서 천사는 단호하게 말했다.

"지금 당장 지상으로 내려가시오."

그러면서 천사는 사라졌다.

노숙주의 영혼은 낙원에서 쫓겨나 지상을 맴돌다가 한 병원의 병실 시체 속으로 들어갔다. 교통사고로 병원 응급실로 옮겨온 그가 산소호흡기로 연명하고 있다가 갑자기 영혼이 떠나자 산소호흡기를 떼고 의사로부터 사망시간 선고를 받은 뒤 일반 병실로 옮겨온 시체 속이었다.

사람들이 웅성거리고 있었는데 노숙자 담당이었던 강 목사도 보였다. 그는 벌떡 일어나 강 목사의 손을 잡았다. 모두가 놀라고 어리둥절한 표정이었다. 노숙주는 울컥 울음이 솟아났다. 그래서 강 목사의 손을 잡고 소리 내어 울었다.

"목사님, 저 같은 죄인을 이같이 사랑으로 돌봐 주시니 감사합니다. 저는 아직도 구원받지 못한 죄인입니다. 예수님은 낙원에서 과거의 제 죄를 하나도 기억 못 하시고 받아 주셨는데 저는 아직도 원수를 용서하지 못해서 낙원에서 지옥으로 쫓겨난 죄인입니다."

그곳에 모인 사람들은 노숙주가 무슨 말을 하고 있는지 알지 못해 멍하게 바라보고 있었다.

평화 회담[1]

⋮

　의류 재활용 매점에는 여러 가지 의류들이 격자 옷걸이에 걸려 있었
다. 이 매점은 자원봉사자들에 의하여 운영되는 곳이었다. 헌 옷을 깨
끗이 빨아, 걸어 놓은 것이어서 하나의 '아나바다(아껴 입고, 나누어 입
고, 바꾸어 입고, 다시 입는)' 매장이었다. 아까운 옷을 버리는 사람이 많
아서 전화 연락만 받으면 가져와 세탁해 걸어 놓고, 싼값으로 나누어
입기를 하자는 것이었다. 여러 사람이 와서 만져 보고 그냥 갔지만, 가
끔 사가는 사람도 적지 않았다. 아침 9시면 열어서 저녁 5시에 닫고
일요일에는 쉬는 매점이었다. 간판에는 『선한 사마리아인의 집』이라고
씌어 있었다. 그런데 이상한 것은 가게가 문을 닫고 어두워지면 옷들
이 나와서 이야기를 시작하는 것이었다. 말하자면 옷의 효용 가치를
따져 이 옷 저 옷 둘러보던 사람들의 살 냄새가 가시면 이제는 옷들이
스스로 자기를 입고 있던 주인을 대신하여 이야기를 시작하는 것이었
다. 이들은 육을 떠난 영들이기 때문에 자기주장을 거침없이 말했고
따라서 고성으로 끝나는 토론이 많았다. 이날 밤은 몇몇 지도자들이

---

1)　　이 작품은 공동코뮤니케(기독교문학, 2009.04.)를 개명, 개작한 것이다.

모여 평화회담을 하자고 제안하고 모이는 자리였다. 이 나라가 시끄러운데 종교계도 시끄러워 종교계라도 서로 보듬고 지내보자는 모임이었다. 사실, 이 옷걸이에는 교수가 걸쳤던 옷, 목사, 신부가 걸쳤던 옷, 스님, 유학자가 걸쳤던 옷, 깡패가 걸쳤던 옷, 부잣집 마님의 옷으로부터 술집 아가씨의 옷까지 가지각색의 옷이 걸려 있어 각계각층의 의견을 듣기에는 안성맞춤인 자리였다. 한편 의견의 통일을 기대하기도 어려운 곳이기도 했다. 그러나 실제는 평화회담이라기보다는 일종의 성토대회였다.

평화회담 참석자 중의 하나인 가죽점퍼는 제일 말이 많았는데 머지않아 세상의 종말이 온다는 종말론자였다. 종말론으로 그는 비관하는 것이 아니라 자기 힘으로 인류를 구원해야 한다는 사명감에 불타고 있었다. 인간들이 빨리 회개하지 않으면 하나님의 진노가 이 세상을 불로 심판하게 된다고 굳게 믿고 있었다. 이 세상에 만연한 우상을 제거하지 않으면 하나님의 진노가 믿는 자들에게 임한다고 입버릇처럼 말하고 있었다. 우상을 찍고 부수고 불태우며 가루를 만들지 않으면 인류의 구원은 기대할 수 없다고 기염을 토했다. 히스기야 왕이 어떻게 나라를 구했는가? 여러 산당(山堂)을 제거하고 그곳에 모셔놓은 주상(鑄像)을 깨뜨리며 아세라 목상을 찍으며 이스라엘 백성이 분향하던 모세의 놋뱀을 부수었기 때문이 아닌가? 그렇게 하나님께 의지함으로 앗수르왕, 산헤립의 군사 185,000명을 무찌른 것이다. 이 나라에는 지금 얼마나 많은 우상이 득실거리고 있는가? 누군가가 이들 우상을 제거해야 한다. 그는 사실 추운 겨울날 밤 전기톱과 망치를 가지고 초등학교에 가서 단군상 목을 쳐서 떨어뜨린 장본인이었다. 그에게 단군상은 하나의 우상이었다.

유학자가 걸쳤던 개량 한복은 외국 문물에 의해 한국의 전통과 문화가 망가져 가는 것을 통탄한다고 말했다. 우리나라는 백의민족으로 반만년 전통을 가진 문화민족이다. 그런데 반도를 둘러싼 강대국들이 우리나라를 지배하며 사대사상을 심어 놓았고 특히 일본은 우리의 문화를 말살하려고 창씨개명(創氏改名)하고 내선일체(內鮮一體)를 주장하여 자기의 문화를 이식하려 했으며 우리의 국부 단군을 섬기는 것을 철저히 배격하고 민족혼을 말살하려 했다. 내 생각으론 우리가 살길은 우리 민족이 모든 외래 종교를 배격하고 태백산 신단수 아래에 내려와 신시(神市)를 열어 홍익인간(弘益人間), 이화세계(理化世界)의 대업을 시작한 단군왕검을 모시고 단결하는 길이다. 널리 세상을 이롭게 하자는 홍익인간이 바로 기독교가 말하는 사랑이고, 불교가 말하는 자비가 아니겠는가? 사실 나는 단군을 섬기는, 즉, 대종교를 신봉하는 사람이다. 유언서 정감록에도 단군 신령이 유불선 3대 종교를 단군의 신령으로 통합하기 위해 부활하여 오셨다고 쓰고 있다. 그가 바로 한얼님이시다. 그러나 사직공원과 초등학교 등에 360개의 단군상을 만들어 세운 것은 대종교가 한 일이 아니다. 서울시가 자라나는 세대들에게 민족혼을 일깨워 준다는 명목으로 시작한 것을 한문화 운동 연합회에서 이어받아 민족통일을 기원해서 세운 것이다.

가죽점퍼는 이 말을 듣고 분개하였다.

기독교는 외래 종교가 아니고 그 자체가 진리이기 때문에 믿는 것이다. 민족혼에 호소하는 국수주의도 좋지만, 단군 신령이 부활했다는 것은 웃기는 이야기다. 그가 부활하여 딱딱한 돌멩이가 되어 앉아있 다는 말인가? 사람이 옮겨다 놓으면 그 자리에서 한 치도 옮겨 앉을 수 없는 돌멩이가 어찌 부활한 신령이란 말인가? 이는 우상이다. 상천 하지에 하나님은 오직 한 분뿐이다. 그 하나님 외에 다른 신을 섬기면 하나님의 진노를 면할 수가 없다. 온 인류를 구원하기 위한 하나님의 구원사역(救援事役)이 완성되려면 이 지상에서 모든 우상을 제거해야 한다. 기독교의 신만이 참 신이며 그분은 오래 참고 있으나 이 지상에 하나님이 원하는 믿는 자의 수가 차면 재림하셔서 온 세계를 심판하시 되 예수를 믿고 그 이름을 부르는 자들은 하나님과 함께 영광의 보좌 에서 천년왕국을 누릴 것이다.

여호와의 증인이 입었던 까만 치마가 초롱초롱한 목소리로 말했다.

하나님이 한 분인 것은 맞다. 그러나 그 하나님은 여호와다. 기독교 에서는 하나님과 예수와 성령, 이 셋이 다 하나님이라고 한다. 어떻게 세 사람이 한 하나님이 될 수 있는가? 그리고 안 믿으면 지옥에 떨어 져 영원히 꺼지지 않는 유황불에 떨어진다고 신자를 위협하여 믿게 하고 있다. 지금은 문맹자가 없고 교육수준이 높아진 우리나라 사람 이 그런 유치한 말에 넘어갈 사람이 없다. 지옥이나 영원한 심판은 없 다. 여호와의 기준에 미달하는 사람은 모두 멸절된다. 기독교 지도자 들이나 세상의 지도자들은 다 기복신앙으로 신자들을 유혹하는 마귀 다. 이 마귀들로부터 양들을 구원해 내야 한다. 인류는 하나님께서 특 별히 선택한 144,000명과 여호와를 전하는 여호와의 증인들 즉, '다른 양'에 의해서만 구원을 받을 수 있다.

다시 가죽점퍼가 끼어들었다.

너희들은 이단이다. 삼위일체 하나님을 믿지 않는다. 영혼의 불멸도 믿지 않으며 몸과 함께 영혼도 죽는다고 생각한다. 예수는 하나님의 아들이 아니고 인간이라고 주장한다. 너희가 만일 하나님을 모른다고 하면 너희 죄는 사함을 받을 수도 있을 것이다. 그러나 유일하신 하나님을 믿는다고 하니 하나님의 심판을 면할 수가 없을 것이다. 내 집 문전에 만일 전도하러 왔다면 나는 너희들을 그냥 두지 않았을 것이다.

까만 치마가 치받았다.

너희들이 마귀의 자식들이다. 안식일을 거룩하게 지키라고 했는데 기독교는 해의 신을 섬기는 일요일에 예배를 드리고 있다. 살인하지 말라고 십계명을 외우면서 사람을 죽이는 전쟁터에 나가 싸운다. 우리 형제는 양심에 따른 병역거부 때문에 7년간이나 형무소(교도소)를 전전하고 살다 나온 사람이 많다. 그들은 출소 후에도 전과자, 군 미필자로 취직도 할 수 없다. 군에 가면 차라리 미필자 생활보다 더 편하다. 그런데 왜 병역을 거부하는가? 국가의 명령과 여호와의 명령이 상충할 때는 신앙을 지켜 여호와의 명령을 따르고자 하기 때문이다. 너희들은 어떠냐? 박해가 있다면 바로 피해서 마귀의 명령을 듣는 자들이다.

스님이 걸쳤던 도포가 말했다.

사실 기독교는 자기를 되돌아보고 살필 필요가 있다. 나는 외국 사람으로 신학교를 나온 기독교인인데 한국에서 참선 수행을 하려고 나왔다. 선(禪)은 무엇인가? 자기 자신의 참모습을 찾는 것이다. "예수는 누구이고, 나는 누구인가?" 이런 근본적인 물음에 대해 답을 얻기 위해 이곳에 나왔다. 그런데 내가 이곳에 와서 발견한 것은 기독교인은 일반적으로 말을 너무 가볍게, 그리고 너무 많이 하는 것 같다. "성경을 읽으시오. 예수를 믿으시오. 예수만이 여러분을 구원할 수 있습니다"라고 큰 소리로 전철 안에서 자기 안방에서처럼 외치는데 나는 그들이 정말 성경을 읽고 진리를 알고서 이렇게 외치는지 묻고 싶었다. 나는 신학교에서 성경과 해석을 전공하면서 성경을 많이 읽었다. 그러나 진리에 도달하지 못해 이곳에 와서 선 수행을 하고 있다. 안다는 것은 결국 모른다는 것이다. 진리는 밖을 향하는 것이 아니고 내 내부로 파고들어 나를 변화시킨다. 한국 사람들은 성질이 급하고 과격하다. 자기가 믿는 하나님을 안 믿는다고 내가 머무는 절에 와서도 몇 번이나 방화했다. 분명 무언가 기독교를 잘못 믿고 있다. 세상에서 학자로, 실업인으로, 회사원으로, NGO로 자기 역할을 잘 감당하고 있는 사람들을 교회 안으로 모아놓고 구약의 율법을 가르치며 교회 조직에 충성하라고 우민화(愚民化) 정책으로 살아 있는 생명을 죽이고 있다. 예수님은 그런 분이 아니다. 제자들을 훈련시켜 세상으로 내보내 각자 맡은 자리에서 하나님의 뜻을 분별하며 그분의 음성을 따라 살라고 하셨다. 주께서 이 세상에 계실 때 보여주신 삶의 본을 보여 주변 사람들로 그들을 보고 하나님께 영광을 돌리게 하라고 가르치셨다. 교회 안에 가두어 두고, 교세만 자랑하지 말고 '생명의 강물'로 세상으로 흘려보내야 한다. 깊이 생각하는 기독교인이 되어야 한다. 내 친구는 미국에서 한국 전쟁이 난 6월 25일, 한국에서 LA에 기증한 '자유의 종'에서 시작하여 미국 독립 기념일인 7월 4일까지 캘리포니아 사막에 세운 태고사 평화의 종까지 도보로 걸으며 세계평화와 한국의 통일을 기원하면서 걸었다. 이렇게 이 나라를 위해 기도하는 사람들이 많은데 세상에 나가 주께서 주신 소명대로 일하는 일꾼이 없으면 어떻게 하겠는가? "예수는 누구이고 나는 어떤 부름을 받았는가?" 먼저 생각해야 한다.

천주교 신부가 입었던 옷깃이 없는 검은 제복이 말했다.

도대체 구원이라는 것이 무엇인가? 예수님이 지상에 오셨을 때는 인류의 구원만을 생각하셨다. 그러나 지금은 부활 승천하여 하늘 위에서 자신이 창조한 온 우주의 구원을 생각하고 계신다. 즉 우주 만물이 에덴동산 시대로 회복되기를 바라고 계신다. 공기가 오염되고 물이 썩어가고 하늘에 구멍이 나고 있는데 기독교가 다른 종교 죽이기만 해서 대승적 견지에서 구원이 완성되겠는가? 우리 추기경이 불교방송에 나가 우리나라 국보인 팔만대장경에 호의적인 발언을 했다고 욕만 하면 되겠는가? 절에서 예수 탄생을 축하하는 현수막을 걸었다고 웃기는 일이라고 외면해야만 하는가? 기독교 학교에서 석탄 축하의 현수막을 걸었다고 꼭 비난해야 하는가? 목사와 승려들이 친목 축구경기를 하기로 서로 약속했는데 당일에는 목사가 교인이 무서워 배신하고 경기를 못 했다면 그것이 꼭 좋은 일인가? 서로를 아끼고 존경하는 것은 좋은 일이다. 물론 각 종교가 각각 오르는 길이 다를 뿐 정상에서는 같이 만난다는 뜻이 아니다. 각각 다른 신이 있는 다른 정상을 향해 올라가고 있다 할지라도 굶주린 사람과 병든 자를 돕고 죽어가는 지구를 살리는 일에는 하나가 될 수 있지 않겠는가?

청년이 입었던 진 바지가 말했다.

나는 무신론자다. 그래서 여러분이 하는 말을 잘 알아들을 수 없다. 어떻게 보면 각각 주장하는 말이 일리가 있는데 잘 들어보면 그 주장들이 억지가 섞여 있다. 다시 말하면 어떤 정당한 논리를 주장할 때 자기가 믿는 경전을 참이라고 가정하고 시작하는 일이다. 그것은 안 믿는 사람에게는 설득력이 없을 뿐 아니라 허위다. 신앙의 세계와 이성의 세계를 한 공간에서 혼돈하고 있는 꼴이다. 누가 삼단논법에서 A이면 B이다. B이면 C('이다'가 아니고)임을 믿는다. 고로 A이면 C이다. 라고 결론을 내는 어리석은 사람이 있겠는가? 오늘 이 모임은 남을 탓하지 말고 "내 잘못이요."를 말하는 자리라고 생각한다. 이 모임은 혈연 공동체도 아니요, 신앙 공동체도 아니요, 민족 공동체도 아니요, 이 순간은 평화를 추구하는 공동체이다. 따라서 사랑하고, 용서하고, 포용하고, 오래 참는 미덕이 있어야 한다고 생각한다. 다행히 천주교 신부님은 굶주린 사람과 병든 자를 돕고 죽어가는 지구를 살리는 일에는 하나가 될 수 있다고 제안했다. 한얼님, 하나님, 하느님, 여호와 또는 어떤 비슷한 이름이 되었건 어떤 공통점을 찾을 수 있지 않을까? 없다면 그들이 각각 다르다는 것을 인정하고 그 교리에 저촉되지 않은 일들, 예를 들면 운동경기, 음악회 등을 다양하게 할 수 있지 않을까?

가죽점퍼가 다시 말했다.

나는 어떤 종교와도 협력하고 싶은 생각이 없다. 또 그래야 할 이유도 없다. 다른 종교를 인정한다는 것 자체가 학, 두루미와 돼지를 뒤섞어 놓자는 이야기와 같다. 또 많은 이견을 덮고 오믈렛처럼 가짜 평화를 위장하면 무슨 유익이 있겠는가?

개량 한복이 다시 말했다.

오늘 우리는 서로 모여 많은 상처를 받았다. 그러나 이것을 참고 용납한 것은 이 모임에 희망적인 열매를 기대해서 그런 것으로 생각한다. 가죽점퍼는 말도 많고 독선이 심해 참으로 견제하기가 힘들다. 그러나 그를 빼고 우리가 무슨 평화회담의 결론을 내릴 수 있겠는가? 우리의 모임이 헛되지 않았다는 것을 알리기 위해 가죽점퍼의 요구를 최대한으로 수용해서 결의문이라도 하나 채택하자.

옷들은 오랜 논의 끝에 다음과 같은 결의문을 채택하고 회담을 끝냈다.

1. 우리는 각 단체가 각각 다른 이념으로 뭉쳐 있는 것을 인정한다.
2. 독선으로 다른 단체를 와해시키기 위해 소모적인 활동을 하지 않는다.
3. 누가 알곡이고 누가 가라지인가를 두고 싸우지 않는다.
4. 무엇을 하든 그곳에 사랑이 없으면 광장의 소음이라는 것을 믿는다.
5. 각 단체의 이념을 저해하지 않는 활동과 교제를 최대한 지원한다.

너무 오랜 토론으로 어느새 새벽 동이 트기 시작하고 있었다. 이제는 각각 자기 옷걸이로 돌아갈 시간이 된 것이다. 오래 입은 옷은 아무리 잘 세탁했다 할지라도 입었던 사람의 몸에 밴 냄새는 지울 수가 없다. 그들이 주장하는 진리는 그 냄새를 벗어버릴 수 없는 한 절대적인 진리가 될 수 없고 편파적인 객관적인 진리 혹 개인의 의견일 수밖에 없다.

가죽점퍼는 결의문에는 동의했지만 돌아서면서 불만이 가득했다. "다른 이로서는 구원을 얻을 수 없나니 천하 인간에 구원을 얻을 만한 다른 이름을 주신 일이 없다."라고 주님은 말씀하셨는데 이를 안 믿으니 너무 불쌍하고 안타깝다고 말하며 그는 이 종교 비빔밥을 자기는 도저히 먹을 수 없다고 실토했다.

홍 장로의 새벽기도

⋮

교회 창립 54주년에 제일교회는 젊고 박력 있는 새 목사를 영입하였다. 오랫동안 나이 든 목사를 모시고 있던 교회는 갑자기 활기가 넘치게 되었다. 근동에도 설교를 잘한다는 소문이 나고 매 주일 신입 교인의 수가 늘게 되었다. 교회 부흥의 기운이 감돌자 건물 곳곳이 후지게 보이고 이 건물로는 새로운 콘셉트와 패러다임을 수용할 수 없다는 생각이 들어서 교회를 대대적으로 리모델링을 하기로 하였다. 그런데 몇 달 동안의 연구 결과와 설계사들의 의견을 종합해 볼 때 리모델링을 하는 것과 새로 짓는 것이 큰 경비의 차이가 없는 것을 알게 되었다. 그래서 기존 건물을 헐고 새 성전을 짓자는 결론을 얻게 되었다.

젊은 새 목사는 목회를 전담한 경험이 없고 이번 임지가 처음이어서 여간 걱정되는 것이 아니었다. 그의 생각은 두 갈래였다. 가능하면 이 공사를 뒤로 미루고 당분간 안정된 목회를 하고 싶다는 것과 교인들이 성전건축을 강하게 원하고 있을 때 새 성전을 하나님 앞에 봉헌하여 하나님께 인정을 받고 싶다는 생각이었다. 시간이 흐르자 목사는 성전건축의 욕망이 강하게 솟아오르는 것을 느꼈다. 모험이지만 꼭 성전건축을 해야겠다고 마음을 굳혔다. 결심을 굳히자 목사는 "새 성전, 새 믿음, 부흥 2007년"이라는 표어를 깃발로 내세웠다. 2007년은 성령 부흥 100주년이 되는 해이기 때문이었다. 먼저 전 교인에게 40일 새벽기도를 선포하고 기도 약정서를 배부하였다.

이 교회에는 오랫동안 장로 생활을 하면서도 은퇴하기까지 한 번도 새벽기도에 참석하지 않은 홍 장로라는 분이 있었다. 장로를 은퇴한 지 4년이 된 사람인데 헌금 시간에 새벽기도 약정서를 나누어주고 헌금 주머니로 걷게 되자 당황하였다. 모두 주변에서 열심히 기도 약정서에 서명하여 주머니에 넣는 것이 보였다. 홍 장로는 좀 머뭇거렸으나 그래도 원로 장로인데 어린 신도들 앞에서 안 써낼 수 없다고 생각하며 펜을 들었다. 모든 교인을 동참시키기 위해 새벽 5시와 6시 두 반으로 나누어 기도회를 갖고 있어서 좀 늦은 6시로 약정서를 써서 제출하고 말았다. 날씨는 춥지도 않고 덥지도 않은 계절이었으며 6시면 이른 시간도 아니어서 은퇴한 그는 불참할 핑계가 없었다. 그러나 하루도 참석을 안 하던 그가 40일을 어떻게 하겠다고 약정했는지 주일 저녁이 되자 걱정이 되었다. 어떻든 일단 하나님 앞에 약속한 것이기 때문에 다음 날 아침 빨리 일어나야겠다는 생각으로 10시에 침실에 들었다. 너무 빨리 자면 한밤중에 일어나 잠을 설칠 것이고 너무 늦게 자면 못 일어날 수 있으므로 10시가 적당하다고 생각한 것이다. 잠자리에 든 뒤 한참 잤다고 생각하고 눈을 떠서 시계를 보니 12시였다. 너무 빠르다는 생각으로 잠을 청했으나 긴장되어서 그런지 잠이 오지 않았다.

이때 마귀가 그의 귀에 대고 말하기 시작한 것이다.

"너는 너의 교회에 나가서 새벽기도를 드릴 필요가 없다. 왜 꼭 교회에 나가서, 그것도 먼 곳에 있는 네 교회까지 가서 새벽기도를 드려야 해? 하나님이 계실 곳이 없어 너희 교회에만 가서 앉아 계시겠어? 새벽기도가 살아나야 교회가 부흥한다니까 목사가 지금 바람을 잡는 거야."

홍 장로는 '이 자식이 어떻게 내 마음을 그렇게 잘 알아서 유혹하지?'라고 마음이 뜨끔했으나 곧 항의했다.

"아침에 주께서 나의 소리를 들으시리니 아침에 내가 기도하고 바라리이다.'라는 시편 말씀도 듣지 않았니? 또 예수님도 '새벽 아직도 밝기 전에 기도했다'라는 말도 못 들었어?"

"그것은 반드시 모여 기도하라는 뜻은 아니다. 예수님은 한적한 곳에 가서 기도했다. 또 기도할 때는 골방에 들어가 문을 닫고 은밀한 중에 계시는 아버지께 구하라는 말도 있다. 모여서 소리쳐 기도하는 것은 감성에 호소하는 군중심리를 이용하는 거야. 이 바보야. 너는 지금도 잘하고 있어. 아침마다 일찍 일어나 성경을 묵상하고 기도를 하고 있지 않아?"

홍 장로는 "마귀야, 물러나라. 물러나라. 물러갈지어다."하고 외치며 반듯이 누워 복식호흡을 하며 아무 생각도 하지 않으려고 숫자를 세기 시작했다. 이러다가 시계가 1시 치는 소리를 듣고 잠이 들었다. 그러나 3시에 또 잠이 깼다. 이번에 일어난 것은 홍 장로의 습관이었다. 그는 약간의 전립선염이 있어서 꼭 그 시간에는 깨서 화장실을 간 뒤에 잠이 들곤 했었다. 이때도 곧바로 잠이 들 때와 그렇지 않을 때가 있었는데 4시가 넘기까지 잠이 들지 않으면 꼬박 날을 새는 것이 예사였다. 그럴 때는 온종일 정신이 멍해서 책도 읽을 수 없고 생각도 바르게 할 수가 없었다. 책을 읽다가 졸려서 잠을 자려 하면 다시 뭔가 해야 할 일이 생각나서 일어나야 하고, 일어나 있으면 꿈같이 머리가 흔들흔들하는 것이었다. 이러다가 불면증이 걸리면 어쩌나 하는 생각 때문에 며칠 동안 정상적인 생활을 할 수 없었다. 그래서 4시 전에 꼭 잠이 들어야 했다.

그런데 이날은 4시 전에 잠이 들지 않았다. 혹 잠들어서 못 일어나면 어쩌나 하는 생각 때문이었다. 못 일어나면 안 가면 된다고 대범하게 생각해도 한번 약정한 것을 첫날부터 어기면 안 된다는 강박관념이 눈을 말똥말똥하게 했다. 이때 또 마귀가 귀에 대고 소곤거렸다.

"이번 새벽기도회는 너무 심하다고 생각하지 않나? 기도 약정서까지 받는 것은 괜찮지만 그 명단을 예배당 앞에 붙여놓고 그 명단 옆에 유치원 학생 출석 체크하듯 매일 새벽기도 '출석 때마다 별을 하나씩 붙인다는 것은 좀 유치한 생각 아니야? 지금도 기독교인들은 새벽기도 하면 '무병장수' '만사형통' 한다고 생각하거든. 그런 이적이 일어나는 심리를 이용하는 거야. 가서 기도하는 소리를 들어봐. 병, 결혼, 직장, 건강을 달라고 기도하는 것이 고작이야. 다 자기 잘살게 해 달라는 기도야. 좀 나은 것이 있다면 안 믿는 가족 구원하게 해 달라. 성전건축에 빚지지 않게 해 달라. 그런 것인데 이것은 너희들이 하나님의 백성이 되겠다는 것이 아니고 오히려 내 부하가 되겠다는 뜻이야."

"그럼 오히려 너에게는 잘된 일이네. 그런데 웬 심술이야?"

"너희들이 멍청하기 때문이지. 아름답고 큰 교회를 짓고, 많은 사람

모아놓고, 열심히 기도하면 실상은 너희 입술과 말은 하나님께 가깝지만, 너희 마음은 나에게로 향하고 있는 거야. 그래서 하나님은 너희를 싫어하고 나는 너희를 기뻐해야 하지만 너희는 스스로 하는 짓을 모르고 나를 싫어하니 답답할 뿐이다."

"우리 마음이 너를 향하고 있다는 말이 무슨 뜻이야?"

"그래도 모르겠어? 너희가 원하는 것은 다 세속적이잖아? 성전건축은 하나님의 일이니까 돈이 없어도 믿음만 있으면 된다고 무작정 짓기 시작하는데 너는 그것이 잘한 짓이라고 생각해? 이건 세상의 원리가 아니고 은혜의 원리야. 세상 사람에게는 도저히 통하지 않는 딴 세상의 원리란 말이다. 솔직히 너는 이런 말을 들을 때 의심스럽고 괴롭지? 왜 그러는지 알아? 너는 세상의 원리를 따라 살고 있기 때문이야. 즉, '하나님의 영광'을 위한다고 겉으로는 말하지만, 너희들은 하나님의 생각은 따르지 않고 실제는 내 생각을 따르고 있는 거야. 너희들은 내 제자가 돼 있어. 날 믿어. 아름답고 거룩한 성전에는 하나님은 계시지 않아. 헐벗고 굶주린 자와, 병든 자와, 상처받은 자들이 편하게 드나드는 성전을 지어야 하는데 잘 사는 너희들은 거북해서 그런 성전은 원하지 않아. 그 대신 남이 부러워하는 더 높고 화려한 건물, 부자들이 좋아하는 값비싼 기물, 안락하게 예배할 수 있는 분위기,… 이 모든 것들을 원하는데 이것들은 다 내 백성들이 기를 쓰고 좋아하는 것들이야. 너희들은 경쟁적으로 바벨탑을 쌓으려 하고 있는데 그것은 나도 반대하는 바야. 왜냐하면, 그것은 멸망으로 이르게 되고 내 백성만 망하는 일이 될 것이기 때문이지."

홍 장로는 말했다.

"너는 마귀인데 어떻게 마귀 같지 않게 옳은 말만 그렇게 하니?"

"그건 당연하지 너도 내 자식이니까. 네 생각이 내 생각과 똑같은 거야. 너희들 기독교인 모두가 예수를 믿는다고 하면서 사실은 내 백성이 되고 있어. 마귀의 자식들이 '마귀야, 물러가라.' 하고 외치니 나는 너무 어처구니가 없다. 오히려 하나님께서 너희를 보고 하나님의 일을 생각지 아니하고 도리어 사람의 일을 생각한다고 '사탄아, 물러가라'라고 외치실 거야."

이렇게 마귀와 씨름을 하고 있다가 어슴푸레 잠이 들었다. 5시를 치는 소리를 들은 것도 같고 안 들은 것도 같았는데 이제는 홍 장로 부인이 부스럭거리고 일어나는 통에 눈을 떴다. 5시 10분이었다. 부인은 새벽기도에 가려면 지금 일어나야 한다고 홍 장로를 깨우며 전등을 훤하게 켜는 것이었다. 일어나려 하는데 현기증이 났다.

세수하자 머리가 맑아져서 서둘러 준비를 하고 차를 몰았다. 처음으로 새벽 기도를 드리러 가니 딴 세상에서 사는 것 같았다. 새벽기도회의 축도가 끝나고 더 기도할 분들은 더 기도하라고 전등을 껐다. 썰물처럼 많은 사람이 빠져나가자 남은 사람들이 마음 놓고 소리쳐 기도하였다. 홍 장로는 자연 옆 사람의 기도 소리를 들었는데 마귀의 말이 꼭 거짓말은 아니었다.

삼 일째 되던 날 홍 장로 옆에는 잘 보지 못하던 여인이 기도하고 있었는데 기도회가 끝나고 오랫동안 슬프게 울며 기도하고 있어서 궁금하여 기다렸다가 무슨 사연이 있느냐고 물었다. 그녀는 어머니가 입원해 있는데 입원비를 채워주시라고 계속 기도하는 중인데 아직 응답을 받지 못했다고 말했다. 너무 가엾은 생각이 들어 얼마를 주시라고 기도했느냐고 물었더니 100만 원이라고 말했다.

홍 장로는 왜 그녀에게 그런 질문을 했는지 가슴을 치고 후회했다. 그렇게 슬프게 울며 기도하면 하나님께서 어머니가 입원해서 입원비 100만 원을 위해 기도한다는 것을 알기나 할까? 또 알았다면 어떻게 해서 그녀에게 줄 수 있다는 말인가? 누군가 사람을 통해 주어져야 하는데 그 사실을 알고 있는 사람이 홍 장로, 자기뿐이었다면 어쩌라는 말인가? 줄 돈도 없고 안 줄 수도 없고, 정말 가슴을 치고 자기가 울고 싶을 뿐이었다. 다음날 교회 여전도사에게 그 여인에 대해 알아보았더니 새로 나온 회원인데 새벽기도, 새 가족 성경공부 등 빠짐없이 참여하며 어머니와 남편 구원을 위해 열심히 기도하는 사람이라고 말했다.

하루는 새벽 기도를 나오려는데 마귀가 말했다. "그 돈을 네가 주어라. 하나님이 너를 통해 그 돈을 주려고 너를 택하지 않았니?" 그러나 "사탄아, 물러가라."하고 그는 강하게 부정했다. 수입도 없는 그가 아내 모르게 그만한 돈을 빼 줄 능력도 없었다. 그러나 그는 괴로워서 새벽 기도에 나가서 그녀를 보면 되도록 먼 곳에 앉았다.

몇 주 후 그녀가 보이지 않아 여전도사에게 물었더니 의외의 대답을 했다.

"장로님, 어떻게 해요. 그 여인은 여러 사람에게 돈을 빌려서 떼먹고 교회를 떠났대요."

홍 장로는 그러나 가슴이 아팠다. 얼마나 궁했으면 도둑질은 못 하고 하나님을 섬기는 교인들을 노렸을까 하는 생각 때문이었다.

그날 저녁에 마귀가 또 나와서 말했다.

"난 이제 네가 새벽기도에 나가는 것을 찬성하기로 했다."

"아니, 왜요?"

"네가 하는 짓이 내 마음에 꼭 들기 때문이다. 너는 역시 네 돈 아까워하는 것이 꼭 나를 닮았거든."

제사장과의 대화

:

   한 치 앞도 잘 보이지 않는 짙은 안개 속을 걸어가고 있었다. 안개가 구름처럼 걷히기도 하고 밀려오기도 했다. 언덕길 같기도 했고, 나무가 듬성듬성 있는 산길 같기도 했다. 갑자기 앞이 밝아지더니 제사장이 그 앞에 서 있는 것이 보였다. 박 권사는 그 앞에 무릎을 꿇었다.

"제사장께서 웬일이십니까?"

"내가 제사장인 것을 어떻게 알았느냐?"

"에봇을 입고 계시지 않습니까? 네 줄로 세 개씩 열두 개의 보석을 박은 네모난 가슴 덮개도 보입니다."

"너는 예수를 믿지 않느냐? 그런데 오래전에 자취를 감춘 제사장을 어떻게 자세히 기억하고 있느냐?"

"무슨 말씀을요. 우리 성전에는 귀하신 제사장님이 지금도 계십니다."

"목사 말이냐? 목사는 제사장이 아니다. 제사장은 하나님과 인간 사이에 다리를 놓는 중보자로 죄인들을 위해 제사를 지내고 하나님을 향한 인간의 대변자로 있는 사람을 말하는 것이다."

"그러니까 목사님이 제사장이지요."

"목사는 번제 제단 앞에서 백성을 위해 속죄의식을 행하거나 율법을 가르치거나 하는 사람이 아니란 말이다."

"그럼 제사장님은 여기 웬일이십니까?"

"나는 교회에서 지금도 제사장을 너무 찾기 때문에 이 세상을 떠나지도 못하고 또 교회에 들어가지도 못하고 이렇게 엉거주춤 서 있는 것이다."

그러면서 그는 박 권사를 길옆에 놓인 의자에 앉혔다. 그는 너무 답답하다는 듯이 다음과 같이 말했다.

"이천 년 전에 예수가 와서 나는 갑자기 실직자가 되었다. 나는 성전을 지키는 거룩한 제사장으로 인간 편에 서서 일 년에 한 번씩 지성소에 들어가 인간의 죄를 속하고 하나님을 대신하여 재판도 하고, 인간을 축복도 해주며 존경을 받고 있었는데 갑자기 예수가 나타나서 십자가에 자기 자신을 단번에 제물로 드려 죽었다. 그러면서 누구나 들어갈 수 없게 막아 놓고, 나만 들어가는 휘장을 위에서 아래로 찢어서 세상 사람도 지성소에 들어갈 수 있는 담력을 넣어 주었다. 그래서 이제는 세상 사람들이 더는 하나님께 드릴 말씀을 굳이 나를 통해서 할 필요가 없게 된 거지. 하나님과 화해하고 싶을 때도 예수님이 대신 돌아가셨기 때문에 나를 통해 제물을 바칠 필요도 없다는 것이야. 이런 엉터리 같은 소리가 어디 있겠니? 그때 너희들은 그런 예수를 믿고 나를 버린 것이야."

"무슨 말씀이에요. 지금도 성전이 있는 이상 제사장은 필요합니다."

"성전? 이 세상에는 하나님이 계시는 성전이 진즉 없어졌어. 예수는 '이 성전을 헐라. 내가 삼 일 만에 다시 세우리라.'하고 호언장담을 하고, 참 성전은 하늘에 있으며 이 지상의 성전은 그림자에 불과하다고 말했는데 너는 그것을 안 믿니?"

"정말 하늘에 참 성전이 있습니까?"

"나도 안 가봐서 잘 모르지. 그러나 성전은 하나님이 계시는 곳이니까 하늘에도 있겠지. 그러나 그동안은 지상에 하나뿐인 성전이 있어서 하나님은 그곳에 와 계셨고 우리 제사장들을 통해 백성들의 말씀을 들어 주셨어."

"지금도 지상에는 성전이 많이 있지 않습니까?"

"예수가 올 당시에는 성전은 예루살렘에 하나밖에 없었어. 하나님은 유일하셔서 여러 군데에 나누어 계실 수 없었기 때문이야. 그런데 예수가 말한 대로 성전은 그가 떠난 지 이삼십 년 후에 로마 군인에 의해 허물어지고 우리는 갈 데가 없어진 거야."

"그럼, 지금은 하나님이 하늘에만 계시고 땅에는 안 계시는 것입니까?"

"그것도 아니야. 예수는 십자가에서 죽은 뒤 다시 살아나 하늘로 올라가고 모든 믿는 사람들에게 '너희들의 몸이 하나님이 계시는 성전'이라고 말하며 하나님은 이제 성령이라는 이름으로 여러 믿는 사람의 마음 가운데 와서 동시에 계실 수 있게 되었다고 말하고 있지 않아?"

"그럼 지금 교회도 성전이라고 해도 되겠네요. 하나님이 계시는 집이기 때문에요, 하나님은 성령의 모습으로 어느 곳이나 동시에 계실 수가 있으니까 여러 예배당에 흩어져 계실 수 있지 않아요?"

"어떤 의미에서는 그렇지. 그러나 구약 시대의 성전과 지금의 예배당은 매우 다르지."

"다를 게 뭐 있나요? 예배당이 성전이 되고 목사님이 제사장 노릇을 하면 되는 것이지."

"그것은 어린애 같은 어리석은 생각이다. 예수는 천사나 선지자나 제사장 등 하나님과 인간 사이의 중간 역할을 하는 자를 자기의 죽음으로 다 없애버리고 하나님과 인간이 직접 만날 수 있도록 화해시켜 버린 거야. 그래서 목사만 중보자라고 하면서 제사장 노릇을 하고 있으면 안 되지. 너는 예수를 믿으려면 철저히 믿어야 해. 예수를 안 믿고 율법대로 살고 제사장을 모시고 살든지, 아니면 예수를 믿고 담대히 하나님 앞에 직접 나아갈 담력을 얻든지 해야 한단 말이야."

"제사장께서는 율법 편입니까, 예수 편입니까?"

"누구 편이 문제가 아니야. 다만 나는 예수를 믿는다는 사람들의 모호한 태도 때문에 내가 지금 이 세상을 떠나지 못하고 안개 속에서 엉거주춤 서 있다고 말했지 않아?"

하기는 그렇겠다고 박 권사는 생각하였다. 교회라고 이름만 붙였지 그것은 예배당이 아니라 성전이라고 불리게 되고 목사와 제사장이 구별이 잘 안 되기 때문이다. '예배당이면 어떻고, 성전이면 어떤가? 목사면 어떻고, 제사장이면 어떤가?' 그녀는 한순간 지상에 성전을 세우고 이 제사장을 모시고 가면 이분은 잘 생기고 풍채도 있고 해서 믿는 사람들이 꽤 모일 것 같다는 생각까지 했다.

"목사와 제사장은 결국 어떻게 다릅니까?"

이렇게 박 권사는 물었다.

"너무 다르지. 첫째 목사는 제사를 드리지 않거든. 또 드릴 필요가 없어. 둘째 기독교인은 하나님께 직접 나아가기 때문에 하나님과 사람 사이에 목사라는 중보자가 필요가 없어. 그러나 제사장은 엄연히 중보자야. 제사장을 통해야 하나님께 갈 수 있어. 어떻게 다른지 알겠어?"

"그럼 목사와 일반 교인은 어떻게 다릅니까? 목사는 선지자인가요?"

"선지자? 맞다고 할 수 있지. 옛날에 하나님의 뜻을 알고 싶으면 선지자를 불러 물었거든. 그럼 선지자는 죽어도 하나님이 주신 말씀 외에는 다른 말을 하지 않았어. 만일 헛소리를 한 것이 후에 알려지면 돌로 맞아 죽었거든."

"그럼 선지자는 용한 점쟁이 같았겠네요?"

"아니야. 이건 미신과는 달라서 어떤 점괘로 미래를 말하는 것이 아니니. 하나님의 말씀 자체가 예언이었기 때문에 말씀을 그대로 전한 것이지. 그래서 지금도 목사가 하나님의 말씀을 제대로 말하기만 한다면 그는 선지자라고 말할 수 있지."

제사장의 이 말은, 목사가 하나님의 말씀을 제대로 전하지 않고 있다는 묘한 뉘앙스를 풍기었다.

"장로도 하나님의 말씀을 잘 전할 수가 있지 않아요? 그럼 장로와 목사는 어떻게 다르지요?"

제사장은 박 권사를 빤히 쳐다보았다.

"너는 교회에 모인 사람들을 어떤 상하 계급으로 분류해서 보려고 하는데 그것은 옛날이야기야. 모세가 장막에 들어가 하나님과 친구처럼 이야기할 때 우리는 감히 가까이 가지도 못하고 모두 자기 천막 문에 서서 예배하였으며 모세가 지명한 제사장은 아론 가문의 후손들로 다른 족속은 그들을 넘보지 못했어. 그때만 해도 위계질서가 엄격했지. 그런데 예수가 와서 이것을 망가뜨려 버렸어. 지금은 다 하나님의 아들들로 모두 형제가 되었다는 말을 못 들었어? 평신도가 집사로 진급하고, 집사가 장로로 진급하고 장로가 목사로 진급하는 것이 아니고 다 한 형제로 만들어버린 것이 예수야. 그러니 기득권을 무시하고 위계질서를 파괴한 그를 우리가 그때 십자가에 못 박을 수밖에 없었던 것이지."

"그럼 목사와 장로와 우리 평신도들이 다 같다는 말입니까?"

"예수에 의하면 그렇지. 예수가 교회는 자기 몸인데 교인들은 다 몸의 지체라고 말했어. 그래서 각각 은사를 주어 몸이 온전한 구실을 하도록 하고 있다는 거야."

"그럼 목사는 필요 없겠네요?"

"다만 목사는 특별히 가르치는 은사를 받았고 가르치는 훈련을 받은 것이 다르다고 할 수 있을까? 그러기 때문에 더욱 평신도를 훈련하여 교회를 세우고, 하나님께서 맡긴 양 무리를 치고 고난의 증인으로 사는 본이 될 책임이 있는 것이지."

"제사장께서는 예수만 믿었다면 훌륭한 목사님이 될 뻔했네요."

"나는 제사장입네 하는 목사를 제일 싫어한다. 제사장이 어떤 일을 하는 사람인 줄 알기나 하고 하는 말인지 모르겠다. 이렇게 거룩한 옷을 입고 있는 모습만 보고 큰 영광이나 받아보겠다고 그러는 것이 아닐까?"

"제사장은 하나님 밑에 있지만 사람 위에 계시니까 그렇게 되고 싶은 것이 아닐까요?"

"생각해봐라. 절기만 되면 전국에서 모여든 백성들 때문에 얼마나 정신이 없는지. 몇만 명이 되는 사람들이 다 제물을 가지고 일주일 내내 성전으로 모여든다. 그 번제물들의 엄청난 수를 상상이나 해보았느냐?"

"전국 제사장들이 다 모여 백정 노릇을 했겠지요."

"무슨 그런 불경한 소리를 하느냐? 제사장들이 소나 양을 잡는 칼잡이란 말이냐? 소나 양을 번제물로 가져온 사람들은 제단 북쪽에서 머리에 안수한 후 각자가 잡고 가죽을 벗기었다. 다만 제사장이 한 일은 그 피를 사발에 받아다가 장막 문 앞 제단 사방에 뿌린 것과 나무를 준비해서 불을 피우고 각을 뜬 제물을 그 위에 올리고 태운 일을 한 것이다. 그러나 가난한 사람이 산비둘기나 집비둘기를 가져오면 그것은 우리가 목을 부러뜨려서 제물로 드렸지."

"그 많은 제물을 다 그와 같이하려면 얼마나 힘들었겠어요. 또 피비린내는 얼마나 나고 고기를 태운 냄새는 온 시내에 진동했겠지요?"

"너는 하나님 앞에 불경한 소리를 하고 있다. 속죄물을 태워서 여호와께 번제로 드릴 때는, 그 냄새를 향기로운 냄새라고 말해야 한다. 이 향기가 하나님께 상달되어 죄가 용서된 것이다."

박 권사는 처음에 안갯길을 걸어 나오면서 꼭 누군가를 만나야 한다는 강박감에 사로잡혀 있었던 것을 상기했다. 그런데 지금 제사장을 만나 너무 많은 시간을 허비한 것이다. 그녀는 빨리 제사장에게서 벗어나고 싶었다. 무엇보다도 그 피의 제사가 더는 듣기도 싫었다. 목사님은 왜 이런 험한 일을 맡아서 하는 그런 제사장이 되고 싶은 것일까 하는 생각도 했으며 예수님이 그런 율법의 굴레에서 자신을 해방해 준 것이 정말 고마운 것을 새삼 느끼었다. 그런데 그녀는 제사장을 떠나 얼마 가지 않아서 교회의 담임 목사를 만났다. 정 목사는 박 권사를 만나자 반색을 하였다.

"아니, 박 권사. 어디 갔다가 지금 나타난 거요. 내가 얼마나 찾았는데."

"목사님 무슨 일이 있었나요?"

"내가 다음 주 부흥회를 간다는 광고를 교회에서 하지 않았소?"

"또 부흥강사로 나가세요?"

"'또'라고? 부흥회만큼 영혼 구원을 많이 하는 집회가 어디 있습니까? 나는 부흥회가 하나님의 지상명령을 수행하는 가장 효과적인 방법이며 교회 성장의 첨경이라고 생각하고 있소."

"그래, 이번에도 저더러 같이 가자구요?"

"그렇지요. 저는 박 권사가 없으면 앙꼬(팥소라는 일어) 없는 찐빵입니다. 이번에도 몇 사람 동원해서 분위기 좀 띄워 주시오. '아멘', '할렐루야'도 할 줄 모르는 사람들 앞에서 설교하는 것은 벽을 향해 말하는 것이나 마찬가지요. 말씀이 쏙쏙 빨려 들어가야 하는데 그런 느낌이 들질 않아요."

"목사님, 사실 저는 최근에 시끄러운 악기와 CCM 성가, '주여!' 삼창후 통성기도, 그리고 '할렐루야', '아멘' 등으로 분위기를 띄우는 것은 차분한 이성으로 하나님을 알아가는 데 도움을 주지 못한다고 생각할 때가 많습니다."

"박 권사, 어떻게 권사답지 않은 그런 말을 합니까? 믿음은 듣고 차분히 생각하고 나서 생기는 것이 아닙니다. 분위기에 휩싸여 '믿습니다!'라는 고백이 먼저 나온 뒤 하나님의 음성이 들리기 시작한다는 것을 모릅니까? 아무 생각 없이 끌려 나와서 병이 낫고 믿는 결단이 생기고 하나님 앞에 일천번제도 서원하게 되는 것이 아닙니까?"

"목사님, 이번에는 제발 일천번제의 서원은 좀 시키지 않았으면 합니다. 너무 오랫동안 신도들을 괴롭히는 일입니다."

"박 권사, 이것은 강제로 시킨 일이 아닙니다. 은혜받고 성령 받고 기쁨에 넘쳐서 하나님 앞에서 자원해서 서원한 것이라는 말이요. 성령이 소멸되기 전에 이런 일은 빨리 결단해야 합니다. 일천번제를 서원하고 새벽기도를 하는 성도의 수가 얼마나 늘었는지 들어보지 못했습니까? 어떤 교회는 '일천번제 기도성회'를 별도로 모이며 새벽기도뿐 아니리 밤에도 9시에 또 모여 뜨겁게 기도함으로써 낮에 세상에 사는 동안 거룩한 결심이 사라지지 않도록 하는 곳도 있어요."

이 담임 목사는 못 말리는 분이라는 생각을 하면서 박 권사는 일천번제 서원을 하고 나서 괴로워하는 많은 성도를 생각했다. 지금부터 삼천 년에 가까운 옛날에 솔로몬이 이십 대에 왕이 되었는데 성전을 세우기 전 하나님의 궤가 있는 장막에 가서 일천번제를 드렸더니 밤에 하나님께서 나타나 '내가 네게 무엇을 줄꼬? 구하라'고 하셨다는 것이다. 그가 지혜와 지식을 구했더니 그 위에 부와 재물과 영광까지 주었다는 이야기가 일천번제에 이어서 나온 이야기다. 솔로몬이 지혜와 지식과 부와 재물과 영광을 얻었다는 이야기를 얼마나 실감 나게 하는지 또 일천번제를 약정하고 이를 실천하여 부자 되고 잘 나가는 사람이 되었다는 간증을 곧 자기에게 일어날 일처럼 얼마나 실감 나게 말하는지 이 설교를 듣는 사람은 모두 나누어준 종이쪽에 일천번제 서원을 하나님께 하게 된다. 이것이 엄청난 일이라는 것을 처음에는 청중들이 모른다. 일천번제란 천 번을 하나님께 기도하면서 자기 소원을 아뢰며 그때마다 '일천번제'라는 봉투에 예를 들면, '제666번째 예물' 이렇게 써서 희생제물 대신 돈을 내는 것이다. 집에서 기도해도 된다는 너그러운 목사도 있지만, 하나님이 계신 성전에서 기도해야 한다고 고집하는 목사가 더 많다. 이렇게 되면 매일 새벽기도회에 나와도 2년 9개월을 하루도 빠지지 않고 나와야 한다. 또 일천번제 예물은 헌금을 한 번에 천 원씩 해도 천 번을 내면 백만 원이다. 그런데 어떻게 하나님께 한 번에 천 원을 내고 소원 기도를 할 수 있겠는가? 오천 원씩 내면 오백만 원이다. 거기다 지혜와 지식을 주신다니 학교에 다니는 어린애들 세 사람의 이름을 써서 봉투 세 개를 더 추가한다. 이렇게 해서 일천번제를 드리면 2년 9개월 안에 가정이 파탄 나지 말라는 법이 없다. 그런데 하나님께 서원한 것을 지키지 않으면 재앙이 임한다고 말한다.

"목사님, 아무리 박수부대라도 목사님이 이번에도 일천번제 예물을 바치라는 설교를 하신다면 가고 싶지 않습니다."

"알았습니다, 권사님. 일천번제 이야기는 안 하도록 하지요. 그러나 장담 못 합니다. 나는 강단에 서면 성령이 시키는 대로 할 수밖에 없어요."

"성령이 잘못 시키는 것 같아요. 번제물 대신 돈을 낸다는 것 자체가 좀 무당에게 복채 내는 것 같다는 생각이 안 드세요? 그리고 일천번제라는 것이 천 번 제물을 드렸다는 것이 아니고 일천 마리나 번제물(燔祭物)을 드렸다고 많이 해석하던데 틀렸나요?"

"글쎄, 그런 사람도 있는데 나는 그 말에 동의할 수가 없어요. 솔로몬이 어떻게 비둘기를 번제로 드렸겠어요. 그렇다면 소와 양들인데 이들 천 마리를 잡는 시간은 얼마나 많겠으며 또 완전히 태우는 시간은 얼마나 걸리겠어요? 하루에 가능하다고 생각합니까?"

"목사님, 많이 드렸다는 뜻으로 천 마리는 상징적인 숫자가 아닐까요?"

"솔로몬 왕은 단번에 해치우지 않고 그만큼 천 날 동안 시간을 바치고 정성을 다 바쳤다고 생각합니다. 그것이 하나님을 감동시킨 것이지요."

박 권사는 제사장을 만난 뒤로 목사님을 보는 눈이 좀 달라졌다. 목사는 하나님과 자기 사이에 있는 중보자가 아니며 예수님의 피 공로로 이제는 믿는 자는 누구나 스스로 하나님 앞에 담대히 나갈 수 있다는 말을 사기했다. 그래서 박 권사는 이 문제를 하나님 앞으로 직접 가지고 가서 말씀해 보아야 하겠다고 생각했다.

"목사님, 기도해 보겠습니다. 그런데 일천번제는 아무래도 아닌 것 같은데요."

그러자 목사는 마귀를 노려보듯 박 권사를 노려보더니 발로 그녀를 차버리는 것이었다. 그녀는 동계올림픽에서 봅슬레이(특수 고안된 썰매 형태의 원통형 기구를 타고 얼음 덮인 트랙을 미끄러져 내려가는 경기)를 하는 것처럼 아찔하게 밑으로 떨어져 내려갔다.

얼마를 정신을 잃고 미끄러져 내려갔는지 정신을 잃고 있는 가운데 봅슬레이가 갑자기 멈추어 서는 것을 느끼고 눈을 뜨고 보니 병실의 침대 위였다. 남편이 반가운 미소를 지으면서 손을 잡았다.

"이제 정신이 드는 거요?"

박 권사는 꿈을 꾸는 것 같았다.

"내가 왜 여기에 있지요? 그동안 실신했었나요?"

"관상동맥 수술은 잘 끝났어요. 회복되어 일반실로 옮겼는데 너무 힘들었는지 다시 혼수상태가 되었어요."

"미안해요. 정말 미안해요. 당신에게 짐이 되고 싶지 않았는데."

"짐이라니 무슨 말이요. 당신은 내 아내요. 어떤 형식과 격식보다는 내 아내라는 내용이 중요해요."

"우리는 전생에 악연이었나 봐요. 그래서 저는 늘 당신만 괴롭혀요."

"무슨 권사님이 불교적인 생각을 하실까?"

"당신은 남편이기 때문에 하늘보다 높다고 하셨는데 그것은 유교적인 발상 아니에요?"

남편이 늘 우스개로 지아비 부(夫)자는 하늘 천(天)자의 위를 뚫고 올라간 글자라고 한자 풀이를 해 준 것을 빗댄 말이었다.

"그래 행동은 불교식이나 유교식으로 하고, 믿기는 무당 믿듯 하더라도 출석은 교회로 열심히 나가 봅시다."

하고 남편은 웃었다.

"그래요, 빨리 퇴원해서 비빔밥이나 맛있게 해 먹읍시다."

하고 박 권사도 웃었다.

말썽 많은 며느리

∷

삼대째 기독교 가정에 안 믿는 며느리를 들인 것이 말썽이었다. 애초 홍 장로 내외는 불신자를 며느리로 받아들이는 것을 결사반대하였다. 믿지 않는 자와 멍에를 같이 하지 말라고 하나님께서 말씀하셨는데 독자인 아들을 어찌 안 믿는 여자와 짝지어줄 수 있느냐는 것이었다. 그러나 아들의 고집도 만만치 않았다. 자기는 그 여자 아니면 아무와도 결단코 결혼할 수 없다고 했다. 타협안은 그 여인을 교회로 인도하여 믿게 하고 세례를 받게 한 뒤 결혼을 허락하겠다는 것이었다. 그러나 이번에는 신붓감이 반대하였다. 결혼하기 위해 예수를 믿을 수 없다는 주장이었다.

"그 애 아니면 안 되겠어? 얼굴도 참하고 예쁘지. 성격도 명랑해서 나무랄 것은 없더라만 안 믿는 것이 흠이다."

"엄마도 그렇게 생각하지요. 그러니 아빠 좀 설득해 주세요. 신앙은 자유인데 안 믿는다고 결혼 못 하면 말이 돼요?"

"그래도 우리 집안은 안 된다. 장로, 권사 가정에 안 믿는 며느리가 말이 되니? 이건 얼굴을 들고 다닐 수가 없는 문제다."

"제가 얼마 만에 마음을 연 여인인지 아시지요. 체면이 왜 그렇게 중요합니까?"

사무엘의 어머니 민 권사는 아들이 첫사랑에 실패하고 아예 결혼을 포기하고 있던 처지였음을 모르는 것이 아니다.

"네가 주일마다 그 애를 좀 달래서 같이 교회에 나오면 안 되겠니?"

"어머니, 그 애가 무엇이 아쉬워서 나를 위해 교회를 나온단 말입니까? 외형적으로 교회를 왔다갔다 하는 것이 문제가 아니라 예수 그리스도를 마음으로 영접하는 것이 중요한데 그것은 스스로 깨달음이 와야 하지 않겠어요?"

"그럼 교회에 나올 생각이 나기까지 인내하고 기다려야지."

"어머니, 제가 늙어 죽는 것을 보고 싶으세요? 성경에도 '어떤 형제에게 믿지 아니하는 아내가 있어 남편과 함께 살기를 좋아하거든 그를 버리지 말라'고 하지 않았어요? 우리는 서로 사랑하고 있어요. 함께 살다가 믿음이 오면 한 영혼을 구원하는 것이 되는 게 아니겠어요?"

"나는 그 애가 따라오는 것이 아니라 네가 신앙을 버리고 떠날 것 같아서 그런다. 어떻든 이것은 그 애가 세례라도 받으면 모르지만 절대 안 되는 일이다."

홍 장로 내외는 사무엘이 그 애와 어울려 다니는 것을 볼 때 빨리 짝지어주고 싶은 생각이 간절하였다. 중학교 여선생이라는 김영애는 미모에, 웃는 얼굴에 그 심성도 보통 착해 보이는 것이 아니었다. 꼭 며느리로 삼고 싶은데 종교가 문제였다. 부모님은 신앙이 있느냐고 물었더니 불교 신자라고 대답했다. 그러나 자기는 불교 신자가 아니라고 분명하게 말했다.

"신앙을 갖는 것이 싫은 거요?"

자기는 신앙을 갖는다면 어떤 교리에 얽매이게 되어 그 좁은 공간

안에 사는 것이 싫다고 말했다. 홍 장로는 기독교는 교인을 얽매는 게 아니라 예수님께서 죄에 얽매인 인간을 자유롭게 해주는 것이라고 말했다. 이 말을 듣고 있던 영애는 만일 불교와 기독교 둘 중 하나를 택한다면 자기는 불교를 택하고 싶다고 말했다.

"기독교는 배타적이어서 불교를 말살하고 잡아먹으려 하지만 불교는 너그럽지 않아요? 누구든지 비록 기독교인이라도 절에 숙식할 방이 필요하다면 빌려주고 대접해 주거든요."

이건 처녀가 너무 당돌하다고 생각했다. 기독교인이 안 되면 며느리도 삼지 않겠다는 홍 장로에게 할 말이 아니었다. 홍 장로는 이런 당돌한 처녀는 도저히 며느리로 받을 수 없겠다고 내심 그녀를 포기하였다. 그러나 외아들인 사무엘의 간절한 청원 때문에 결혼을 시킬 수밖에 없었다.

결혼식은 교회에서 하기로 하였는데 당회장 목사는 신부가 안 믿는 사람이라 할지라도 교회의식에 따라 기도하고 찬송하고 하나님의 말씀으로 권면의 주례사를 하였다. 교인들은 장로 집안에서 불신자 며느리를 데려왔다고 식장 안에서 소곤거리고 신부 측은 어색한 모습으로 있었지만, 어떻든 압도적인 기독교 분위기 속에서 결혼예식을 치렀다.

신혼여행을 갔다 온 후 첫 주일을 맞았다. 이날은 목사님과 교인들에게 축하해 주어서 감사하다는 인사를 하기 위해 교회에 나가야 한다는 시어머니의 말을 따라 교회 출석을 하였고 얼결에 신입 교인 등록을 하였다. 신입 교인은 구원의 확신을 위해 별도로 목사님에게 6주간 공부를 해야 한다는 말에 다음 주부터는 그녀는 그렇게 하겠다고 약속까지 했다. 기독교 가정에 들어와서 혼자서 딴짓하고 다닐 일도 아니라는 생각이었다.

그러나 새벽기도만은 반대하였다. 자기는 아침에 실컷 자고 나야 정신이 맑아 하루 활동이 상쾌하다고 말하며 이것은 오랜 습관이라 깰 수가 없다고 단호히 말했다. 신부가 시부모 말을 곱게 받아들이는 일이 없었다.

"애야, 기독교인은 하루 생활을 기도로 시작해야 한다. 너도 새벽기도를 나갔으면 좋으련만."

시어머니는 정말 며느리가 사랑스러워서 견딜 수 없는 몸짓과 말투로 권하였다.

"어머니 저도 제때 눈을 뜨면 이불 속에서 오늘 하루 어떻게 지낼 것인지 계획한답니다. 꼭 하나님께 하루를 위해 기도해야 한다면 집에서 일어나 기도해도 되지 않아요? 하나님은 꼭 교회 안에만 계시는 것이 아니니까요."

이렇게 꼬박꼬박 대답하였다. 그러던 어느 날 눈이 다 녹기도 전에 심한 한파가 계속되던 날이었다. 시어머니는 새벽기도에 나가다가 미끄러져 팔이 부러졌다.

"어머니 새벽기도를 안 나간 교인은 아무렇지도 않은데 왜 열심인 어머니를 하나님께서 돌봐 주시지 않고 이렇게 넘어지게 하셨대요?"

그녀는 비아냥거리듯이 말했는데 시어머니는 팔이 부러져도 속상하지 않은지 태연하게 말했다.

"하나님께서 공평하시므로 그리하신 거란다."

"무슨 말씀이세요?"

"우리는 다 죄인이어서 벌을 받아야 마땅한 존재들인데 아무 일이 없이 살아온 것은 하나님이 오래 참고 있으시기 때문이다. 그래서 인간은 다친 것이 당연하고 안 다친 것은 감사한 일이라는 말이다."

영애는 불편한 시어머니를 부축하여 교회에 나가서 곁에 앉아 예배를 드렸는데 그때마다 시어머니가 손을 잡아주는데 그 사랑과 따뜻한 마음이 전해져서 예배가 생소하지 않았다. 목사님의 '확신 반 성경공부'가 끝날 무렵부터 해당 여전도회에서 회의에 참석해 달라는 연락이 왔다. 드디어 교회가 옭아매기 작전에 돌입했다는 생각을 했다. 그래서 귀찮아서 입으로는 "예" 하고 마음으로는 "아니요"라는 대답을 하고 출석을 하지 않았다.

그런데 어느 날에는 그 여전도회가 노방전도(路傍傳道)를 하는 날이기 때문에 꼭 출석하라는 것이었다. "내가 전도를 받아야 할 처지인데 무슨 전도?"하고 코웃음을 치고 자기는 학교 수업 때문에 낮에는 시간을 비울 수 없다고 대답했다. 그동안 전도지를 뿌리며 교회 나오라고 구걸하는 사람을 자기가 얼마나 경멸했던가 하는 것을 생각했다. 그걸 받고 교회에 가겠다는 사람이 몇이나 되겠는가? 왜 금전 낭비, 시간 낭비를 하며 생활에 바쁜 교인들을 괴롭히는가? 영애는 학교 수업이 없더라도 이런 전도방식을 반대해야 한다고 생각하고 있었다. 이번에는 해당 여전도회가 봉사하러 가는 데 꼭 참석하라는 전화를 받았다. 그때는 놀토(노는 토요일)가 되어 무슨 핑계가 없었다. 끌려가다시피 나갔는데 노숙자의 점심 대접을 하는 데서 설거지 도움을 주는 일이었다. 헌신적인 목사님 부부가 이 일을 몇 년째 하고 있다는데 감동이었다. 설거지가 끝나고 그녀는 목사 사모께 물었다.

"사모님은 이렇게 오래 봉사를 해 오면서 싫증난 일은 없으셨나요?"

"싫으면 이 일을 계속할 수 있겠어요? 즐겁답니다. 아침에 일어나면 오늘은 주께서 어떤 사람을 붙여 주실까, 하고 흥분된답니다."

"거짓말 같아요. 믿을 수 없어요."

"예수님은 우리의 신랑입니다. 신랑이 할 일을 내가 손발이 되어 동역하고 있다는 생각을 하면 기쁘답니다. 그분은 나를 사랑하시고 그런 그분과 나는 늘 같이 있고 싶답니다."

"세상은 예수를 믿는 사람이 생각하는 그런 따분하고 협소한 공간만 아니라는 것을 사모님은 아세요?"

"알지요. 세상에는 두 종류의 사람이 있는데 예수 안에 있는 사람과 예수 밖에 있는 사람입니다. 나는 예수 안에 있는 사람입니다. 예수 안에 들어오면 예수 밖에 있는 사람이 너무 불쌍해진답니다."

영애는 예수에 미치면 '예수 안에 있는 세상', 하나밖에 없다고 생각할 수도 있겠다는 생각을 하였다. 온종일 교회에서 살고 싶고 무언가 교회에서 일을 안 맡겨 주면 서운하고, 무슨 일을 맡겨 주면 정말 감사하고, 교회 마당에 풀이라도 뽑고 싶고 교회 청소라도 하고 싶고 … 그러다가 하나님이 부르시면 천당에 가고 싶다. 이렇게 자기를 온전히 하나님께 맡기고 살고 싶은 인생이 있겠다는 생각을 하였다. 자기는 그렇게 맹목적인 신앙인이 되고 싶지는 않았다. 그러나 한시적인 이런 봉사활동은 즐거웠다. 남을 위해 일한다는 것은 기쁜 일이다. 그래서 다음에도 놀토에 봉사할 사람이 필요하면 전화를 달라고 했다. 한 직장의 동료 선생에게도 말해서 같이 이 즐거움을 나누고 싶다는 생각이 들었기 때문이었다.

어느새 일 년도 지나서 김영애 선생은 세례를 받았다. 교회가 꼭 마음에 드는 것은 아니었지만 교회 생활을 하면서 세례를 안 받을 이유도 없었다. 또 시부모님이 간절히 원했던 것이기도 했다.

"그대는 하나님 앞에 죄인인 줄 알며 마땅히 그의 진노를 받을 만하고 그의 크신 자비하심에서 구원 얻을 것밖에 소망이 없는 자인 줄 압니까?"

그러면서 머리에 찬물을 얹을 때 그 물이 목줄을 타고 내려왔다. 그녀는 몸이 오싹하고 떨리는 것을 느끼며 자기는 '죄인'이라고 생각지도 않으며 하나님의 '진노'를 받을 자라고 인정하지도 않으면서 공연히 경건해지는 것이었다.

이것이 그녀가 여러 교인 앞에 처음으로 기독교인이라고 선언하는 순간이 되었다. 그녀는 적어도 자기가 강제로 타의에 의해서 기독교인이 되었다고 생각하지는 않았다. 태초부터 하나님께서 예정하시고 자기를 택했는지는 모르지만 자기는 '예수 안'의 사람이 된 것이다. 여러 모임에 참석하면서부터 좀 바르게 하나님을 알고 싶다는 생각이 강해졌다. 그런데 이런 의미에서 그녀가 교회 모임 중 가장 마음에 들지 않은 것이 '구역예배'였다.

첫째 이것을 예배라고 부를 수 있을까 하는 생각을 하게 되었다. 교회는 예배라는 말을 너무 남발하고 있었다. 구역예배, 첫돌 감사예배, 칠순 감사예배, 개업 감사예배, 입주예배, 고위직 취임감사예배, 박사학위취득 감사예배, 기공 예배, 완공 예배, 장례식 위로예배, 입관 예배, 발인예배,… 총회장당선 감사예배, 국회의원 당선 감사예배도 있었다. 이중 어떤 것이 참 예배인가? 예배라면 적어도 그 중심에 하나님이 계셔야 한다. 불기둥과 구름 기둥은 아니라도 하나님의 임재가 느껴져야 한다. 하나님을 경외하고 찬양하는 기도와 찬양이, 있어야 한다. 하나님이 우리에게 주시는 말씀이 있어야 한다. 회중의 응답이 있어야 한다.… 예배라 할 때 그녀는 적어도 이런 그림을 머리에 그리고 있었다. 칠순까지 무사히 살게 되어 하나님께 감사하다. 그래서 친구들과 가족들을 연회장에 초청하고 국악 연주단을 부르고 여흥을 위해 노래방 기기를 장치하고 목사를 불러 칠순 감사예배를 드린다. 먼저 간단히 예배를 드린다고 발표한다. 그러면 구순, 백수까지 하나님께서 축복하시리라고 생각하는 것 같다. 하나님께 감사하다고 기도하면 끝날 것을 왜 예배라는 이름으로 여러 사람을 불러 모으고 하나님을 괴롭게 해 드리는가? 하는 것이 영애의 생각이었다.

구역예배도 이와 비슷했다. 구역장이 성경 한 절을 읽고 "이 말씀에서 은혜받으시기를 바랍니다."라고 간단히 말하면 되는 것을 뭐라고 자기 나름의 성경 해석을 붙이는데 마뜩잖은 해석이다. 그리고 헌금을 걷는 것이다. 이것이 하나님께 경건히 드리는 예배인가? 말씀은 목사가 아니면 전할 수 없다고 권위를 내세우는 목사가 이런 때는 초신자에 가까운 구역장을 설교자로 세워 듣는 사람을 오도하게 하는 일을 하고 있다. 이것은 예배에 대한 모독이 아닌가? 이런 생각이 들었다. 구역예배를 위해 금요일 밤 예배 후 구역예배 교육을 하는데 예배인도 교육도 해야 하는가? 경애는 그렇게 생각하였다. 평신도들은 직장에서 고된 일을 해야 한다. 저녁에 오면 쉬고 싶다. 쉰다는 것은 내일을 위해 재충전하는 일이다. 그런데 재충전은 교회나 구역에 가서 하라고 한다.

구역이 소단위로 모이게 하는 것은 그 주변에 사는 신도들이 친교하며 각 가정의 기쁜 일과 슬픈 일, 또 기도 제목 등을 알아서 서로 자기들의 삶을 나누고 하나님께 기도하는 것이 주목적이 된다고 생각했다. 그래서 한 번을 헌금을 걷지 말자고 제안했다가 혼난 일이 있다. 영애는 교회가 돈 걷는 일이 너무 많아 배금주의로 빠지면 안 된다고 생각했기 때문에 그렇게 제안했었다. 십일조, 주일헌금, 감사헌금, 선교헌금, 절기헌금, 일천번제 헌금 등 헌금이 너무 많았다. 그런데 헌금을 하지 않으면 구역예배 보고양식에 헌금 난이 있는데 공란이 되어 부끄럽기 때문이라는 것이었다. 그녀는 '구역예배'라는 명칭도 아예 없애고 한 달에 한 번 정도 '구역 친교의 날'을 정하여 구역원들이 음식을 장만하여 모이고 살아온 이야기를 하고 신앙을 지키면서 살기가 어려웠던 일을 털어놓고 이 일들을 위해 하나님께 기도하고 자기가 좋아하는 찬송도 발표하여 함께 부르고 헤어지면 좋겠다는 생각을 하였다.

그녀가 교회에 나온 지 4년째 되던 해에 부 구역장으로 임명받자 바로 자기의 아이디어를 실천하였다. 한 달에 한 번, 장소는 영애 자기 집으로 하였다. 이층에 있는 방 하나를 비우고 어린이 놀이방처럼 꾸몄다. TV와 어린이용 비디오와 그림 동화책을 사들이어 비치하고 놀이 기구를 사 넣었다. 이것은 시어머니의 허락과 협조를 받아 한 것이었다. 비용은 그녀가 전액 부담한 것인데 그녀는 억지로 하거나 인색한 마음으로 하지 않았다. 시어머니도 교회 일에 늘 부정적이고 참여하지 않던 말썽꾸러기 며느리가 앞장서기 때문에 기쁘게 응한 것이었다. 그날 저녁은 부부와 어린애들까지 온 구역 식구가 저녁을 먹지 않고 음식을 장만하여 들고 와서 애들은 어린이 놀이방에서 놀고 어른들은 어른끼리 모여 찬양하고 힘들었던 삶을 나누고 기도하곤 했다. 어린이 방에는 담당자를 한 사람 정하여 올려보냈다. 예배가 아니고 친교와 말씀 나눔과 기도회였다. 모두 다 기뻐하였다. 그리고 앞으로도 이렇게 모이자는 의견이었다. 그런데 한 가지 걱정은 구역예배 보고를 어떻게 하느냐 하는 것이었다. 한 달 중 나머지 3주는 모인 장소도 없고 또 헌금 난은 늘 공란이었기 때문이었다.

예상했던 대로 교회에서는 이것이 문제가 되었다. 교회의 명령을 어기고 그렇게 행한 사람은 교회의 권징(勸懲)을 받아야 마땅하다는 것이었다. 그렇게 하려면 교회에 건의하여 당회를 거쳐 허락을 받은 뒤할 수 있다는 것이다. 무엇보다도 '구역예배'라는 명칭을 없애고 '구역친교의 날'로 정하였다는 것은 교회의 법도를 위배하고 당회의 권위를 손상했기 때문에 근신 또는 제명까지 할 수 있다는 것이다. 김영애 선생은 우선 당회장에게 불려가서 꾸중을 들었다. 신참자(新參者)가 왜 교회에서 정한 법도를 마음대로 어기느냐는 것이었다. 그녀는 자기가 이해할 수 없는 것을 조목조목 목사에게 따져 물었다.

구역에서 요식행위를 따라 하는 형식적 행동이 예배가 되는가? 교회에서는 목사 외에는 말씀을 전할 수 없다고 말하면서 구역에서는 목사도 아닌 평신도가 말씀을 전해도 되는가? 헌금은 예배 행위 도중 드린 것이기 때문에 하나님께 바친 것이며 하나님께 바친 것은 교회에 귀속된다고 가져가는데 그것이 옳은가? 헌금을 안 하면 안 되는가? 사회활동으로 지쳐 있는 평신도들을 매주 밤 모이도록 하는 취지는 무엇인가? 한 달에 한 번이라도 이 취지가 더 살아난다면 그것으로 대체

할 수는 없는가? 매주 모이는 것이 하나님을 섬기는 기쁨을 빼앗아 간다면, 그것이 오히려 하나님께 나아가는 길을 가로막는 범죄가 아닌가?

결국, 교회와 목사에게 불순종한 영애는 시부모에게 맡겨 훈계하기로 하고 앞으로 이런 행동을 하지 않도록 주의를 듣고 훈방되었다. 결과는 그녀가 매주 구역예배에 참석하지 않게 되고 많은 구역원도 기쁨을 잃게 되었다.

김영애 선생은 계속 교회에서 말썽을 부렸으나 출교는 당하지 않았고 세례도 받았으며 10년 뒤에는 교인들 사이에 말썽꾸러기로 이름이 알려져 권사를 뽑는 투표에 오히려 많은 표를 받아 권사가 되었다.

홍 장로 내외는 며느리가 권사가 되어 희색이 만면하였다. 안 믿는 여인이라 할지라도 품성이 고우면 이렇게 권사까지 될 수 있다고 말하며 안 믿는 며느리를 데려와서 확실하게 믿는 권사를 얻었다고 자랑하고 다니게 되었다. 그러나 김영애 선생은 권사가 교회의 계급도 아닌데 만나는 사람마다 "권사님, 권사님"하고 어른 대접을 해서 퍽 거북하였다. 그들이 자기를 비꼬는 게 아니라 진정으로 따뜻하게 사랑하는 것을 느끼기는 했지만.

권사가 된 지 얼마 안 되어 목사가 갑자기 교회를 떠나겠다고 선언하고 떠나버렸다. 거기다 그 목사를 따라 들어왔던 사찰 집사도 떠났다. 교회 버스로 교인들을 데려오던 사찰이 떠났을 뿐 아니라 교회 청소를 도맡아 하던 사찰부인까지 떠나니 교회는 큰 혼란에 빠졌다. 양들을 인도하는 목자라는 사람이 적어도 일 년의 유예기간을 주지도 않고 훌쩍 교회를 떠나니 이럴 수가 있느냐고 소곤거렸다. 거기다 사택도 자기 이름으로 등기하고 있었고 차도 개인 이름으로 가지고 있던 것이어서 목사는 몽땅 가지고 떠나니 교회는 재정적으로나 행정적으로 대혼란이었다.

급히 모셔온 목사는 목회를 잘하고 계셨는데 후임자에게 맡기고 조기 은퇴해서 시골에 살고 계시는 분이었다. 교회의 딱한 사정을 알고 사택이 없어도 자기 집에서 차로 다니며 교회를 돕겠다고 해서 모신 분이라고 했다. 그동안 부목사와 전도사들이 강단을 맡고 있었는데 새 목사가 들어와서 차분한 설교를 시작하자 교회는 어느 정도 안정을 찾게 되었다. 거기다 새 목사는 자기가 나서서 사역자들을 동원하여 교회 청소도 하며 급할 때는 부 교역자들을 시켜 버스를 운전하게 하여 교인들의 교회 출석을 도왔다. 그러자 교인들이 버스와 소형 차량 운전을 자원해서 하겠다고 나서기 시작했다. 또 교회 청소도 여전도회가 분담해서 하기로 하였다. 연말 예결산의 틀이 완전히 바뀌었다. 전엔 목사 사례비 인상 때문에 아주 시끄러웠는데 이번에는 목사가 난국을 수습하러 온 사람인데 무슨 사례비냐고 안 받겠다고 해서 실랑이였다. 교회 조직과 행정이 많이 바뀌었다. 구역예배는 없애고 원하는 구역이 있으면 조직해서 당회에 올리면 허락하도록 하겠다고 했다. 이것은 김영애 권사가 평소에 원했던 것이었다. 또 성가대 지휘자는 성가대원들이 모시고 싶은 사람을 찾아 자원봉사하는 사람으로 교회가 임명하기로 했다. 그러자 지금까지 유급으로 일하고 있던 반주자도 자기도 무급으로 봉사하겠다고 했다. 그렇게 되자 교회가 활기를 찾기 시작했다. 상부 지시를 따라 움직이는 조직 안에서의 신앙 공동체가 아니라 스스로 모여 예배하고 힘을 얻어 일하는 단체가 되었기 때문이었다. 모두 의무적으로 주일을 지키기 위해 교회에 나오는 것이 아니라 자기가 할 일이 있고 맡은 일이 있어 교회에 나오는 것이었다. 설교를 들으면 그것이 자기가 하는 일에 가치를 부여하며 새 생명이 넘쳐 더욱 소중히 섬기고 싶은 생각이 드는 것이었다.

김영애 권사는 누군가가 자기를 '김 권사'라고 부르면 부끄러웠다. 권사는 계급이 아니라고 자신에게 말하며 권사가 된 것을 부끄럽게 생각했다. 그러다가 권사로서 자기에게 맡겨진 일이 있으리라 생각하게 되었다. 처음으로 자기는 남을 위해 진심으로 기도한 적이 없다는 것을 깨달았다. 자기만을 위한 삶이었다. 그러면서 아픈 사람, 어려운 사람, 힘든 사람이 눈에 보이기 시작했다. 점차 그들을 위해 기도하는 시간이 늘어났다. 하루는 자기는 왜 주일학교 소년부 교사를 할 생각을 안 했는지 그때까지는 진정 예수님의 눈으로 세상을 보지 못했다는 것을 깨닫게 되었다.

소년부 교사가 되어 가르치면서 그들의 가정을 방문하면서 자기는 정말 자기와 다른 많은 사람과 함께 살고 있음을 알게 되었다. 학교에서는 섬김을 받는 교사였다. 그러나 교회에서는 섬기는 교사였다. 지금까지 왜 교회는 사람을 구속하는 곳으로 생각했는지 이해가 되지 않았다. 끌려다니면 그곳은 구속하는 곳이다. 그러나 하나님의 부르심을 받고 능동적으로 활동하기 시작하면 그곳은 나를 자유케 하는 곳이다.

자기를 이렇게 변화시키는 힘은 어디서 오는 것인지 알 수 없었다. 이성으로는 설명할 수 없는 더 높은 곳에서 오는 힘이었다. 그녀는 이제 이 교회에서 말썽 많은 며느리가 아니었다. 스스로 택한 삶은 아니었지만, 이제는 이 마음의 평안을 이웃 사람들에게도 전하고 싶은 욕망이 솟구쳤다.

장로 노이로제

.
.
.

    안수집사인 김범인은 교회가 두 달 후에 장로를 뽑겠다는 광고를 하자 갑자기 가슴이 뛰면서 머리가 아프고 현기증이 왔다. 이번에는 장로를 선출하는 방법을 달리해서 당회와 안수집사회 전원이 공천 위원이 되어 장로 후보를 2배수로 공천하고 그중에서 공동의회를 통해 일곱 사람만 장로를 뽑겠다는 광고였다. 투표에 앞서 공천위원회가 모였다. 공천하려면 어떤 원칙이 있어야 한다. 예수교 장로회 헌법에 따르면 장로는 "상당한 식견과 능력이 있고 흠이 없는 입교인(入敎人)으로 7년을 지나고 30세 이상이 된 자로서 디모데 전서 3장 1~7절에 해당한 자라야 한다."로 되어 있다. 그런데 이 조항으로는 사람을 공천하는 데 너무 추상적이고 포괄적이다. 디모데 전서 3장 1~7절만 해도 그렇다. 선한 일을 사모하는 자, 책망할 것이 없으며 절제하며 신중하며 단정하여 나그네를 대접하며 가르치기를 잘하는 사람….

    이렇게 되어 있는데 이것이 어떻게 구체적인 공천기준이 되겠는가? 그래서 공천위원회에서는 이 문제로 왈가왈부하느라 많은 시간을 낭비하였다. 어떤 이는 잠언에 보면 "듣는 귀와 보는 눈은 다 여호와께서 지으셨다."라고 했으니 하나님께서 주신 귀와 눈을 가진 우리가 듣고 본 것을 통해 사람을 판단하면 된다고 말했다. 그러나 그것은 너무 주관적이어서 누구나 판단할 수 있는 객관적인 원칙을 가져야 한다고 말하는 사람이 생겼다. 그러자 한 나이든 장로가 뻔한 것을 뭘 그렇게 오래 논의하느냐고 말하면서 첫째, 주일을 빠지지 않고 거룩하게 지킬 것, 둘째 십일조 정직하게 낼 것, 셋째 새벽기도 열심히 할 것, 이것이면 충분하다고 말했다. 이에 대해 한 안수집사가 말했다. 이것은 다 행위에 관한 것인데 하나님께서는 믿음을 보시지 행위를 보시느냐고 말하며 그런 조항은 장로 후보자 선정의 기준이 될 수 없다고 말했다.

이런 선정 기준 때문에 공천위원회는 따로 토요일 오후를 잡아 저녁 식사를 하고 밤을 새워 토론했는데 아무런 결론을 얻지 못했다. 목사가 거들었다. 이때까지 충분히 의견을 내고 논의했으므로 어떤 후보자를 원하는지 모두가 잘 알게 되었으리라고 생각한다고 말한 뒤 장로회 헌법에서 정한 장로의 자격을 추천의 원칙으로 하고 그때까지 논의한 것을 고려해서 후보자 선정을 하자고 제안했다. 모두 결론 없는 토론에 싫증도 났고 또 구체적인 사족을 다는 것보다는 그 원칙이 공동의회 앞에 공천위원회의 품위를 유지하는 데 오히려 낫겠다는 생각으로 그리하기로 하였다.

이 회의에 참석하고 온 김범인 안수집사는 권사로 있는 아내 박사라에게 이번 기회에 교회를 옮기는 것이 어떻겠냐고 말했다.

"그건 안돼요."라고 아내인 박 권사는 즉각 반대하였다. "이곳이 겨우 우리 교회가 되었는데 안수집사와 권사가 되어 다른 교회로 옮긴다는 것은 말이 안 돼요. 그곳은 남의 교회 아니에요?"

그러나 김범인 집사는 평소에 교회에 회의적인 사람이었다. 교회 옮기는 것이 대수냐? 교회에서 마음의 평안을 얻지 못하면 옮겨야지, 이런 생각이었다. 그는 어떻게 해서 안수집사까지는 되었지만, 그것 때문에 떠맡겨진 일도 많고 또 다른 교인들의 보는 눈도 있어 그것이 늘 부담스러웠다. 결혼하면서부터 아내를 따라 교회를 나온 그는 교회의 모든 의식이 생소하고 거부감이 들 때가 많았다. 교회에서 새 신자 교육을 받고 세례를 받아 이십 년 가깝게 교회 생활을 하면서 교회란 무엇인가를 많이 생각하게 되었다. 밖에서 보는 교회와 안에서 보는 교회는 시각차가 컸다. 교회란 거룩한 곳, 설교 말씀 듣고 마음에 안식을 얻는 곳, 아픈 상처가 치유되는 곳, 선한 사업을 하는 곳이라는 막연한 생각을 해왔는데 이런 생각은 시간이 갈수록 희미해졌다.

첫째 거룩한 곳이라는 생각이 말끔히 사라졌다. 세상보다도 시기와 질투가 많았으며 구역예배 등을 통해 남의 가정사를 하나하나 알게 되어 말이 많았다. 또 신앙의 선배라고 권위를 세우며 자기 신앙 기준에 따라 다른 사람을 비난하고 무시하고 자기가 받은 방언의 은사 등을 과시하기가 일쑤였다. 둘째 설교도 다 은혜롭고 마음에 안식을 주는 것이 아니었다. 점점 신앙생활을 불안하게 하며 가치관에 많은 갈등을 일으켰다. 김범인은 '교회란 삶에 보람을 찾고 지친 삶에 기쁨과 꿈을 주는 곳'이라는 꽤 낭만적이고 이상적인 생각을 하고 있었다. 그런데 설교는 들을수록 목을 옥죄는 괴로움으로 다가왔다. 자기가 하는 것은 모두 거듭나지 못한 세상 사람들이 하는 짓이라는 생각을 주입해서 마음의 평안보다는 죄의식이 자기를 눌러서 절망감을 가져왔다. 교회는 그 공동체를 유지하기 위해 권위의 말씀을 통해 교인들을 양순한 양으로 세뇌 공작을 하는 것 같았다. 설교 말씀대로 따라 살려면 직장을 그만두고 교회에 충성하며 교회에 와서 살아야 할 것 같았다. 세상에는 장사하는 사람이 있고, 연구원이 있고, 의사가 있고 방송인이 있어서 살기 좋은 세상을 만들려는 그들의 꿈을 따라 문화 생활을 하는 것인데 이 사람들은 세속적인 일을 하는 무가치한 인간 으로 내몰고 그들은 구원을 받으려면 꼭 교회의 규례와 법도를 따라 생활해야 한다고 강요하고 있었다. 목사는 이들이 교회에 매달려 살 아야 하며 교회에 충성하지 않으면 하나님께 충성한 것이 아니어서 이 것은 우상 숭배라고 타도한다. 그래서 김 집사는 일상의 생활이 교회 에 다니게 되면서부터 리듬이 깨지고 계속 갈등으로 엉망이 되었다.

교회는 경건해야 한다는 것 때문에 요구하는 것이 많았다. 음주 흡 연은 금물이며, 하루는 새벽기도로 거룩하게 시작해야 하며 교회의 집회에는 부득이한 경우를 제외하고는 참석해야 하며 노방전도에 참 여해야 하고, 직분자는 단기선교에 참여해야 하며 교회의 프로그램을 적어도 하나는 맡아 충성해야 했다. 김 집사는 어쩌다 의사 동료들과 함께 술자리에 가면 술을 안 마시는데도 죄책감을 느껴야 했고, 응급 환자로 교회를 빠지는 일이 있을 때도 불안하고 행복하지 않았다. 무 엇보다도 아내가 그것을 용서하지 않고 못 견딘다는 것이었다. 다른 교 인에게 본이 되지 않기 때문에 자기가 부끄럽다는 것이다. 개업의(開業 醫)란 이만저만 바쁜 것이 아니다. 아침부터 저녁 늦게까지, 그리고 월 요일부터 토요일 오전까지 손을 쉴 수가 없다. 그런데 수요일 밤에는 아내가 자기는 교회에 나가기 때문에 가능한 한 일찍 퇴근해서 학원 에 간 딸을 데려오라고 한다. 토요일 오후는 성가 연습을 나가서 야식 할 때가 많아 밤늦게 돌아온다. 결국, 그들은 가정생활이라는 것이 없 었다. 교회에서도 아내 박 권사는 맡은 직분이 많아 한 자리에서 함께 앉아 예배도 드릴 수 없었다. 따라서 귀가 시간도 같지 않았다.

"꼭 그렇게 바쁘게 일을 해야 하는 거야?"

그러면 아내는 말했다.

"예수님의 지상명령이 무엇인데"라고 하면서 "그러므로 너희는 모든 족속으로 제자를 삼아 아버지와 아들과 성령의 이름으로 세례를 주고 내가 너희에게 분부한 모든 것을 가르쳐 지키게 하라"라는 성경 말씀을 인용한다. "우리는 주님의 나라를 확장하라는 명령을 받은 주의 군병이란 말이요. 충성스러운 종이 되어야 해요."

땅에 발을 딛고 하늘나라를 우러러보며 천국의 가치관대로 살아야 하는 기독교인은 괴로울 수밖에 없다.

"그렇게 해야 구원받고 천당에 가는 거요?"

"구원은 별개지요. 예수를 영접하고 그 이름을 믿으면 다 구원은 받은 것이에요. 다만 구원받은 사람이 고난을 이기고 그에 합당하게 사는 삶을 살아야 하는 것은 의무예요. 그렇게 하지 않으면 천국에서 부끄러운 구원을 받는다는 말이에요."

"그런데 당신은 너무하는 것 아니요? 마치 당신은 혼자 도맡아 지상명령을 잘 수행하는 사람이요 다른 사람은 그러지 않은 사람처럼 생각하는 것 같아요. 그러나 다른 사람도 자기 나름대로 가정생활 충실히 하면서 예수님의 제자로 살고 있다고 생각해야 하는 것 아니요?"

"세상과 하나님은 함께 섬길 수 없어요. 세상에도 잘하고 하나님께도 잘하는 줄타기 신자는 참 신자가 아니란 말이에요."

"예수를 구주로 믿는 신도가 800명이 넘는 이 교회에서 그럼 참 신자는 누굽니까? 당신 같은 광신자만 참 신자요?"

"구원의 약속은 받았지만, 천국에서 상은 없겠지요."

"엘리야가 호렙산 굴에 숨어서 이스라엘 백성이 선지자들을 다 죽이고 오직 자기만 남았다고 말했을 때 여호와께서는 이스라엘 가운데 바알에 무릎을 꿇지 아니한 자, 칠천 명을 남겨 두었다고 했는데 그 칠천 명은 그때 어디 있었나요. 이름 없이 밖으로 드러나지 않은 그들은 하나님의 백성이 아니었을까요?"

김 집사는 평소의 불만을 아내에게 털어놓았다.

전도하는 사람과 선교사와 목사와 교회에 충성하는 사람만 하나님의 백성이라고 할 수 없다. 예수를 믿고 예수의 말씀에 순종해서 살려고 하는 모든 신자는 하나님의 백성이다. 왜냐면 예수님의 다스림을 받는 백성이기 때문이다. 또한, 주님은 세상에서 자기가 다스리는 이런 백성이 많아지기를 기뻐하신다. 교회를 세우고 빈자리를 채워 놓으면 그것이 하나님의 백성이 많아지는 것인가? 단기 선교로 찬양하고, 성극 보여주고 선물 공세를 하고 돌아오면 천국 백성을 늘리는 것인가? 참으로 천국의 확장을 원한다면 그 나라의 문화에 동화해서 그곳에서 살며 그곳 사람들에게 하나님 사람의 본을 보여서 함께 하나님의 백성으로 살 때 하나님의 나라는 확장되는 것이 아닐까?

그런데 교회에서는 모두 자기만 하나님의 일을 하고 있다는 자기기만에 빠져 있다.

"당신이 그렇게 본을 보이면 되지 않아요?"

"나는 장로가 안 되는 것이 다른 사람에게 본을 보이는 것이요."

"당신은 교회 개혁에는 당당하게 맞서지 못하고 교회를 떠나자고 하고 있지 않아요? 난 당신의 본심을 아는데 첫째 공천되지 못해 부끄러움을 당할까 두려운 것이지요? 둘째 비록, 공천되었더라도 낙선될까 봐 또 두려운 것 아니에요? 그래서 다른 교회로 떠나자고 하는 것 아니냐구요?"

"아니요. 다른 모든 것은 두렵지 않아요. 나는 장로가 될까 봐 걱정하는 거예요. 장로가 되면 교회의 꼭두각시가 되는 거요. 정말 하기 싫은 비본질적인 일을 믿음의 본질처럼 남에게 과시하고 다녀야 한다구요."

김범인 집사는 자기가 아직도 기독교 문화에 익숙하지 못해 헤매고 있는 것이라고 스스로 생각했다. 모두 장로가 못 되어 안달인데 왜 자기만 장로가 될까봐 미리 걱정하고 노이로제에 걸려 있는가? 누가 자기를 장로 만들어 준다고 확약이라도 했다는 말인가? 왜 장로 선거를 생각만 해도 가슴이 떨리고 잠이 안 오는가? 이 증상은 안수집사가 되었을 때도 있었다. 그가 안수집사가 된 것은 권사인 아내 때문이었다. 십일조나 기타 각종 헌금, 선교후원금 등은 아내에게 맡겨놓고 싸우지 않기로 했다. 그는 교회에 출석하되 병원 일에 방해가 되지 않으면 무엇이나 협조할 생각이었다. 병원 일에 충실한 게 하나님께서 자기에게 주신 사명이라고 생각하고 있었다. 그래서 자기 몸으로 교회에 충성하지 못한 대신 물질적인 후원은 아끼지 않았다. 그러나 병원 시간을 빼고 교회 활동을 하는 것은 병적으로 싫어하였다. 비록 저녁 늦은 시간이라도 몸이 피곤하면 다음 날 병원 근무를 위해 다른 어느 곳에 가지 않고 집에서 쉬는 편이었다. 그런데 그가 안수집사가 된 것이다. 그것은 순전히 아내가 자기 이름으로 교회에 낸 비교적 많은 헌금 때문이라고 생각했다.

　안수집사가 되자 교회에서 책임질 일이 많아졌다. 남선교회 회장도 해야 하고, 주일학교 부장도 해야 하며, 안수집사 모임, 안수집사 기도회도 참석해야 하고 헌금위원도 해야 했다. 이것은 김 집사에게는 엄청난 부담이고 변화였다. 무엇에나 책임감이 강하고 철저했던 그는 맡겨진 일을 소홀히 할 수가 없었다. 따라서 병원 일과 교회 일을 함께 감당하기가 너무 어려웠다. 주일학교 부장을 하려면 먼저 교사들에게 그가 본이 되어야 했다. 본이 된다는 것은 새벽기도도 나가고 교사 수련회도 참석하고, 주일학교 학생을 늘리기 위해 교회 주변을 한집도 거르지 않고 방문도 해야 하고, 또 교사가 요청하면 부장은 교회에 잘 빠지는 학생의 집을 그들과 함께 방문해서 권고의 말을 하고 기도를 해야 했는데 이것은 김 집사가 결코 기쁘게 할 수 있는 일이 아니었다. 주일은 좀 집에서 쉬어야 하는데 이런 일들은 그를 파김치가 되게 하는 일이었다. 그때까지 김 집사는 병자를 고치는 일을 자기 본업으로 생각했는데 이제는 본업에 충실할 수 없게 된 것이다. 그런데 교회에서는 세상일이 절대 본업이 될 수 없다고 윽박지른다. 마지막 날 하나님 앞에 설 때 살아 있는 동안 무슨 일을 하고 있다가 왔느냐고 물으면 하나님의 일을 제쳐 놓고 세상일을 하고 왔다고 하면 안 된다는 것이다. 그것이 김 집사를 괴롭혔다. 그가 기쁘게 하고 싶은 일은 병자를 돌보는 일이다. 그것은 피곤한 줄을 모른다. 그러나 집사로서 하는 일은 의무감 때문에 억지로 하는 일이었다.

드디어 공천된 장로를 발표하는 주일이 다가왔다. 그는 너무 가슴이 떨려서 장로 후보자를 최종 추천하는 공천위원회도 참석하지 않았고 그날 주일에 교회도 나가지 않았다.

저녁때 혼자서 교회에 다녀온 아내 박 권사가 말했다.

"전, 교회에서 부끄러워서 고개를 들지 못했어요. 장로 후보자 공천에 당신 이름이 올랐는데 정작 본인은 교회 출석도 하지 않으니 이게 뭐예요. 자기 이름이 안 올랐다고 불평하는 사람도 많은데 당신은 감사할 줄도 모르니 한심스러워요. 이건 당신을 존경하는 사람들을 배신하는 행위예요."

"실망하면 다음엔 부표를 던지겠지요. 하나님의 저울로 달아보면 나는 기준에 미치기는 어림없는 사람이오."

"교회도 이력이 쌓이면 집사, 안수집사, 장로……이렇게 올라가야지 제 자리에 머물러 있으면 교회 마당만 밟고 다니는 교인처럼 우습잖아요?"

"권사님이 왜 그러실까? 장로는 계급이 아니고 하나님께서 은사를 따라 주신 직분이 아니오? 은사는 주님의 몸을 섬기기 위해 모든 사람에게 주는 것이기 때문에 장로가 된다고 특별히 다를 것이 없다고 생각하는데."

"그래도 장로는 기업체에서 최고경영자 같은 그런 자리가 아니오? 교회를 다스리거나 대외적인 조직에 참여하려면 적어도 그런 명함은 가져야 한다고 생각 안 되세요?"

"선교사를 많이 파송하는 교회에서 〈선교위원장 장로 ×××〉, 〈세계 ××× 선교회 회장 장로 ×××〉, 〈전국 남선교회 총무 장로 ×××〉,… 이런 거 말이요?"

"그것도 하나님의 일을 크게 하는 거죠."

"아무튼, 나는 장로가 싫습니다. 조직, 법, 제도에 얽매여 있으면 나는 병을 고치는 의사 노릇을 충실히 할 수 없어요."

"그건 당신의 열등 콤플렉스에서 오는 것 아니오?"

일주일이 지나서 이제 장로 투표하는 주일이 왔다. 이 집사는 이날도 교회에 나가지 않았다. 다시 말하면 주일을 빠져서 잘 안 지킨 것이다. 아무리 자기에게 이롭게 해석해도 기독교인으로서 이것은 십계명을 어긴 것이며 하나님의 말씀에 불순종한 징계를 받을 만한 일이었다. 김범인 집사도 마음 한편이 편한 것은 아니었다. 가족이 다 교회에 갔는데 자기만 혼자 남아서 골프를 치러 간 것도 아닌데 성도들과 함께 예배를 드리지 못하니 괴로웠다.

그는 성경을 펴 놓고 앉아있었다. 목사가 설교하는 시간에 그는 성경을 펴서 에스겔서를 읽었다. 47장에 이르러 하나님의 성전에서 생명수가 흘러나오는 환상을 에스겔이 보는 내용을 읽게 되었다. 성전 동쪽의 문지방 밑에서 흘러나온 물이 동쪽으로 흐르다가 남쪽을 향해 사해 쪽으로 흐르고 있는 것을 보았는데 에스겔을 인도한 천사가 천 척을 측량한 후에 그에게 건네게 하니 물이 발목에 이르고 이처럼 천 척마다 건너게 하니 물이 무릎에 오르고, 허리에 오르고, 드디어는 건너지 못할 강이 된 것을 묘사한 내용이었다. 이처럼 이스라엘을 축복하는 생명수의 강이 사해까지 흘러 들어가며 그 물로 바닷물이 되살아나며 이 물이 흐르는 각처에 만물이 살아나는 것을 묘사하고 있었다.

김 집사는 분명 하나님께로 비롯된 축복의 생수가 자기 마음속 깊숙이에도 차고 넘쳐오는 것을 느끼기 시작하였다. 이상한 일이었다. 하나님을 모르던 이전 상태의 자기가 점차 넘치는 성령으로 지금은 가득 차는 것을 느끼게 된 것이다. 그것은 지금까지 경험하지 못한 감격이었다. 그러면서 하염없이 눈물이 흐르기 시작했다. 이때 그는 하나님의 음성을 분명 들었다.

"범인아, 네가 나의 일을 하고 싶으냐?"

"그렇습니다, 주님. 그러나 병원에 매여 있는 이상 아무 일도 할 수 없습니다. 그래서 괴롭습니다."

"걱정하지 마라. 나의 일은 곧 나를 믿는 것이다."

이번에 김범인은 그 말이 무슨 말이냐고 따져 묻지 않았다. 그가 요한복음 6장을 읽으면서 예수를 찾아 가버나움까지 간 무리가 그들이 어떻게 하여야 하나님의 일을 할 수 있느냐고 물었을 때 예수님께서 자기를 믿는 것이 하나님의 일을 하는 것이라고 했을 때 "무슨 말입니까?"를 몇 번 되뇌어 물었었다. 그러나 이번만큼은 모든 게 투명하게 느껴져 묻지 않았다.

"예 그렇게 하겠습니다."

하고 마구 눈물을 흘렸다. 그 눈물은 하나님께서 자기를 위로해 주신 말씀 때문이었다. 교인들과 함께 예배를 드리지 못하고 홀로 있는 괴로움과 병원 일을 소홀히 하지 못해 교회 일에 성실하지 못한 갈등에 대한 주님의 대답 때문에 흘린 눈물이었다. 왜 주님은 "네가 나를 대신해서 힘든 병자를 돌보아라."라고 말씀도 하신다는 것은 생각하지 못하고 교회에 나가라는 음성만 들려주신다고 생각했을까 하고 자기의 판단에만 의존해 있었던 어리석음을 깨달았다.

"나를 믿어라. 나에게 너를 맡겨라. 내가 너를 인도하겠다."라는 말씀을 믿으면 병원의 일이든 교회의 일이든 권능을 주실 것이라는 생각이 들었다. 새벽기도에 나가라고 하면 "예." 하고 나가면 된다. 하나님께서는 내가 그 일을 감당할 수 있다고 영력을 주실 것이다. 잠 못 자서 어떻게 되는 것이 아니다. 주께서 판단하셔서 "오늘은 쉬어야겠다."라고 하시면 죄책감 없이 쉬면 된다. "네가 환자 돌보는 것을 그토록 좋아하는 것은 내가 그런 은사를 너에게 주었기 때문이다. 병원 일에 충성하는 것이 나의 일이다."라고 하면 "예"하고 기쁘게 그렇게 할 것이다. 주께서는 오순절에 제자들에게 성령을 부어주시고 세상으로 흩으셨다. 나는 주께서 주신 소명에 기쁘게 응답하겠다는 생각과 함께 생수의 강물이 마음 깊숙이에서 솟아 흘러넘치기 시작했다. 그분이 나를 인도하신다는 것을 믿기만 하면 된다. 왜 온전히 나를 맡기고 주를 믿지 못했는가?

주와 같이 길 가는 것 즐거운 일 아닌가
우리 주님 걸어가신 발자취를 밟겠네.
한 걸음 한 걸음 주 예수와 함께
날마다 날마다 우리 걸어가리.

어린아이 같은 우리 미련하고 약하나
주의 손에 이끌리어 생명 길로 가겠네.…

마구 찬송이 쏟아져 나왔다. 김 집사에게는 있을 수 없는 일이었다. 교회에 대한 열성분자들이 자기 잘 보이기 위해서가 아니라 하나님의 강권하심으로 긍정적인 삶이 시작된다는 기쁨이 용솟음쳤다. 새로운 눈이 열려 모든 것이 새롭게 보이기 시작했다.

교회에서 늦게 돌아온 아내가 말했다.

"당신 오늘 교회에 안 나와서 무슨 일이 있었는지 알아요?"

"무슨 일이 있었는데?"

"장로 피택에서 부끄럽게 당신은 낙선한 것이요. 그래 원대로 낙선하니 기뻐요?"

"여보, 그보다 더 기쁜 일이 있어요."

"뭔데?"

"이제부터는 내가 주님 말씀을 순종하고 잘 살기로 했어요."

"그래요? 그럼 지금부터는 거룩하게 주일을 지키고, 새벽기도도 잘 나가겠네요. 교회도 안 떠나고, 내 말도 잘 듣고…"

"아니 당신 말을 잘 듣는 게 아니라. 주님의…"

"됐어요. 완전히 거듭나셨네요. 이제 나도 신앙생활 제대로 할 수 있게 되었네요. 그렇게 되게 해 달라고 얼마나 기도했는데 하나님께서 이제야 들어 주셨네요. 이제부터는 애들 좀 맡아 주세요. 나 교회 활동 좀 제대로 하게."

그러면서 박사라 권사는 안방으로 들어가 버렸다. 그러나 이번에는 아내가 결코, 밉지 않았다. 하나님께 자기를 맡겼기 때문이었다.

급매물 교회

상가 건물 3층에 이삼십 명 모인 교인들이 웅성거리고 있었다. 밖에는 눈발이 날리는 스산한 날씨였다. 날씨만큼 그들의 마음도 스산하였다. 불안하던 이 알곡교회가 부도나서 쫓겨나야 한다는 소문을 들었기 때문이었다. 그래도 실내에는 뒷방에 목회자 상담실도 있고, 간이 설교단도 만들어져 있으며 전자키보드도 있고 드럼도 있었다. 마이크, 스피커 등 음향 시설도 있어 작은 교회의 모습은 다 갖추고 있었다. 아직 목사가 안 보인 것뿐이었다. 교인들은 실내에 놓인 의자에 앉아 재정 장로인 이 장로의 눈치를 살피었다. 교회의 사정을 알고 있다면 먼저 그가 알고 있어야 할 것이기 때문이었다. 그러나 그는 아무 말이 없다.

이때 뒷문으로 검은 두루마기를 입고 목에 하얀 목도리를 두른 낯선 사람이 터벅터벅 걸어 들어왔다. 그는 서슴없이 강대상 위로 올라가 교인들을 돌아보았다.

"여러분, 오늘부터 제가 여러분의 목사입니다."

모두 웅성거렸다.

"조용히 하십시오. 제가 이 교회를 샀습니다. 교회뿐 아니라 여러분 50명도 함께 샀습니다. 그래서 이 교회는 나의 것이며 여러분도 나의 것입니다."

"무슨 소리를 하는 거요? 우리를 샀다고요? 누구 맘대로 우리를 사요? 누구한테 샀다는 말입니까?"

"여러분의 전 목사에게 교회와 신도를 싸잡아서 흥정하고 샀다는 말입니다."

"무슨 개 같은 소리를 하는 거요?"

한 사람이 고래고래 소리를 질렀다.

"여러분은 그러나 기뻐하십시오. 내가 이 교회가 진 모든 빚을 다 갚았으니 여러분은 교회 빚 걱정할 것이 없어졌습니다. 그뿐 아니라 여러분은 교회에 약정하고 내야 할 돈에서 해방된 것입니다. 이제 건축헌금 걱정하지 마십시오. 십일조 걱정하지 마십시오. 일천 번째 헌금 내지 않아도 됩니다. 여러분은 교회에 빚진 것이 없습니다. 내도 되고 안 내도 됩니다. 내고 싶으면 억지로 하지 말고 자원하는 마음, 감사하는 마음으로 드리십시오. 여러분은 여기서 쫓겨날 염려 없이 예배를 드릴 수 있습니다."

교인들은 눈을 둥그렇게 뜨고 돌아보았다.

"여러분은 목사 사례 어떻게 할 것인가? 이 예배당 월세는 어떻게 낼 것인가 이제부터는 걱정하지 마십시오. 나는 사례를 받지 않습니다. 월세는 헌금으로 넉넉히 내고 남을 것입니다. 교회 있겠다, 목사 있겠다, 교인 있겠다, 무엇이 걱정입니까? 여러분의 구원은 어디 가는 것이 아닙니다. 안심하고 주님께 붙어 있으십시오. 그러면 됩니다."

어리둥절한 가운데 예배를 마치고 그들은 재정 장로에게 정말 교회의 부도 위기는 끝난 것이냐고 물었다. 그는 고개를 끄덕일 뿐이었다.

새로 부임한 천 목사는 약간 떨어진 시골에 집을 가지고 있었는데 차도 없이 거기서 버스로 출퇴근한다고 말했다. 재정 장로는 무언가 좀 알고 있는 눈치였다.

천 목사는 다음 주 광고 시간에 더 큰 폭탄선언을 하였다.

"여러분 내 말을 잘 들으시오. 나는 이 교회에서 장로와 집사 직분을 다 없애고 모두 자매, 형제로 부르기로 하겠습니다. 직분이란 교회의 계급이 아닙니다. 평신도가 집사가 되고 집사가 장로로 진급하고 그 위에 목사가 있는 것이 아닙니다. 이 직분은 주님의 몸인 교회의 손과 발이 되어 하나님의 청지기로 일하도록 은사를 따라 받은 것인데 이를 잘못 인식하고 있어 원점에서 새로 시작하려고 합니다. 새 술은 새 부대에 담아야 합니다. 제가 새 목회를 시작하면서 모든 제도를 초대교회 정신으로 되돌려 새 부대에 담으려 합니다."

"기름 부은 장로를 목사가 마음대로 없앨 수 있습니까?"

한 교우가 손을 들고 말했다.

"이 교회는 아직 어느 교단에 속하지 않은 독립교회입니다. 다시 말하면 이 건물은 소속 교단의 재산이 아니며 상부 기관의 허락을 받아 장로를 세운 것도 아닙니다. 목사가 교회 정관을 만들고 임의로 정한 것이란 말입니다. 그러나 나는 옛 정관을 무시하고 제가 만든 새 정관으로 교회를 운영할 것입니다. 불만으로 이 교회를 나가려면 나가도 됩니다. 그러나 다른 교회에 간다고 장로로 인정받을 수 있는 것은 아닙니다. 아예 여기서 새로 시작하는 것이 좋지 않겠습니까? 모든 제도를 없애고, 당회도 제직회도 없애고, 교인이 얼마 안 되기 때문에 교회의 모든 문제는 전체 회의인 공동의회에서 결정하도록 하겠습니다."

재정이 약한 이 교회에서는 예배당 건물을 임대하기 위해 장로를 두 사람을 세웠었다. 그리고 그들 각각에 삼천만 원씩 특별헌금을 부담시켰다. 그렇게 해서 세움을 받은 두 장로가 교회의 직분을 없앤 것에 제일 불만이었다. 그러나 다른 교인들은 이런 계급을 없애는 것에 별 관심이 없었다. 오히려 더 좋아하는 것 같았다. 두 장로 중의 한 사람인 이인식 장로가 현재 재정 장로였는데 헌금 집계는 어떻게 할 것이며 자기의 위치는 어떻게 될 것인지 불안한 모양이었다. 천 목사는 앞으로 얼마 동안 재정 장로였던 이인식 형제가 헌금은 집계하되 매주 천 목사 자기 명의로 된 통장에 입금하고 지출결의서를 만들어 결재를 받고 출금해서 쓸 수 있도록 하겠다고 선언했다. 급하게 지출해야 할 일을 위해 50만 원의 소액 예비금을 회계에 주어 선(先)지급 후 결재를 한다고도 말했다.

천 목사는 이 장로를 어느 정도 알고 있었다. 이 건물을 임대하는데 보증금으로 삼천만 원이 들었는데 이는 장로 장립 때 낸 돈으로 충당하고 나머지 삼천만 원은 좀 떨어진 곳에 교회부지를 사서 앞으로 교회 건물을 지을 셈이었다. 그때는 꿈이 컸다. 그러나 목사 사례하고 건물 월세 내고 교회 운영비를 쓰는 동안 점차 자금은 고갈되어 빚을 지게 되었다. 그때 이 장로는 건물 등기와 부동산 등기를 다 자기 명의로 하고 있었다. 그래서 교회 빚이 늘자 처음엔 부동산을 담보로 대부를 받고 다음엔 자기 집을 저당하고 대부를 받아 교회 월세와 운영비를 감당하고 있었는데 교인들의 헌금은 큰 도움이 되지 못했다. 교회가 어려워지자 은행 상환금을 제때 못 내고 예배당 건물의 월세도 제대로 내지 못해 교회는 부도 직전에 몰린 것이다. 이때 제일 어려운 사람은 이 장로였다. 은행 빚을 갚지 못하면 자기 집이 넘어가기 때문이었다. 생각다 못한 이 장로는 자기 명의로 임대한 예배당 건물을 급매물로 내놓은 것이었다. 아무도 교회에 관심을 두지 않았는데 그래도 천 목사가 문제를 해결해 준 것은 다행이었다. 그래서 급매물로 내놓은 교회가 팔린 것이다. 그러나 이 장로는 목사는 교체했지만 자기의 기득권은 가지고 교회에 군림하고 싶었었다. 그런데 천 목사는 건물의 전세 계약을 이제는 자기 명의로 하고 교회 헌금도 자기 명의의 통장을 만들어 관리하겠다고 선언한 것이다. 이건 교회와 신도들을 자기의 사유물로 만들겠다는 이단 교주들과 무엇이 다른가 하고 이 장로는 불만이었다. 적어도 교회 헌금은 교회 명의로 은행 계좌를 개설하고 관리해야 한다고 주장했었다. 그때까지 교회 헌금은 자기 이름으로 된 은행 계좌로 관리하고 있었다.

6주 동안 수요일 저녁은 천 목사가 매주 주기도문을 풀어 설교하겠다고 말했다. 그런데 네 주일째 수요 예배가 끝나자 젊은 성도 몇 사람이 귀가하지 않고 목사와 면담하겠다고 신청하였다. 좀 심상치 않았지만 천 목사는 그들을 상담실로 인도하여 대면하였다. 그런데 그들의 첫 질문은 목사는 어디서 안수를 받았으며 어느 신학교를 나왔느냐는 것이었다.

"예수님이 말씀을 전하실 때, 예수님이 어느 신학교를 나오셨는지, 병자를 많이 고치셨는데 그분이 어느 의과대학을 나오셨는지 문제가 되었습니까? 말씀을 전하면 되지 목사 안수가 왜 문제가 됩니까?"

"목사님은 예수님이 아니잖아요? 목사님이 어느 교파에 소속된 것인지, 신앙 노선은 어떤지 알아야 따라갈 것이 아닙니까?"

"한 삼 주간 아무 말도 없이 잘 따라오기 때문에 순한 양인 줄 알았는데 이리였습니까?"

그리고 그는 계속하였다.

"저는 현재 어느 교단에도 속해 있지 않지만, 하나님을 믿고 웨스트민스터 신앙고백을 나의 고백으로 삼습니다. 또 예수께서 오셔서 십자가로 구원을 이루셨으며 예수님만이 나의 구주임을 믿습니다. 목사 안수와 출신 신학교에 대해서는 장로교 신학대학원에 조회해 보고, 목사 안수 당시 내가 어느 교회에 속해 있었는지는 여러분이 인터넷의 인물 정보 등을 통해 수소문해 보십시오. 제가 청문회의 대상 인물이 되어 답변하고 있으면 신앙 지도자의 권위를 잃게 됩니다."

"혹 우리 교회가 이단이 아니냐고 물으면 어떻게 대답하면 됩니까?"

"와서 말씀을 들어보고 함께 교회 생활을 해보라고 전하십시오. 내가 성경을 임의로 해석했습니까? 내가 예수님이 이루지 못한 구원을 이룰 유일한 말씀의 소유자라고 말한 적이 있습니까? 당신은 언제 몇 시에 거듭났느냐고 질문한 일이 있습니까? 삼위일체를 부인한 적이 있습니까? 병역과 수혈을 거부하라고 말한 적이 있습니까? 내가 신비체험을 했으며, 그리스도 및 세례 요한과 대화를 했으며 나만이 진리의 수호자라고 주장하며 여러분을 비밀집단에 가두어 둔 일이 있습니까?"

"알겠습니다. 그런데 우리 교회는 왜 새벽기도를 안 합니까?"

"나는 새벽기도를 못 하게 한 적이 없습니다. 언제나 교회는 열려 있습니다."

"그래도 목사님이 와서 인도하셔야지요."

"기도는 하나님과의 대화입니다. 하나님과 나 사이에 누구를 끼워 넣으면 남편과 아내 사이에 딴 남자를 끼워 넣은 것처럼 어색해지지 않겠습니까?"

"그래도 목사님이 나와서 사회하고, 순서를 정해 찬송하고 말씀 전하고 기도하는 것이 원칙 아닙니까? 그때 일천번제 헌금도 걷고."

"예수님은 가장 가까운 세 제자를 데리고 겟세마네 동산에서 기도할 때도 그들을 남겨 두고 따로 떨어져 홀로 기도했습니다. 땀이 땅에 떨어지는 핏방울같이 되도록 간절히 기도했습니다. 기도는 하나님께 드리는 것입니다. 그런데 누가 곁에서 울며 큰 소리로 기도하면 하나님과의 간절한 연합은 놀라서 어디로 가버리는 것이 아닐까요? 교제의 연합, 증거의 연합, 영광의 연합은 사라지고 자기가 어디에서 무엇을 하고 있는지도 모르고 중언부언하는 것이 아닐까요? 그러나 여러분이 모여서 합심 기도를 하고 싶으면 내가 다음 주부터 두 주간 매일 새벽기도 훈련을 하겠습니다."

이렇게 해서 새벽기도가 다시 시작되었다. 그러나 그때까지의 새벽기도와는 전혀 다른 형식이었다. 목사가 새벽기도 모범을 짜서 가지고 왔다.

사도신경, 찬송, 교회가 드리는 기도문으로 기도, 시편 교독(交讀), 신약성경 묵상, 기도, 그리고 주기도문으로 기도하는 것으로 끝나는 것이었다.

이십 명 남짓한 사람이 둥글게 앉았고 첫날은 박순진 형제가 목사의 지시를 따라 사회하였다. 이인식 형제와 함께 장로 장립을 받은 사람이었다. 교회가 드리는 기도문은 목사가 만들어 순서지에 복사해

가지고 왔다. 시편 교독이 끝나고 신약성경을 읽었다. 마태복음 5장 39~42절이었다.

"39 나는 너희에게 이르노니 악한 자를 대적하지 말라 누구든지 네 오른뺨을 치거든 왼뺨도 돌려대며 40 또 너를 고발하여 속옷을 가지고자 하는 자에게는 겉옷까지도 가지게 하며…"

"이 말씀을 묵상하고 생각난 대로 말씀해 보십시오."

목사에게 미리 교육을 받은 듯 박순진 형제가 물었다. 모두 처음 당한 일이라 어리둥절하여 입을 여는 사람이 없었다. 침묵이 흘렀다. 그러자 어떤 학생이 입을 열었다.

"그냥 궁금해서 그러는데요. 왜 오른뺨을 때렸을까요? 때린 사람은 왼손잡이였나요? 왼뺨 때리기가 더 쉬울 것 같은데."

모두 웃고 분위기가 누그러졌다.

"저도 궁금한 것이 있어요. 왜 겉옷을 달라고 하지 속옷을 달라고 송사를 했을까요?"

이렇게 묻고 생각하니 모두 처음으로 성경을 보는 것 같은 느낌이었다. 여러 가지 상상한 대로 이야기를 나누었다. 속옷에 대한 것은, 목사가 이스라엘 풍속을 이야기했다. 아무리 가난한 사람이라도 빚을 갚으라고 송사할 때는 겉옷은 덮고 자기도 하고 일하러 갈 때 입을 옷이며 재산이기 때문에 송사해서 빼앗아 갈 수 없다는 것이었다. 그리고 오른뺨, 왼뺨의 문제는 뺨의 어느 쪽이 문제가 아니라 예수의 제자가 된 사람은 아무리 악한 자라도 그렇게 대하라는 것이 요점이라고 말했다.

"천국을 들어가는 문은 정말 좁은 문인 것 같습니다. 그렇게 맞고 빼앗기면서까지 천국에 가고 싶은 사람이 몇이나 되겠습니까? 예수님은 너무 할 수 없는 것만 가르치십니다."

여러 말이 오간 뒤 목사가 다시 말했다.

"이것은 천국에 가기 위해서 어떻게 살아야 한다고 가르치는 것이 아니고 구원받고 예수님의 제자가 된 사람은 천국 백성으로 이렇게 살아야 한다고 가르치는 것입니다."

말씀 묵상이 끝난 뒤 각각 기도 제목을 내놓았다. 그중 다섯 가지만 골라 주제를 따라 합심 기도를 하고 마무리 기도를 하였다. 이 새로운 방식의 새벽기도는 모두에게 너무 생소하였다. 전에는 목사가 하라는 대로 따라 하고 기도하라면 소리 높이 외치며 울고 기도한 뒤 돌아갈 때는 시원한 카타르시스를 느끼고 돌아갔는데 새로운 형식은 공부하는 것처럼 부담만 되었다. 싫은 사람은 점차 안 나오게 되고 또 꼭 새벽기도에 나와야 복 받는다는 신비감도 없어졌다. 그래서 수가 줄어들었다. 한편 새로운 형식에 호기심을 갖는 사람들이 소문을 듣고 자발적으로 나오기 시작하였다.

두 주가 끝날 때 목사는 예배위원회 팀장을 선출하였다. 팀장은 박순진 형제가 뽑혔다. 이제는 목사가 아니고 팀장이 다음 한 주 동안의 새벽기도를 맡는 사회자를 뽑는 것이었다. 그리고 그 사회자가 목사가 준 순서지 초안을 따라 새벽기도를 인도하도록 하기 위해서였다. 이 일에 익숙해지자 그들은 목사에게 새벽기도를 위해 앞으로는 먼 곳에서 택시로 왔다가 버스로 돌아갈 필요가 없다고 말했다. 스스로 해보겠다고 자원하였다.

목사는 다음 공동의회에서 앞으로 교회 사역은 위원회제로 하겠다고 공언했다. 꼭 필요한 것으로, 예배, 재정, 교육위원회만 두려 하는

데 작은 교회에서 몸집만 크면 능률이 나지 않기 때문이라고 했다. 그러나 선교 위원회도 두자는 안이 나와 네 위원회 위원장을 모두 선출했다. 재정위원장은 모두 고사해서 이인식 형제가 다시 맡게 되었다. 그러나 매월 첫 주는 공동의회를 열어 한 달 동안 교회 헌금의 수지결산을 재정위원장이 공개하도록 했다. 이래야 재정 운영이 투명해지기 때문이라는 것이었다.

또 여섯 주의 주기도문 풀이가 끝나자 목사는 이번에는 또 다른 광고를 하였다. 앞으로 누구든지 교회와 나라와 세계를 위해 교회에서 대표기도를 하고 싶다는 생각이 들면 기도내용을 수요일까지 A4 용지에 11호 크기로 타자하여 예배위원회 팀장에게 보내주면 선발해서 기도할 수 있게 하겠다고는 광고였다. 예배 때 대표기도는 누구나 할 수 있으며 특히 기도를 중언부언하는 것은 하나님을 경홀히 여기는 것이기 때문이라는 것이었다.

기도를 시험 보듯이 내용을 써서 제출하여 뽑는 것은 말이 안 된다고 교인 중에서 한 사람이 반대했다. 이것은 유창하게 글 잘 쓰는 사람만 기도할 수 있다는 말이지 않으냐는 것이었다. 그리고 기도는 성령이 시키는 대로 하는 것이지 써서 읽는다는 것이 첫째 말이 안 된다고도 했다. 그러나 목사는 꺾이지 않았다.

"기도는 자기 마음대로 하는 것이 아니고 성경에서 말하는 대로 배워서 하는 것입니다. 또 내가 유창한 기도를 뽑겠다는 것이 아닙니다. 눈물로 침상을 띄우는 간절한 기도를 뽑겠습니다. 기도의 질만큼 교인의 믿음은 성장하는 것입니다. 이런 대표기도를 통해 우리가 배우고 수준 높은 기도를 하는 교인이 되고 싶기 때문입니다. 또 읽는 것이 아니라 미리미리 기도를 준비하자는 것입니다."

이 교회는 직분이 없고 모두가 평신도이기 때문에 누구나 기도할 수가 있었다. 이렇게 되자 기도에 대해 비평하는 버릇이 없어졌다. 자기라면 어떤 기도를 했을까를 생각하면 그 기도는 잘한 것이었다. 그러면서 스스로 기도 준비를 하고 있기도 했다. 기도가 길지도 않고 여러 사람이 간구하고자 했던 내용이어서 격이 자연 높아졌다.

한 달에 한 번씩 있는 공동의회에서는 각 가지 생각들이 튀어 나왔다. 이 교회에서 남녀 각 4명씩 복사중창단을 구성해서 예배 때에 찬양하고 싶다는 안이 나와 예산까지 통과시켜 준 것도 이 공동의회에서였다. 인원이 50여 명밖에 되지 않았기 때문에 거창한 찬양대를 만들 수가 없었다. 그러나 성악도 하고 취미도 있는 대학생들이 스스로 찬양 팀을 조직해서 예배를 돕겠다는 데 반대할 이유가 없었다. 또 거리에 나가서 노방전도를 하자는 의견도 나왔다. 그러나 이 의견은 말이 많았다. 옛날 말이지 노방전도로 구원받을 사람이 몇이나 되겠냐는 것이었다. 길 가는 사람에게 유인물을 돌리는 것이나 아파트의 편지함에 전도지(傳導紙)를 넣는 것은 음식점 광고물보다 못한 재활용 쓰레기를 늘리는 것에 불과하다고 혹평하는 사람도 있었다. 그러나 나이든 분들은 예수님도 말씀을 뿌릴 때 옥토에 떨어지는 것은 ¼밖에 안 되었다면서 쓰레기라고 생각하지 말고 계속 뿌리자고 주장했다. 목사가 한마디 했다.

"만일 전도가 교인 수를 늘리는 것이라면 중단되어야 합니다. 교회가 건물의 크기나, 교인 수나, 일 년 예산을 자랑하는 것이면 이것은 주님이 제일 싫어하는 것입니다. 우리는 하나님을 기쁘시게 하는 삶을 살아야 합니다. 교회는 그 교회 교인들의 삶을 보고 무엇이 사람을 변화시켰는지 가서 보아야겠다고 생각한 사람들이 모이는 곳이라야 합니다."

"목사님, 그렇게 해서 언제 교회를 성장시킵니까? 불신자를 마구 찔러보는 '고구마 전도왕', 한번 물면 놓치지 않는 '진돗개 전도왕'들의 간증을 못 들어보셨습니까? 적극적인 전도를 위해 '세계전도왕 사관학교'도 있습니다. 6주 단위로 훈련을 시켜서 5명씩 반을 짜서 불신 세계에 침투 작전을 하는 거지요."

"저는 하나님의 나라에 합당하지 않은 전투적인 용어 자체를 싫어합니다. 또 예수님이 제자들을 세상에 내보낼 때도 귀신을 제어하며 병을 고치는 능력과 권위를 주시며 하나님 나라를 알게 하고 병 든 자를 고치기 위함이었지 그들이 만난 사람을 끌고 예수님께 데려오라고 하지는 않았습니다."

여러 논의 끝에 이 전도방법은 일단 보류되었다. 그러나 하나님의 지상명령이 전도인 만큼 전도는 끊임없이 대두되는 화제였다. 중동에 선교사를 파견하면 어떻겠냐는 안이 나왔다. 매월 이백만 원씩 후원하자는 것이었다. 이에 대해서는 재정위원장인 이인식 형제가 절대 반대였다. 현재 교인 수가 증가해서 앞으로는 2층에 있는 피아노학원까지 임대하여 교회를 확장할 비전을 갖고 있는데 그렇게 예산 지출을 할 수 없다는 것이었다.

교회는 점차 인원이 늘어서 2년째는 2부 예배를 보지 않으면 안 되게 되었다. 그러자 이 교회도 장로 집사를 뽑아야 한다는 말이 나왔다. 장로 두 사람을 공동의회에서 선출하고 서리집사도 임명순서를 거치지 않고 30명을 공동의회에서 선출하자고 했다. 이것은 어려운 일이 별로 없었다. 새벽기도 때의 성경 묵상이나 예배 때의 대표기도들을 통해 어느 정도 자격자들이 검증되었기 때문이다. 놀라운 것은 이인식 형제는 이때도 무난히 장로로 뽑힌 것이었다. 이제 이 교회도 서서히 조직이 교회를 움직이기 시작했다. 두 사람의 장로로 당회를 구성하고 서리집사회 회장과 총무가 방청으로 들어와서 목사가 이 네 사람과 함께 당회를 열고 교회 행정을 상의하게 되었다. 하부 조직도 확대하여 재정, 예배, 찬양, 선교, 교육, 봉사 위원회를 두고 어설프지만, 예산을 편성한 뒤 교회재정은 그 예산 안에서 집행하게 되었다. 이때부터 각 위원회가 예산 배정을 더 받으려고 경쟁을 시작했다. 그뿐 아니라 각 위원회가 자기 나름대로 이벤트 기획을 하고 각종 행사 계획을 확대하기 시작했다. 다른 교회에서 하는 모든 프로그램을 가져오기 시작한 것이다. 찬양 위원회는 유급 지휘자를 구하고 성과를 높이기 위해 단원들을 확대하여 밤늦게까지 연습시키고 또 주일에는 일찍부터 교회에 나오게 해서 예행연습을 하였다. 교육위원회는 3, 4명씩 각 부 학생들을 묶어주고 축호(逐戶) 방문을 해서 학생 수를 늘리라는 명령을 내렸다. 선교 위원회는 전도단을 조직해서 주중에 몇 그룹으로 나누어 축호방문을 하고 유명한 전도왕들의 간증에 단체로 참석을 권유하였다. 봉사 위원회는 지체 부자유자들을 방문하는 날을 정해 돕기도 하고 외국인 노동자들을 초청하여 축구시합을 시도하기도 했다. 그러나 인원은 부족한데 이 모든 일을 하기 위해서는 한 사람이 두세 군데의 위원회에 참가해야 하는 것은 기본이었다. 그러자 각 교인은 고단해서 일주일에 한 번도 제대로 쉬지를 못하고 집에 가면 졸도할 정도로 피곤이 쌓였다.

천 목사는 교회의 이 행사들을 없애라고 고래고래 소리를 지르며 이것은 사회가 교회를 끌고 가는 것이며 교회가 사회를 선도하는 것이 아니라고 외쳤지만 아무 효과가 없었다. 이것은 하나님이 원하시는 일이 아니다. 하나님은 엿새 동안 일하고 제 칠일에는 쉬라고 하셨다. 그런데 왜 쉴 줄을 모르고 일 중독이 되느냐 하고 설득했지만 듣는 위원회가 하나도 없었다.

"주일은 쉬는 날입니다. 하나님께서 엿새 동안 일하시고 일곱째 날에 쉬시면서 거룩하게 하신 날입니다. 가족이나 종이나 가축까지도 쉬라는 날에 왜 이렇게 많은 행사를 가지고 들어옵니까? 그뿐 아니라 이 일을 평일까지 확장해서 교회 일을 하고 직장에서도 교회 일로 전화하고 유인물을 복사해 오곤 하는 것은 있을 수 없는 일입니다. 쉴 틈 없이 성도들을 힘들게 하는 것은 하나님의 뜻이 아닙니다."

목사가 이렇게 말하자 곧 빗발 같은 반발에 부딪혔다.

"목사님은 구약(舊約)에서 지키던 토요일의 안식일이 지금은 주일로 바뀌었으므로 주일에 안식일의 규례를 지켜야 한다고 말씀하시는 것입니까?"

"나는 비본질적인 문제로 시간을 허비하고 싶지는 않습니다. 그러나 분명한 것은 예수님은 우리가 지키지 못해 죄인이 된 율법에서 우리를 자유롭게 하시면서 자신이 돌아가신 십자가에 구약의 율법도 못을 박으셨습니다. 이제 안식일에 대한 법조문이 주일에 우리를 구속할 수는 없습니다. 그러나 우리를 살리고자 하시는 생명의 법 즉 안식일이든 주일이든 구원받은 자들이 하루를 쉬며 거룩하게 지키라는 명령은

변함이 없다고 생각합니다."

"예배도 드리지 않고 쉬면 더 좋겠네요."

"참 안식은 하나님 안에 있습니다. 하루를 거룩하게 구별하여 하나님의 임재를 깨달으며 예배하는 것이 참 안식입니다. 또 '이것이 우리와 하나님 사이에 여호와가 우리 하나님인 것을 알게 하는 표징'이라는 에스겔서의 말은 지금 주일에도 해당하는 생명의 말이기 때문에 예배는 일하는 것이 아니고 드려야 합니다."

"그 예배를 거룩하게 드릴 준비를 하는 행위를 왜 목사님은 반대하십니까?"

"행사가 지나쳐 예배를 망치고 있기 때문입니다. 성도들은 행사에 짓눌려 조용히 하나님을 만날 시간을 잃었습니다."

그러나 일단 조직이 만들어지자 다투어서 행사하고 교회는 천 목사가 생각하는 방향과는 점점 멀어지고 하나님과도 멀어져 가는 것 같았다. 또한, 점차 목사의 뜻에 반하는 기운이 감돌기 시작했다. 목사가 너무 이단 교주처럼 되어간다는 것이었다. 그래서 공동의회에서 헌금을 수납하는 은행 계좌는 목사 개인 명의는 안 되며 교회명의로 개설해야 한다고 또 제안했다. 그러나 현재 교회로 쓰고 있는 건물은 천 목사 개인 명의로 임대계약을 하고 있어서 천 목사가 아닌 교회 명의로 구좌개설을 할 수는 없는 문제였다. 먼저 이 교회를 어떤 노회에 소속시키거나 아니면 복잡한 절차를 거쳐 교회의 사업자 등록증을 발급해 받아야 하는데 이것은 세무서에 많은 서류를 제출해야 하고 또 시간도 걸려 일단 이인식 재정 장로에게 연구해서 발표하도록 위임하였다.

교회를 시작한 지 2년이 다 되어 갈 때 천 목사에게 문제가 생겼다. 그의 절친한 친구가 미국에서 교회를 시작했는데 임파선암으로 입원할 일이 생겼다. 교회에 말썽이 있어 분열 직전이었는데 이런 병이 걸린 것이다. 그래서 천 목사가 2개월 정도만 꼬박 와서 도와주었으면 좋겠다는 간절한 부탁이 왔다. 당회에 이야기했더니 이제 교회는 어느 정도 기반을 잡았으므로 다녀와도 좋겠다고 말했고 특히 이인식 장로는 정말 걱정하지 말라고 간곡히 말하며 2개월 정도 교회를 비워도 된다고 말했다. 그래서 천 목사는 대학에 있는 교수나 기관 목사들에게 자기가 빈 주일의 설교를 맡기고 떠나기로 했다.

교회재정은 자기 인감도장과 각종 서류를 이인식 장로에게 맡기고 예산대로 집행하라고 말한 뒤 미국으로 떠났다. 미국의 친구는 비호치킨 림프종이었는데 다행히 수술이 잘되어 육 주 만에 항암 화학요법으로 퇴원하게 되었다.

천 목사는 두 달이 채 안 되었는데 한국의 찬양 위원회 팀장으로부터 자기네 교회가 급매물로 나와 다른 목사에게 팔린 것 같다는 이상한 메일이 와서 급하게 귀국하였다. 과연 교회는 딴 목사에게 더 많은 값으로 팔린 상태였다. 천 목사가 전세 계약한 삼층의 월세와 피아노 학원을 하고 있던 이 층을 새로 임대계약하여 그 월세를 추가로 내면서 새 목사는 두 건물을 교회로 쓰고 있었다.

이인식 장로는 아주 태연하게 천 목사가 체결한 삼층의 전세 계약 보증금은 지금이라도 바로 천 목사에게 돌려줄 수 있다고 말했다. 그런 조건으로 이 교회를 급매물로 팔았다는 것이었다.

"그건 사기가 아닙니까? 3층 건물은 내가 임대한 건물인데 내 허가도 없이 새로 들어온 목사가 월세를 내며 임의로 사용했다는 말입니까?"

이인식 장로는 케이크를 사 들고 천 목사의 집으로 저녁에 찾아왔다. 그리고 무릎을 꿇고 머리를 조아리며 사죄하였다. 그의 이야기는 다음과 같았다.

천 목사가 떠난 뒤 교인들은 교회 헌금을 천 목사님 계좌로 관리하는 것은 부당하다고 교회 명의로 바꾸라고 성화였는데 은행 계좌를 개설하려고 하다 보니 교회의 사업자 등록증을 발급해 받아야 하는 등 너무 절차가 복잡했고 특히 대표자 되는 목사님이 부재중이라 절차를 진행하기가 어려웠다. 좀 미루자고 해도 교인들은 듣지 않았다. 그보다도 헌금이 줄어 교회는 계속 빚에 허덕이고 있었는데 마침 백 목사라는 분이 와서 이 교회에 일억 원을 투자하겠다고 말하며 자기가 한국 독립교회 및 선교단체 연합회라는 교단에 속한 목사인데 이 교회를 그 교단에 가입시키면 교회 명의로 계좌를 개설할 수 있다고 해서 사정이 너무 급해 그렇게 했다. 새 목사가 왔는데 천 목사가 임대한 건물을 그냥 쓰고 있는 것은 미안하다. 그러나 건물주의 이해를 받았으며, 천 목사가 원하면 보증금은 바로 돌려 드릴 생각으로 있다. 백 목사의 독촉도 있고 해서 새 교단에는 서류를 갖추어 제출했으며 공동의회 결의서 및 교인 연서 날인 동의서도 이미 만들어 보낸 바 있다. 백 목사가 그런 일에는 능통해서 모든 절차를 다 맞추는 데는 어려움이 없었다. 연합회에서 실사 팀이 와서 실사도 마쳤다. 천 목사도 하나님의 일을 하는 분이 아닌가? 이번 일만 이해해 주면 교회는 교회대로 더 확장되고 천 목사도 3층 건물의 보증금은 언제든지 찾아갈 수 있는데 용서해 줄 수 없는가? 이 일로 누구에게 금전적으로 피해를 준 일이 없다. 다만 천 목사의 허락 없이 이 일을 진행한 것이 잘못일 뿐이다. 누가 일억 원을 투자하겠다는데 반대하는 교인이 있겠는가?

천 목사가 임대 기간이 남았다고 고집하면 우리는 다른 건물을 찾을 수밖에 없다. 그러나 이것은 다 교회 성장을 위한 하나님 일이다. 새 목사의 일억 원의 투자는 어쩌면 우리 교회를 사랑하는 하나님의 뜻인지도 모른다. 또 교회가 사유화되어 간다는 교인들의 불만을 달래서 이탈 교인을 막는 길이기도 했다. 천 목사도 하나님의 일을 하는 주의 종이 아닌가? 나쁜 놈이라고 자기를 욕하고 주의 일에 동참해 주었으면 좋겠다. 백배사죄한다.

천 목사는 허탈했다. 돈만 있으면 교회를 쉽게 사고팔기도 한다. 돈이 없는 신학교 졸업생들은 적체되어서 행여나 목사 청빙(請聘)하는 교회는 없는가 하고 인터넷을 검색한다. 블로거들은 교회를 소개하는 복덕방이 된다. 교회명, 교회의 위치, 집회 인원, 일주일 헌금수입액을 공고하고 마땅한 교역자를 찾는다고 소개한다. 물론 이때 지원자는 교회에 낼 투자금도 밝힌다. 이것은 목사 청빙이 아니라 교회 매매다. 그러나 그 교회에도 사정이 있다. 현재 시무 목사를 내보내려면 그에게 주어야 할 퇴직금과 얼마간의 생활비 그리고 전별금이 필요하다. 그것을 내고 들어오라는 것이다. 꼭 이렇게 비굴하게 목사가 되어야 하나 하는 생각으로 목사 대기자는 주저하다 큰 결단을 하고 가겠다고 하면 벌써 더 많은 돈을 낸 선발 주자에게 자리가 팔리고 없다. 택시 기사라도 하려고 용을 써본다, 그러나 그것도 쉽지 않다. 왜 신학교에서는 직업훈련을 시키지 않고 교회에서 설교하는 훈련만 시켜서 내보냈는지 원망스럽다. 예수의 제자로 살려고 헌신했으면 꼭 목사가 될 이유도 없다. 민초 속에 들어가 예수의 본을 보이며 살면 되는 것이 아닐까? 이런 생각을 한다. 이것이 직장을 기다리는 신학교 졸업생의 현주소다.

천 목사는 생각했다. 교회를 산 자기나 교회를 판, 이 장로나 뭐가 다른가? 목사도 교인도 피장파장이다. 그는 이 장로에게 물었다.

"이제는 연합회에 교회 등록을 했으니 급매물로 교회를 파는 일은 없겠군요?"

"목사님, 용서해 주시는 것입니까? 정말 그런 일은 절대 없습니다. 하나님의 일을 열심히 하다 보니 그리되었습니다. 성스러워야 할 일이 속된 일이 되었습니다."

"그럼 3층은 내가 임대했으니 다시 계속 교회로 쓰면 어떨까요? 하나님은 교회가 많이 생길수록 좋아한다고 생각하지 않으세요?"

"설마 신앙 좋으신 목사님께서 그러지는 않으시겠지요? 우리 교인 다 빼 가서 복수하시겠다는 겁니까?"

"다른 사람은 안 빼 오겠습니다. 다만 유능하신 이인식 장로만은 꼭 빼 와야겠다고 생각하는데 어떠십니까?"

"무슨 그런 말씀을 하십니까?"

"교회 잘 사는 목사와 교회 잘 파는 장로는 한 교회에 모아두는 게 좋지 않겠어요?"

이렇게 해서 급매물 교회 사건은 끝이 났다.

임종 예배

∷

1.

도시교회에서 부목사를 하고 있던 정 목사는 변두리에 있는 '산돌' 교회의 원 목사로 취임해서 가게 되었다. 전임 교역자는 전도사였는데 이곳에서 목사 안수를 받고 도시교회로 떠나게 되어서 두 사람은 교외와 도시로 자리바꿈을 한 것이다. 전임 목사는 전도사 시절부터 부흥 강사로 이곳저곳을 다니면서 부흥회를 인도해서 교회를 비우는 일이 많았었다. 그래서 새 교역자를 구하는데 교회의 반응은 엇갈렸다. 이번에는 차분하고 교회에 붙어 있는 목사였으면 좋겠다는 사람들과 전임자와 같이 성령 충만한 부흥 목사를 다시 모셨으면 좋겠다는 신도들로 갈렸다.

교회의 당회는 전자를 원했는데 정 목사가 그렇게 보였는지 선정이 되었다. 부임하자 당회에서 교회를 비우지 말고 차분히 교인들을 일일이 잘 보살펴 달라는 부탁을 받았다. 즉 일과 교회 행사를 우선하지 않고 사람 중심의 목회를 해 달라는 그런 당부였다. 사실 정 목사는 도시교회의 부목사로 있으면서 프로그램 중심, 일 중심, 교회 성장 중

심의 활동에 알레르기 반응을 일으켰던 사람이었다. '예사제'(예수사랑
대축제) 등을 열어 예쁜 여집사들을 동원하여 한복을 입혀 안내를 맡
기고, 불신자를 초청해 와서 CCM으로 젊은이들에 영합하는 찬양을
하고 기분이 고조되었을 때 전도하는 설교하고, 나갈 때는 음식을 제
공하고, 상품을 나누어 주고, 연락처를 받아 놓고… 이런 예배에 거부
감을 느껴 시골 교회를 찾고 있었다.

처음 일 년 동안은 탐색기였다. 이 교회는 새벽기도에 비교적 많은
교인이 참석하는 것 같았다. 먼저 예배가 끝나면 교회의 대표급인 유
장로가 앞으로 나와서 기도 제목이 없느냐고 물었다. 그러자 서슴없
이 손을 들고 아무개가 아팠고, 입원했고, 개업했고, 사업이 어렵다는
등 이야기를 하면 이들을 위해서 기도하였다. 그리고 나면 '주여!'를 삼
창하고 통성으로 기도하는데 방언으로, 또는 울면서 큰 소리로 교회
에 큰 파도가 밀려 닥친 듯이 기도하였다. 그리고 나면 더 계속해서
기도할 사람을 남겨 두고 썰물처럼 사라져 갔다. 이것이 교회의 새벽
기도 전통인 것 같았다. 두 주도 지나기 전에 유 장로가 목사에게 귀
띔하였다. 새벽 기도 때 강대상에 올라온 헌금 봉투는 일일이 성명을
부르고 그를 위해 기도 제목을 따라 간단히 기도를 해 준 뒤 설교를
시작하라는 것이었다. 그리고 1부 예배가 끝나면 목사는 집에 가도 된
다고 했다. 그 뒤는 자기들이 다 알아서 처리한다는 것이다.

대 예배는 매우 보수적인 방법으로 드리고 있었다. 강단은 자색 카
펫을 깔았는데 슬리퍼가 놓여 있고 그 위를 올라갈 때는 신발을 벗고
올라가야 했다. 성전의 강단에 올라갈 때는 신을 벗고 올라야 한다는

것이었다. 찬송은 공식 찬송가집에 나와 있는 것을 제외하고는 복음 성가를 부르지 않았다. 수요예배 등에 외래 강사를 초빙할 때는 본 교단에 속한 전도사나 목사라야 했다. 그들은 목사를 선지 동산에서 공부한 제사장이라고 불렀는데 제사장이 아닌 사람이 하나님의 말씀을 선포할 수 없다고 말하였다. 그래선지 그들은 목사라면 대우가 아주 깍듯했다.

유 장로는 도시에서, 땅값이 덜 나가는 이곳 변두리로 이사 와서 비교적 넓은 땅을 매입하여 창고와 공장을 가지고 있었다. 거기서 제품을 만들어 납품하고 또 제품을 보관해 두기도 하는 일을 하고 있어 재력도 있고 신앙도 돈독한 분이었다. 그는 새벽기도에 빠진 적이 없고 이 교회에 없어서는 안 될 분이었다. 또 2, 30명 되는 종업원을 집합시켜 아침 업무가 시작되기 전에 예배를 드렸다. 반은 안 믿는 사람들이었지만 이렇게 해서라도 그들을 교회에 인도할 셈이었다. 그런데 그의 고정관념은 예배 때 설교는 목사라야 한다는 것이 문제였다. 전임 교역자는 부흥회로 교회를 비울 때가 많아 매일 공장에 와서 예배를 인도해 줄 수는 없어 이웃 교회의 전도사에게 부탁해서 예배를 드려 왔었다. 그런데 이번에는 부흥 강사가 아닌 정 목사가 왔기 때문에 아주 잘 되었다는 생각으로 좀 어렵겠지만 불신자를 구원한다는 생각으로 꼭 공장에 와서 주중에 아침 예배를 드려 주었으면 좋겠다고 정중히 부탁하였다.

"교회도 매일 예배를 드리지 않는데 직장 근로자들을 강제로 모아 매일 예배를 드리면 그들이 부담스럽지 않겠습니까?"

그러자 유 장로는 말했다.

"나는 일과를 시작하기 전에 예배로 시작하면 하나님께서도 우리 사업을 축복하실 것이며 직원들 가정도 축복하시리라고 믿습니다. 또 이것이 불신자를 전도하는 방법입니다. 이 예배는 급료를 지급하는 근무 시간에 포함된 것이기 때문에 그들에게 부담이 될 것이 없습니다."

"축복을 바라고, 또 전도하려는 목적으로 드리는 예배는 예배가 아닌데…"

"예배는 영과 진리로 드리는 것이 아닙니까?"

"그렇습니다. 그러나 영과 진리는 믿는 사람에 해당하는 말입니다. 안 믿는 사람이 영과 진리로 예배를 드릴 수 있겠어요?"

그런데도 정 목사는 유 장로의 강권에 못 이겨 월요일 아침 예배를 드리러 갔다. 사실 기독교 대학에 가도 채플이라고 불신자가 많은 학생을 앞에 놓고 예배를 드린다. 그들은 좌석 체크를 하므로 의무적으로 자기 좌석에 앉아 있기는 하지만 휴대전화로 문자를 보내기도 하고, 신문을 읽다가 얼굴을 가리고 자기도 한다. 그들에게 말씀을 전하는 것은 콩나물시루에 물 붓기지만 콩나물이 자라듯 신앙도 성장한다는 것이 교목실의 주장이었다. 그러나 이것은 '영과 진리'로 드리는 참 예배를 모독하는 것이라고 정 목사는 평소 생각하고 있었다.

유 장로는 공장 예배가 끝나자 차를 대접하면서

"나는 노방 전도는 못 하지만 우리 공장에 온 사람들은 어떻게 해서든지 하나님을 믿고 살게 하고 싶습니다. 나를 위해서가 아니라 그들을 위해서입니다."

그러면서 떠날 때는 봉투를 하나 주었다.

"무엇니까?"

"교통비입니다. 제사장은 마땅히 받아야 할 보수가 아닙니까?"

그는 '주께서도 복음을 전하는 사람들에게 복음 전하는 일로 먹고 살라'(고전 9:14)라고 했다는 성경 말씀을 이야기하는 것 같았다.

정 목사는 놀라서 거절하였다.

"다음에 교회에 감사헌금을 하십시오. 저는 돈 받고 출장 예배드리러 온 사람이 아닙니다."

돌아오면서는 자기가 너무 심한 말을 한 것이 아닌가 생각하고 정 목사는 미안한 생각이 들었다. 그는 무당이 굿해 주고 보수를 받는 것처럼 예배드리고 사례를 받는 것이 마뜩잖았었다. 그러나 이것이 불신자를 구원하는 좋은 방법이라고 믿고 있는 유 장로에게 상처를 준 것 같다는 생각 때문에 미안했다. 지금까지 수고했던 전도사에게 예배를 부탁해 보라고 할 수도 있었지만 옳은 일이 아닌 것 같았다. 이것은 유 장로와 자기 사이에 시급히 해결해야 할 문제 같았다.

"예배 대신에 성경공부를 하는 것이 어떻겠습니까? 이것이 불신자에게 예수를 영접하게 하는 첩경입니다. 그리고 하나님을 두려워하지도 않고 알지도 못하는 사람들과 함께 불경한 예배를 드리는 것보다 그 날을 성경공부와 기도로 시작하는 것이 훨씬 좋을 것 같습니다."

이렇게 해서 주중 아침 한 시간을 공장 식구들에게 성경공부로 할애하기로 하였다. 그런데 얼마 뒤 하나님께서 그에게 지혜를 주셨다. 그 교회에는 나이가 많은 박 장로가 계셨다. 젊어서 신학교를 마쳤지만, 목회자 되기를 거부하고 장로로 늙은 분이었다. 그분은 은퇴해서 공기 좋은 곳에서 살기 위해 시골로 옮겨 왔다가 이 교회에 출석하게 된 분이었다. 얼마 전, 부인과 사별하고 홀로 되었는데 소일거리가 없어 적적한 분이기도 했다. 그는 성경공부를 가르치는 데는 적격이었다. 예배가 아니므로 공장 직원들에게 성경을 가르치는 것은 유 장로에게도 문제가 되지 않을 것이었다. 사실 그는 이 교회에 오기 전 오랫동안 성경공부를 인도해 오던 분이기도 했다. 그래서 그때부터 정 목사와 박 장로가 교대로 공장 식구들을 위해 성경공부를 맡기로 했다. 물론 끝날 때는 그날 하루를 시작하는 기도도 잊지 않았다.

이 교회의 또 한 가지 문제는 구역예배였다. 제사장이 아니면 설교할 수 없다면서 구역예배 때는 구역장과 인도자가 있어서 인도자가 예배를 인도하고 말씀을 전하는 것이었다. 이것은 선지 학교를 안 나온 사람이 예배를 인도하는 것이 되어 그들에게는 일관성이 없는 처사였다. 그래선지 전임 교역자는 각 구역의 인도자는 지난주에 자기가 선포한 말씀을 요약하고 반추해서 구역원들에게 전하도록 교육을 하였다고 한다. 재탕은 원액보다 맛이 없는 법이다. 그래서 교인들은 한물간 설교는 듣고 싶지 않았다. 밤늦게 피곤하기도 하고 모이는 사람도 없어 대부분 구역이 헌금만 걷고 말아버리는 경우가 많았다. 어느 때는 인도자가 참석자 한 사람을 두고 인도하는데 참석자는 꾸벅꾸벅 잠들었다는 일화도 있다. 구역예배에서 모은 헌금은 선교헌금으로 쓴다고 한다. 정 목사는 도시 교회에서도(그들은 구역예배를 순 모임이라고 했다) 이렇게 교회를 활성화하기 위해서는 구역을 활성화해야 한다고 바쁜 사람들을 밤늦게 붙들어 놓는 것이 마음에 맞지 않았던 사람이었다. 주일은 예수님과 함께 즐겁게 지내야 하고 주중은 예수 안에서 즐겁게 살아야 한다는 것이 그의 생각이었다. 가정예배란 교회의 예배의식을 본떠 사도신경, 찬송, 기도, 성경, 헌금, 기도… 이런 식으로 형식을 따르지 않고 말씀을 묵상하고 나누며 기도하는 것을 원칙으로 하되 하나님을 경배하고 찬양하고 싶은 마음이 솟는 대로 찬송을 택하여 찬양하고 예수님을 모시고 사는 선한 삶을 형성해 가는 것이면 바로 예배가 된다고 정 목사는 생각하고 있었다. 그런데 모든 구역은 출석 인원, 헌금액, 새로 인도한 신자 이름 등을 교회에 보고하기 위해 서로 구역 간에 경쟁하고 있었다. 그래서 또 하나의 짐을 지고 모이는 것이 구역예배였다.

수요예배는 사도행전으로 강해 설교했다고 하는데 전임 목사는 부흥회로 워낙 빠진 때가 많아 초빙 강사가 와서 이와는 관계없는 설교를 했기 때문에 일관성이 없었으며 젊은 청년들은 불만이 많았다. 그들은 이날을 특히 청년을 위한 예배로 바꾸고 열린 예배로 형식을 바꾸어 달라고 요청하고 있었다. 이때까지는 출석 교인이 150명 내외여서 장년과 청년 예배를 구분해서 드릴 처지가 못 되었다. 이것은 일리 있는 요구라고 정 목사는 생각하였지만 어디서부터 무엇을 어떻게 개혁해 나가야 할지 알 수가 없었다. 자색 카펫에 신을 벗고 슬리퍼를 신고 올라가서 설교하는 제사장의 말을 일방적으로 들어야 하는 젊은 이들은 주형에 맞추어 부어진 주물처럼 자신들이 만들어지는 것이 너무 답답했을 것이 분명했다.

2.

정 목사는 2년 만에 그 교회의 위임 목사가 되자 3년째에는 강대상은 성소가 아니라고 말하며 신발을 신고 올라갔다. 그리고 자기는 구약시대에 제사를 드렸던 제사장이 아니라고 선언하였다. 더는 하나님과 백성 사이에 끼어 있는 제사장이 아니며 지금은 하나님이 택하시어 자기 소유로 삼으신 모든 신자는 불신자를 위한 제사장이라고 말하였다. 교회의 건물은 성전이 아니고 예배당이며 성령의 집(성전)은 예배당일 뿐 아니라 믿는 사람의 몸이 바로 성전이라고 말하였다. 예배를 2부로 나누어 장년 예배와 청소년 예배로 드리며 청소년 예배 때는 악기(드럼, 키보드 등)를 동원하여 건전한 복음성가를 허용하며 크리스마스 때는 강대상에 신을 신고 올라가 합창, 성극 등을 하게 하였다. 처음에는 반대가 심했지만 젊은 층과 성령파 교인들은 오히려 환영하였다.

그런데 당회에서 문제가 생겼다. 몇 달 앞둔 교회 50주년 기념행사 때문이었다. 희년(禧年) 기념식이어서 설교는 되도록 짧게 하고 교회 예배 속에 창립 멤버와 그동안의 공로자에게 시상하는 순서를 넣고 연혁(沿革)은 종전의 방법을 바꾸어 영상으로 배경 음악을 넣어서 하자는 것이었다. 그리고 희년 기념행사로 그 동안 교회 예배가 너무 가라앉아 있었으므로 주일 오후부터 수요일 새벽기도까지 부흥 강사를 초청하여 부흥회를 하자는 안이 당회에 제출되었다. 정 목사는 행사 때의 잘못된 예배를 증오하는 사람이었다. 삼일절 기념 예배 때에는 그때 독립운동이 어떻게 일어났으며 무자비한 일경과 헌병대의 진압에도 불구하고 이에 항거한 만세 사건은 어떠했으며… 이런 상투적인 보고식 예배의 방향이 견딜 수 없었다. 성경에 있는 말씀은 설교자의 주장을 위한 인용구에 불과했다. 또 6.25 기념 예배는 어떤가? 동란으로 한국인의 사망자 수는 몇 명이며 UN군의 희생자는 몇 명이었으며 공산군의 잔악상은 어떠했는가? 그때를 모르고 있는 젊은이들은 지금도 북한 찬양을 하고 있다. 이는 나라를 망치는 행동이라는 등. 정 목사는 이것이 진정한 설교라고 생각하지 않았다. 그는 행사를 위한 예배를 증오하였다. 그런데 얼마 전 전임교회의 원로 장로로부터 전화가 왔었다. 자기의 팔순 잔치에 좀 참여해 달라는 것이었다. 그리고 온 김에 예배 인도를 좀 해 달라고 했다. 그 교회에 있을 때 사랑을 많이 받았던 장로이고 이쪽 교회로 옮길 때도 많은 도움을 받았던 장로이기도 했다. 그는 거절할 수가 없었다. 일부러 기사를 시켜 차까지 보내주어서 팔순 예배에 참석하였다. 호텔에서 호화로운 잔치였는데 이미 초청을 받은 듯한 레크리에이션 강사가 와서 장내 분위기를 고조시키고 있었다. 원탁 테이블에 앉아 있는 분들은 할아버지와 할머니뿐 아니라 사업을 하는 자녀들의 회사원인 듯 건장한 젊은이들도 많이 앉아 음료수를 마시며 분주하게 이 테이블 저 테이블을 오가고 있었다. 사회자가

"조용히 하십시오. 이제 1부 예배를 드리겠습니다. 모두 협조해 주시기를 바랍니다."

기도할 때나 찬송을 할 때의 분위기가 썰렁하였다. 설교 전에 작은 실내악단의 특별 연주가 있었고 설교 후에는 장로의 약력 소개와 가

족 소개, 꽃다발 증정에 이어 각계 인사의 축사가 계속되었다. 답사가 끝난 뒤 록그룹의 특별 축하연주가 있었고, 그것이 끝난 뒤 축도로 예배를 마치었다.

2부는 다시 레크리에이션 인도자가 이어받았다.

"자 이제는 여러분의 식사가 준비되는 동안 즐거운 음악과 놀이가 시작되겠습니다. 원하시는 분은 색다른 음료수도 있습니다."

이러면서 맥주나 샴페인도 권하고 있었다. 식사가 끝나면 곧바로 들여다 놓은 노래방 기기로 새로운 흥을 돋울 생각인 것 같았다. 정 목사는 특석 테이블에 좌석을 배정받아 사회, 축사, 기도, 축도 등 순서를 맡았던 분들과 함께 점심을 먹게 되었다. 이분들에게는 각각 사례비 봉투가 돌려졌다. 정 목사는 원로 장로에게 자기는 교회에서 맡은 일이 있어 빨리 가보아야 한다고 말하고 빠져나왔다. 그분은 미안한 듯 두 손으로 악수하며 기사를 딸려 보내 집에까지 보내주었다.

'하나님을 경외하고 찬양하며 영광을 돌리는 예배가 어떻게 그렇게 타락할 수 있는가?'

그는 자기가 그곳에 참석한 것을 회개하며 이런 행사 식 예배에는 다시는 참석하지 않겠다는 것을 마음으로 다짐하였다. 자기가 굿하러 불려 다니는 무당만도 못하다고 자신 한심스럽게 생각하였다. 그런데 자기가 맡은 교회에서 창립 기념 예배를 드리겠다고 세속적인 행사 위주의 예배 프로그램을 짜온 것이었다.

정 목사는 설교는 짧게 할 수 있지만 연혁 소개, 시상, 광고 등을 예배 시간에 집어넣어 성스러운 예배에 물타기를 하는 것은 반대라고 분명 말하였다. 그리고 그런 일은 예배 후에 하도록 하라고 말했다. 또

한, 부흥회는 애초 자기가 부임할 때 교회를 떠나지 않고 양들을 돌볼 차분한 목사가 되어 달라는 것이 초심이었는데 부흥회로 다시 교회를 뒤흔들어 놓는 것은 반대라고 했다. 지금까지 잘못된 예배를 바로잡고 성경공부 등을 통해 하나님의 은혜로 믿음으로 구원을 얻은 확신을 다져가고 있는데 부흥회는 이 흐름을 망친다고 말하였다. 물론 믿음이 성경공부나 우리의 지식에 의존하지 않고 하나님의 능력에 의존하기 때문에 주의 사랑을 향한 성도의 정열이 필요하지만 믿음은 결코 부흥회 등에서 격앙시켜지는 감정에 의존해서는 안 된다고 말했다.

"무엇 때문에 부흥회를 하려는 것입니까? 만일 부흥회가 신자의 수를 늘리고 교세를 확장하기 위한 것이라면 이를 얼마 동안 멈추고 저를 믿고 따라주십시오. 2, 3년 이내에 변화가 없으면 제가 물러나겠습니다. 숫자가 중요하지 않고 하늘나라의 확장에는 변화된 신자 즉 거듭난 성도가 필요합니다."

이렇게 해서 부흥회는 물리쳤지만, 교회 안에는 영적인 지도자가 부족하였다. 지도자 양성에는 젊은 사람들이 필요했는데 시간이 부족했고 또 훈련해 놓으면 채 일 년도 되기 전에 떠나갔다. 무엇보다도 의지하고 있던 박 장로가 몸이 아팠다. 국민건강보험의 일반 검진에서 위 검사를 다시 해보라는 말을 들었는데 재검 결과 위암 말기라는 진단을 받았다. 전혀 증후가 없었고 음식도 잘 드시는 편이었다. 그런데 검진 결과를 안 후부터는 갑자기 몸이 쇠약해졌다. 그래서 가끔 교회를 빠지게 되고 그런 때는 도시에 있는 자녀 집에 가서 몇 주씩 쉬게 되었다. 그러던 어느 날 갑자기 임종 예배를 드려달라는 전갈이 왔다.

정말 그렇게 빨리 중세가 나빠진 것인가 싶어 장로 몇 분을 동반하여 찾아갔다. 그런데 박 장로는 집에서 말짱하게 서서 그들을 영접하는 것이었다. 그들은 건네 준 방석에 앉았다.

"장로님, 건강해 보이시는데 무슨 임종 예배입니까?"

"아니요. 얼마 사이에 죽을 것 같습니다. 그냥 앉아 있기만 하면 죽는다고 해서 지금은 방안에서 서서 걸어 다니느라고 잠도 못 잡니다."

그는 무언가를 예감하고 있는 듯 말했다. 전번에도 위 내출혈이 있어 혈압이 갑자기 떨어져 수혈로 회복했다는 것이다.

"그렇지만 이렇게 말짱하신데 임종 예배라니 당혹스럽습니다."

임종 예배란 돌아가시겠다고 판단될 때 가족들이 목사를 초청하여 드리는 예배다. 숨이 끊어지기 직전 드리기도 하고 또 임종 직후에 드리기도 한다. 그런데 이렇게 건강한 분을 앉혀놓고 임종 예배를 드린다니 당황스러울 수밖에 없었다.

"정 목사, 너무 당황하지 말아요. 내 숨이 끊어지면 내 영은 낙원으로 가서 이제는 천상에서 예배를 드릴 것인데 이 지상에서 드리는 임종 예배가 무슨 뜻이 있겠소. 나는 영과 육을 가진 상태로 이 지상에서 마지막 예배를 드리고 싶은 것이요."

그러면서 덧붙였다.

"그리고 내가 죽은 뒤는 버스에다 교인들 싣고 와서 위로 예배 같은 것은 드릴 필요가 없소. 무엇 때문에 바쁜 교인들을 데려와서 그렇게 합니까? 또 떠날 때 발인 예배도 드릴 것이 없습니다. 죽어서 장지에서 하관 예배 같은 것을 드리는데 한 사람의 죽음을 두고 이렇게 여러 번 많은 교인을 동원해서 예배를 드릴 필요가 무엇이 있습니까? 영이 떠난 육신 앞에서 드리는 예배가 무슨 뜻이 있습니까?"

정 목사는 말했다.

"장로님, 이것은 평소에 장로님을 존경하던 교인들과 유족이 하나님을 찬양하고 영광 돌리는 예배입니다. 이 세상에서 하나님의 백성으로 본을 보이고 살 수 있게 해 주신 하나님께 영광을 돌리는 예배입니다."

"내가 무슨…, 오히려 교인들을 실족게 한 죄인인데. 그런 저를 땅에 묻기까지 따라다니며 위로 예배, 입관 예배, 발인 예배, 하관 예배, 이렇게 바쁜 분들을 인솔해서 예배를 모독하는 예배를 제발 드리지 말아 주십시오."

정 목사는 박 장로의 설득을 받아 평생 처음 경험하는 임종 예배를 드렸다.

'하나님, 늙어 백발이 되셨어도 주의 힘을 후대에 전하고, 주의 능력을 장래의 모든 사람에게 전하신 박 장로님을 통해 주께서 찬양과 영광을 받으시옵소서. 그의 삶 자체가 바로 예배였습니다.'

이 모든 말은 정 목사의 마음속에 있던 고백이었다.

외계인 전도

∶

1.

외계인이 지구를 둘러보기 위해 지상에 내려온 일이 있었다. 그는 가장 짧은 시일에 세계의 10위권 경제 대국을 이룬 한국을 특별히 보기 위해서 왔다. 이때 그를 맨 먼저 발견한 사람은 진돗개 전도왕이었다. 외계인은 머리는 크고 키가 작으며 몸이 가늘어 기형아처럼 생겼지만, 그의 전도 대상은 온 천하 만민에게 남녀노소 구분하지 않고 복음을 전하는 것이었기 때문에 이것은 주어진 기회라고 생각하고 접근했다.

"어디를 찾고 계십니까? 제가 안내해 드릴까요?"

낯선 사람이 무엇인가 찾고 있는 것 같아 이렇게 말문을 열었다.

"아니요. 당장은 목적지가 없습니다."

"그럼 저와 잠깐 이야기를 하는 동안 목적지를 생각해 보시지요."

그러면서 주변의 나무 의자를 찾아 그를 안내해 앉게 했다.

(전도하는 데 이렇게 좋은 기회가 있을 수 있을까?)

"혹 예수 그리스도에 대해 들어본 적이 있으십니까?"

"아니요. 예수 그리스도가 누군데요?"

"하나님의 아들입니다."

"그래요? 하나님도 아들이 있었습니까? 그럼 하나님의 부인은 누굽니까?"

외계인은 호기심을 가지고 묻기 시작했다. 전도왕은 이 기회를 놓칠 수 없다고 생각했다.

"하나님은 영이시기 때문에 부인이 없습니다. 그 나라에는 결혼하거나 어린애를 낳거나 하는 일이 없거든요."

"그런데 어떻게 아들이 있습니까?"

"하나님이 세상을 창조할 때 벌써 자기 안에 아들이 함께 있어서 같이 세상을 창조했습니다."

외계인은 이때 무슨 생각을 하는 듯 잠깐 머뭇거리더니 말했다.

"참, 내가 이곳에 올 때 지상에 예수가 내려갔다는 이야기를 들은 것 같습니다. 그분에 대해 자세히 알아 오라는 말을 들었는데 그분이 정말 지상에 내려왔습니까? 그리고 그분은 어떻게 되었습니까?"

전도왕은 예상외로 대화가 순조롭게 풀려간다고 생각했다.

"맞습니다. 그분이 세상에 왔습니다. 그래서 지금 내가 말하고 싶은 것은 당신도 그 예수 그리스도를 믿고 구원을 얻으라는 것입니다."

"믿고 구원을 얻으라는 말은 무슨 뜻입니까? 도무지 알 수 없는 말을 하고 있군요. 그것보다도 내가 알고 싶은 것은 예수가 지상에 내려와서 어떻게 되었느냐는 것입니다. 그를 크게 환영했나요? 그리고 지상에 무슨 변화가 일어났습니까?"

"아니요. 세상 사람들은 환영하기는커녕 그를 죽여 버렸습니다."

"하나님의 아들을 죽였다는 말이요? 왜요? 사람이 하나님의 아들도 죽일 수가 있었습니까?"

"영으로 오셨으면 죽일 수가 없었지요. 그러나 그분은 인간의 육신을 입고 완전히 인간으로 오셨기 때문에 죽일 수 있었던 것입니다."

"저런. 참 어리석은 일을 했군요. 신이 인간이 되어 내려오다니 그분은 너무 어리석은 짓을 했습니다. 또 인간들도 무슨 벌을 받으려고 하나님의 아들을 죽였단 말입니까? 참 어처구니없는 일을 했구려."

전도왕은 이때라고 생각하고 예수에 관한 이야기를 꺼냈다.

"어리석다니요. 하나님은 목적을 가지고 사랑하는 독생자인 아들을 세상 사람과 똑같은 육신을 입혀 이 세상으로 보내서 사람들과 대화를 하게 하신 것입니다. 사람이 개미와 대화를 하려면 자기가 개미가 되어 그 속으로 가야 하는 거나 마찬가지입니다."

"하나님께서 뭐가 아쉬워서 인간과 대화를 하려 했다는 말입니까?"

"이야기가 좀 긴데요. 하나님께서 세상을 창조하셨을 때는 인간은 천국의 에덴동산에서 하나님과 함께 사망을 모르고 행복한 삶을 살고 있었습니다. 그런데 인간의 조상 아담이 하나님의 명령을 어기고 죄를 범해서 하나님의 진노로 지상으로 쫓겨난 것입니다. 그래서 그 이후 아담의 후손인 인간은 하나님의 저주를 받아 태어나면서부터 죄 가운데 살게 되었습니다."

"잠깐." 하고 우주인은 전도자의 말을 끊었다.

"아담이 죄를 지었는데 어떻게 그의 후손이 죄인이 됩니까? 이해할 수 없는 일입니다."

"죄를 몰라서 하는 말입니다. 천국에서 죄란 '표적에서 어긋나는 것'

을 죄라고 합니다. 하나님의 뜻에 어긋나는 일, 즉 하나님이 하라는 것을 하지 않고, 하지 말라는 것을 하면 그것은 바로 죕니다. 하나님께서 '선악을 알게 하는' 나무의 열매는 먹지 말라고 했는데 아담은 그것을 먹었습니다. 그래서 죄를 지은 것입니다. 죄의 반대말은 착하게 사는 것이 아니라 순종입니다."

"그럼 그 죄의 대가는 무엇입니까?"

"세상에서 죄를 지으면 벌을 받지요? 그러나 천국에서 죄의 대가는 사망입니다. 사망이 없던 천국에서 사망이 지배하는 지상으로, 빛의 세계에서 어둠의 세계로 추방된 것입니다."

"세상에서는 죄를 짓고 벌을 받으면 용서되는데 천국에서도 벌을 받으면 용서받을 수 있어야 하는 것이 아닙니까?"

"천국에서는 죄를 지으면 죄의 대가는 바로 사망입니다. 사망은 누군가 그 대가를 지불하지 않으면 다시는 생명으로 옮길 수가 없습니다."

"사망의 대가를 누가 지불할 수 있습니까?"

"하나님입니다. 하나님이 아담의 범죄로 인간이 어둠 속에서 헤매며 사는 것이 안타까워 자기의 아들 예수를 세상에 보내어 죽게 함으로 인간을 구원하려 한 것입니다. 즉 예수님이 사망의 대가인 대속물(代贖物)입니다."

"두 가지 의문이 생기는데, 하나는 이 모든 이야기는 하나님이 이상향인, 하늘나라를 창조했다는 이야기를 만들어 그 신화 속의 하나님이 '인간 길들이기'를 하려는 조작극으로 들릴 수 있으며 만일 그것이 사실이라 할지라도 그런 신이 있다는 것을 안 믿는 사람에게는 아무 효과를 거둘 수 없는 신화가 아닙니까?"

"그러나 믿으십시오. 죄의 삯은 사망입니다. 하나님이 없다고 생각하고 안 믿는 것 자체가 죄입니다. 하나님을 모르고 어떻게 하나님의 뜻을 따르겠습니까? 끝까지 하나님을 부인한다면 하나님께서는 그들을 그 상실한 마음대로 내버려 두어 계속 합당치 못한 일을 하게 하실 것입니다. 그 결과는 최후의 심판입니다. 즉, 영원한 사망입니다. 하나님께서 창조하신 세계는 영생하는 천국입니다. 거기를 떠나면 죽음이 지배하는 지옥이 있을 뿐입니다."

전도자는 외계인을 안타깝다는 듯이 쳐다보며 말을 계속했다.

"결국, 아담의 후손들은 당신처럼 오랫동안 그들은 하나님을 배반하고도 그것이 죄라고 생각하지 않았습니다. 암흑 속에서 죄가 무엇인지 몰랐기 때문입니다. 그래서 하나님께서 이스라엘 백성을 선택해서 하나님의 백성으로 삼으시려고 율법을 주었습니다. 다시 말하면 그 법을 지키지 못한 사람은 죄인이라고 가르쳐 준 것입니다. 그리고 이 죄를 회개하고 하나님께 돌아와야 살 수 있다고 가르쳤습니다. 이렇게해서 처음으로 죄가 세상으로 들어오게 되었습니다. 다시 말하면 죄의 기준(율법)이 생긴 것입니다."

"왜 그런 율법을 주었을까요? 아예 죄를 모르고 살았다면 행복할 뻔하지 않았을까요?"

"아닙니다. 하나님은 지상으로 쫓겨난 인간이 그들이 죄인인지도 모르고 사는 것이 너무 안타까워서 그들이 죄 가운데 살고 있다는 것을 알린 것입니다. 그래야 죄를 회개하고 하나님께 다시 돌아와서 하나님과 화해를 하고 영생을 얻을 수 있기 때문입니다."

"그들은 회개하고 하나님 품으로 돌아왔나요?"

"천만에요. 그들은 율법으로 죄를 알게 되자 그 죄에서 벗어나려고 율법의 전통을 따라 짐승을 잡아 번제를 드리고 계명과 율례를 따라 십일조와 기도를 드렸는데 그것도 그 순간뿐, 그들은 더욱 죄악의 길로 빠지고 있는 것을 깨달았을 뿐입니다. 그들 내부 깊은 곳에 죄의 성향이 숨어 있어 다시 죄를 떠날 수가 없었으며 자기 힘으로는 거기서 벗어날 수 없음을 알게 되었습니다. 죄는 하나님의 뜻에 순종하지 못한 것뿐 아니라 하나님의 표준에 미치지 못한 것도 죄인 것을 깨달았기 때문이었습니다."

"그래, 어떻게 되었습니까?"

"그들의 유일한 소망은 선지자들이 예언한 대로 구세주가 와서 자기들을 구원해 주는 것이었습니다."

"결국, 구세주가 나타났습니까?"

"나타났습니다. 그분이 예수 그리스도입니다."

"흠. 그런데 그분을 죽여 버렸다는 말이지요?"

거기까지 이야기하고 두 사람은 헤어졌다. 외계인은 자기가 지상으로 온 사명이 있는데 너무 시간을 빼앗겼다고 말했고 또 전도왕은 자기와 만날 사람과의 약속 시각이 늦었기 때문이었다. 그러나 전도왕은 여기서 그만둘 사람이 아니었다. 그래서 그들은 일주일 후 바로 이자리에서 다시 만나자고 약속하고 헤어졌다. 외계인은 바람처럼 사라져버렸다.

전도왕은 평상 생활로 돌아왔다. 새벽기도를 나가고 아침을 먹으면 목욕재계하고 정장한 뒤 빨간 넥타이를 매고 전도 전선으로 뛰어들었다. 그는 직장을 조기 은퇴하고 전도를 사명으로 살려고 결심한 터였다. 그는 외계인을 만난 뒤 세상의 전도는 외계인 전도에 비하면 그래도 어떤 면에서 힘이 덜 든다고 생각했다. 물론 나가기 전에 대상을 정하고 미리 준비기도 하고, 수십 번 전화하고, 기회가 생기면 쫓아가고, 몇 번씩 문전박대당하고 해도 그들은 성경에 대해 따져 묻는 일은 별로 없었다. 배고프면 누구나 밥 먹을 때 따지지 않는다. '이 음식이 식도를 통해 들어가면 어떻게 됩니까? 위에서는 또 소장에서는 어떤 일이 생깁니까?' 이렇게 일일이 따져 묻지 않고 그것을 몰라도 그냥 먹는다. 그런 순박함이 그들에게는 있는데 외계인은 그렇지 않았다.

그 한 주간 동안에도 전도왕은 10명의 새 교인들을 전도하여 새 찬송가와 성경을 사 주어 왼팔에 끼게 하고 한 줄로 세워 교회 문을 들어섰다. '아, 이렇게 교회의 빈자리를 채우니 하나님이 얼마나 흡족해 하시겠는가?' 전도왕은 자기 삶의 목표가 교회의 빈자리를 채우는 것이었다. 또 그것이 하나님이 자기에게 맡겨 준 평생의 프로젝트요 자기의 책임은 목표달성이었다.

2.

외계인은 일주일 후 약속한 자리에 와서 기다리고 있었다. 진돗개 전도왕은 자기가 그를 꽉 문 것이 아니라 오히려 그에게 물린 기분이 되었다.

"지난번에는 어디까지 말했지요? 예수가 왔는데 죽여 버렸다는 이야기까지 했지요? 그럼 하나님은 아들을 보낸 보람이 없어진 것 아닙니까?"

외계인이 먼저 묻기 시작했다.

"아닙니다. 표면상으로는 인간들이 그를 죽인 것처럼 되었지만 예수님께서는 하나님의 명령에 순종해서 죽은 것입니다."

"그 말은 또 무슨 뜻입니까?"

"공의로우신 하나님은 인간이 죄를 범해서 추방되었기 때문에 그들을 처벌하지 않고 용서하고 받아들일 수는 없는 일입니다. 하나님과 화해를 위한 희생제물이 필요한데 죄인들은 죽어서 자신의 죄를 대속(代贖)할 수는 있을지라도 인류 전체의 죄를 단번에 대속할 수는 없는 일입니다. 따라서 죄 없는 하나님의 아들이 죽어서 모든 인류의 죄를 대신한 것입니다. 마치 아담이 죄를 범하여 모든 인류가 죄인이 된 것처럼 예수님이 죽어서 모든 인류의 죄를 대신해 죽은 것입니다."

"어떻게 다른 사람의 죄를 대신 지고 죽을 수 있습니까? 그것은 사람이 지어낸 궤변 아닙니까?"

"안 믿는 사람에게는 궤변이고, 믿는 사람에게는 복된 소식입니다. 예수님이 자기 죄를 대신해서 죽었다고 믿는 사람은 죄를 용서받고 하나님과의 관계를 에덴의 상태로 회복하며 그러지 않은 사람은 죄인 그대로 남아 어둠 속에 있게 됩니다. 이렇게 죄에서 벗어난 사람을 구원받았다고 합니다."

"예수를 믿고 구원받으라는 것이 그런 뜻이군요. 그럼 2,000여 년 전에 그분은 지금의 나를 위해서도 돌아가셨습니까?"

"맞습니다. 당신뿐 아니라 모든 죄인을 위해서 돌아가셨습니다."

"그래서 그를 믿는 사람은 구원을 받는다는 말이군요."

"그렇다니까요?"

"이상하지 않습니까?"

외계인은 한참 생각하더니 말했다.

"나는 지금 믿고 구원받은 것이 아니라 내가 태어나기도 전 2,000여 년 전에 미리 인간 전체를 구원해 줄 때 나를 구원해 주신 것이 아닙니까?"

"그렇습니다. 아담 한 사람이 죄를 범함으로 죄 가운데 빠진 모든 인류를 예수 한 분이 십자가에 자기 자신을 희생제물로 바침으로 모든 인류를 단번에 구원해 주셨습니다."

"내가 태어나기도 전에 죄를 지었다. 또 죄를 짓기도 전에, 회개하기도 전에 구원받았다는 것은 이상한 일이 아닙니까?"

"3,500여 년 전 이스라엘 백성이 광야에서 하나님을 원망하다가 많은 사람이 물뱀에 물려 죽은 일이 있습니다. 그때 모세가 하나님의 말씀을 따라 장대 위에 놋뱀을 달아놓았는데 이 장대 위의 뱀을 쳐다본 사람은 살고 그렇지 않은 사람은 죽을 것이라 했는데 그대로 되었습니다. 이상하지 않습니까?"

"말도 안 되지요."

"그러나 믿고 그렇게 순종한 사람은 살았습니다. 그것이 믿음의 역사고 천국의 비밀입니다."

"결국, 믿음의 문제군요. 그런데 내가 당신이 말하는 소설 같은 이야기를 믿으란 말입니까?"

"내 말이 아니고 이것은 하나님의 말씀이고 약속입니다."

"무엇을 근거로 그런 말을 하는 것이지요?"

"성경이라는 책에 대해 들어보신 적이 있습니까?"

"없는데요."

"하나님은 이스라엘 백성을 택하셔서 선지자를 통해 그들에게 말씀하셨습니다. 구약이라는 곳을 보면 하나님의 언약과 예언과 선지자들이 선포한 하나님의 말씀이 적혀 있고 신약에는 예언된 메시아인 예수님의 오심과 그 행적을 적어 놓았습니다. 그리고 제가 말하고 있는 진실은 그 성경에 있는 대로입니다. 당신은 나는 못 믿어도 하나님은 믿을 수 있지 않습니까?"

"글쎄 나는 보지도 않은 하나님을 당신만큼도 믿지 못하겠습니다."

"성경에는 보지 않고 믿는 자는 복이 있다고 말하고 있습니다. 사실 진리는 보고 믿는 것이 아니라, 믿고 그 실상을 보는 것입니다."

"당신은 나더러 믿고 구원을 얻으라고 하는데 구원은 진즉 예수님이 이루어 놓은 것이 아닙니까? 그런데 무엇을 더 믿습니까?"

"믿음은 모든 사람의 것이 아니라고 바울은 성경에서 말하고 있습니다. 구원에 이르는 믿음이 있습니다. 예수님이 내 죄를 대신해서 지시고 돌아가셨다는 것을 믿는 것입니다. 믿음은 내가 믿고 싶다고 해서 믿어지는 것이 아닙니다. 죄 없는 하나님의 아들이 의롭지 못한 나를 위해 십자가에서 피 흘려 돌아가셨다는 것을, 깊이 묵상하고 있으면 2,000년 전의 예수님이 살아서 지금 내 마음속에 들어오시게 됩니다. 그리고 그분이 내 안에, 내가 그분 안에 있는 황홀경을 느끼게 됩니다. 그때부터는 그분이 제 삶을 사시는 것입니다."

"이해할 수 없는 논리군요. 예수님이 살아서 내 안에 들어와서 내 삶을 산다는 것은 무슨 말입니까?"

"좀 복잡한데 하나님은 삼위로 계시는데, 하나님, 예수님, 그리고 성령의 모습으로 계십니다. 그런데 예수님은 십자가에 돌아가신 뒤 다시 살아나서 40일 동안 지상에 계시다가 하늘로 승천하셨습니다. 이때 지상의 믿는 자들을 고아처럼 버리고 가시지 않고 성령을 보내서 함께 계시게 했습니다. 이 성령이 믿는 자들의 상담자가 되어 우리를 보호하시고 인도하시는 것입니다. 성령은 지상의 예수님처럼 한 군데만 계시는 것이 아니고 시공을 초월해서 어디나 계시는데 그 성령이 바로 하나님이며 예수님입니다."

"더욱 알 수 없는 미궁으로 빠져드는 것 같습니다. 예수는 희생양으로 죄인을 대신해서 죽었으면 사명을 다한 것인데 왜 또 살아나서 승천까지 했습니까? 그래서 더 못 믿게 하는 것이 아닙니까?"

"나는 아무것도 모르며 믿지도 않는 외계인인 당신에게 이 심오한 진리를 설명하려니 너무 힘듭니다. 다시 살아나셔야 했던 이유를 설명하겠습니다. 하나님의 아들이 십자가에 죽고 땅에 묻혔다고 하면 더 믿기가 쉽겠습니까? 구약에 있는 모든 말씀은 예수가 구세주로 이 세상에 올 것을 예언한 책입니다. 또 자기가 세상에 있는 동안은 자기는 하나님의 아들이고, 또 자기는 죄인들의 죄를 대신해서 죽으러 왔다고 선언했습니다. 그런데 죽어 땅에 묻히고 끝나면 누가 그분이 하나님의 아들이며 구세주라고 믿겠습니까? 그러나 하나님은 그를 다시 살리시고 천국으로 데려가심으로 그가 살아 있는 동안 말한 모든 것이 사실이며 그는 하나님의 아들인 것이 확증된 것입니다. 그래서 이제 예수님 안에 살면 하나님 안에 또 천국에 살게 되는 것입니다."

"아무튼, 나는 억지로 믿고 싶지도 않고 예수 그리스도를 의지하고 싶은 생각도 없습니다."

전도왕은 안타까운 듯이 외쳤다.

"그것은 자기 교만입니다. 자기는 죄가 없고 의롭다고 생각하는 사람은 자기 죄 때문에 최후의 심판 때 형벌을 받아 지옥 불에 떨어질 것입니다. 그러나 불의하고 벌 받아 마땅하다고 생각하는 사람은 그들을 위해 예수님이 대신 돌아가셨기 때문에 하나님 앞에 의롭다고 인정을 받고 심판을 받지 않을 것입니다."

"당신의 말대로 내가 믿고 구원을 받았다고 가정해 봅시다. 심판은 하나님께서 하시는 것인데 심판대 앞에서 하나님이 죄인인 나를 의롭다고 인정하실까요?"

"물론입니다. 당신은 의로운 일을 하지 않아도 하나님께서 그 믿음을 의로 여기십니다."

"그것도 성경에 있는 말씀입니까?"

"그렇습니다."

이때 외계인은 토론을 여기서 마치자고 말하였다.

"당신은 구석에 몰리면 다 성경에 있다고 피해버리니 더 토론할 수 없습니다. 그 성경이 거짓이라는 것이 증명되면 모래 위에 지은 집처럼 당신의 주장은 한갓 환상으로 다 무너져 내릴 것입니다."

그러면서 자기에게 성경을 주고 일주일 후에 다시 만나서 이야기를 하자고 제안했다.

"반드시 이곳에 와야 합니다."

그는 다시 바람처럼 사라져버렸다.

전도왕은 그를 보내고 생각했다. 하나님의 말씀을 믿고 순종하면 되는데 외계인은 왜 그렇게 의심이 많은지 알 수 없었다. 예수를 토론해서 믿게 할 수는 없다고 생각했다. 하나님께서 천국 잔치를 배설하고 우리를 초대하고 계시는데 이 핑계 저 핑계로 초청에 응하지 않으며 이것이 이러한가, 저것이 저러한가 하고 토론만 하고 있다. 할머니들이 기독교의 원리를 다 깨닫고 교회에 나오는가? 아픈 사람들이 자기같은 병도 예수님이 치유해 주실지 다 따져보고 교회에 나오는가? "와 보라. 믿어보라."라는 말을 왜 못 믿고 실천하지 않는가? 안타까울 뿐이었다. 교회에 나오면 믿음이 우리 안에 들어와 하나님께서 어떻게 역사하고 계시는지, 사랑으로 어떤 수고를 감내하고 있는지, 종말에 흠 없는 모습으로 주 앞에 나타나기 위해 어떤 인내를 하고 있는지 이를 증거하는 수다한 증인들을 볼 수 있다. 왜 교회 주변을 빙빙 돌고 있는가? 강제로라도 그들을 붙들어서 교회의 빈 자리를 채우고 싶다는 것이 전도왕의 열망이었다.

전도왕은 성경을 읽기 시작했다. 외계인과 토론을 하려면 성경 지식이 있어야 하는데 전도가 너무 바빠 사실 차분히 성경을 읽을 기회가 없었다. 전도왕이 되면서부터 국내외에서 간증 집회 초청도 많아져 시간을 내기가 힘들었다. 그의 집회의 주제는 "주인이 종에게 이르되 길과 산울타리 가로 나가서 사람을 강제로 데려다가 내 집을 채우라(눅 14:23)"이었다. 처음 집회 때는 좀 떨리고 어려웠지만, 마음의 여유가 생겨서 자기 체험으로 청중들을 많이 웃기기도 하고 또 이것은 뺐으면 좋겠다고 생각하는 간증은 가감해서 청중이 듣고자 하는 내용으로 바꾸어 신나게 이야기할 수 있었다. 그럴 때마다 청중들의 호응도 대단했다. 사실 자기의 말은 외계인 때처럼 진리에 대한 깊은 통찰보다도 어떻게 불신자를 교회에 데려오느냐에 중점이 있었다. 그리고 청중들도 성경 말씀보다는 자기의 성공적인 체험담에 흥미가 있었던 것이다. 그는 말했었다. 종말에 하나님 앞에 갔을 때 영광의 면류관이 주어질 것을 생각하면 하루도 이 전도의 일을 게을리할 수 없다고 말이다.

그런데 외계인은 문제였다. 그는 믿는 일에 너무 질문이 많았다. 그러나 한편 생각하면 질문이 많다는 것은 그만큼 하나님을 더 알고 가까이 가고 싶다는 말도 된다. 또 질문을 전혀 하지 않는 것은 하나님을 알고 싶은 것보다 교회에 나가면 자기에게 무슨 유익이 있는지에 더 관심이 있다는 말도 된다. 전도왕은 자기는 지금 하나님의 일을 잘하고 있다고 자신에게 말하고 있었다. 이제 외계인을 만나면 그의 신앙 고백을 듣고 교회에 묶어 주어야 하는데 그는 토론은 즐기지만, 교회로 나올 것 같지는 않았다. 걱정하는 사이에 벌써 일주일이 지났다.

3.

외계인은 먼저 와서 앉아 있었다. 토론 준비가 다 되었다는 그런 태도였다.

"이제 주의 강림에 대해서 좀 이야기를 해 봅시다. 성경에는 강림이라는 이야기가 많이 나오는 것 같던데."

"어려운 이야기입니다. 강림은 몰라도 됩니다. 믿고 구원을 얻는 데 몰라도 되기 때문입니다."

"그러나 성경이 우리 토론의 출전(出典)인데 먼저 알고 넘어가야 하지 않겠습니까?"

"제가 아는 대로 말씀드리겠습니다. 예수님이 육체를 입고 지상에 오셨지 않아요? 이때를 초림(初臨)이라고 합니다. 그리고 승천하셨는데 다시 지상으로 오시는 때를 재림 또는 강림이라고 합니다."

"성경에 보면 '주께서 호령과 천사장의 소리와 하나님의 나팔 소리로' 시끄럽게 강림하던데 다른 곳을 보면 이날은 '밤에 도둑같이' 임한다고 즉, 조용히 온다고 되어 있습니다. 어느 것이 맞는 말입니까?"

"성경에 그렇게 쓰여 있다면 둘 다 맞는 말이겠지요. 믿는 사람들은 어둠이 아닌 빛 가운데서 깨어 있으므로 주님이 나팔 소리와 함께 오겠지만 불신자는 어둠에 있고 전혀 준비하고 있지 않기 때문에 도둑같이 임하는 것이 아닐까요?"

"좋습니다. 그럼 지금 우리는 주의 초림과 재림 사이에 이 지상에 사는 것이 아닙니까? 그럼 지금 세상은 누가 다스리고 있는 것입니까?"

"이 세상의 임금 즉 마귀가 다스리고 있는 것이 아닐까요?"

"그럼 믿는 사람들도 마귀의 다스림을 받고 있습니까?"

"아닌데요. 우리는 하나님의 백성이기 때문에 하나님의 다스림을 받고 있습니다."

"그 말은 지상의 법을 따라 지상에서 살고 있으면 마귀의 백성인데, 하나님의 다스림을 동시에 받으면 하늘나라 백성도 되는 것이 아닙니까? 그럼 무엇이 하나님의 백성과 마귀의 백성을 구분합니까?"

"간단하지요. 하나님의 말씀에 순종해서 살면 하나님의 백성이며, 마귀의 명령을 따라서 살면 마귀의 백성입니다."

"그 구별이 분명합니까? 제게는 불분명하게 들리는데, 혹 하나님의 백성이라고 하면서 마귀의 백성으로 사는 일은 없을까요? 성경에도 '주여 주여 하는 자마다 천국에 가는' 것이 아니라고 쓰여 있던데요?"

"하나님의 다스림을 받는다면서 마귀의 백성으로 사는 사람이 많지요. 예를 들어 돈의 노예, 명예의 노예, 권력의 노예로 산다든지, 육신의 정욕, 안목의 정욕에 사로잡힌다든지, 주의 명령을 따라 사랑하지 못하고 용서하지 못한다든지… 너무 많습니다."

"마귀는 자기 백성을 잘 관리하는 것 같은데 하나님은 자기 백성이 경계선을 넘나들며 방황하고 사는데 이들을 잘 관리하지 못하고 있는 것 같습니다."

"제 생각엔 하나님께서는 믿는다고 고백한 모든 사람을 무조건 받아들이셨지만 저항할 수 없는 은총을 베푼 사람 외에는 죄를 사하실 생각이 없으신 것 같습니다. 자기 하는 대로 버려두면 마귀의 자녀가 되는 것이지요."

"이런 하나님의 백성들이 종말에는 어떻게 되는 것입니까?"

"주께서 강림하시면 구속하기로 정한 사람들을 구름 위로 불러서(이를 휴거라고 하지만) 끌어 올리고 나머지는 지상에서 7년 동안 큰 환란을 겪는다고 합니다."

"그 뒤는 어떻게 됩니까?"

"주께서 내려오셔서 마귀라고 하는 사탄을 무저갱(無底坑)에 넣어 천

년 동안 잠가두고 성도들은 천년 동안 그리스도와 더불어 왕 노릇을 합니다."

"성경에 보면 주의 강림의 징조로 '멸망의 가증한 것이 거룩한 곳에 선 것'을 보게 된다고 했는데 무슨 뜻인지 압니까?"

"아마 곳곳에 큰 지진과 기근과 전염병, 주의 이름으로 교회를 박해하며 거짓 교사가 나타나 미혹하는 일들을 통틀어 말하는 것이 아닐까요?"

"교인들은 주의 강림을 애타게 기다리는데 성경에 보면 '불법의 비밀이 이미 활동했는데 지금은 막는 자가 있어 강림이 늦어진다고 하고 있습니다. 무엇이 강림을 막고 있습니까?"

"성경에 그런 말이 있습니까?"

"그렇습니다. 데살로니가후서에서 보았습니다."

"무엇인지는 저도 잘 모르지만 아마 '이방인의 충만한 수가 찬 뒤 이스라엘이 회개하고 돌아오기까지' 기다리시기 위해 그런 것이 아닐까요?"

"당신과 이야기를 하고 있으면 당신은 온전히 하나님을 믿고 있다는 생각이 듭니다. 아무튼, 휴거 후 천년 동안 성도들과 세상의 왕 노릇을 한 뒤는 어떻게 됩니까?"

"마귀가 잠깐 놓이고 그들이 곡과 마곡을 미혹하며 모아 싸움을 하다가 하나님의 흰 보좌 앞에서 심판을 받고 구원받지 못한 사람은 영원히 타는 유황불 속에 던져지게 되어 있습니다."

"그것이 지옥이지요? 그때 우주는 종말이 오겠지요? 우주가 사라지고 하나님의 달력은 마지막 장을 뜯고 시간도 끝나는 것이겠지요? 우주의 창조와 함께 시작된 시간은 최후의 심판과 함께 없어지게 되겠군요?"

"저도 그 부분이 의심스러운데 지상에서 핍박을 받고 순교한 성도들이 바라는 것이 무엇이겠습니까? 악인들이 심판을 받고 구더기도 죽지 않고 불도 꺼지지 않은 지옥에서 세세토록 밤낮 괴로움을 당하는 것이 아니겠습니까? 그런데 우주의 종말이 와서 하나님의 연대기가 끝이 나버린다면 이생의 인간들이 갖는 종말의 소망은 어떻게 되는 것입니까?"

이제는 전도왕이 우주인에게 묻고 있었다.

"그렇게 원수가 영원히 고통받는 것을 보아야 시원하겠다고 생각하는 사람은 하나님의 말씀대로 살지 않았기 때문에 구원받은 무리에 낄 수 없는 것이 아닐까요?"

"그러나 성경에는 인자가 자기 영광으로 모든 천사와 함께 올 때에 모든 민족을 그 앞에 모으고 구분하여 의인은 영생에, 악인은 영벌(永罰)에 들어가리라 했는데 마지막 심판 후에도 영원한 시간이 있어야 그 후련한 결과를 볼 수 있지 않을까요?"

"세상의 종말이 오고 하나님의 시간이 끝났는데 악인들이 심판받기 위해 시간이 더 오래 계속되어야 한다면 그 시간의 끝은 언제이며 그동안 하나님은 무엇을 하고 계셔야 하겠습니까? 이 세상에서 핍박받고 죽은 순교자들이 만족할 때까지 하나님이 죄인을 벌주기 위해 하나님은 기다리셔야 한다는 말입니까?"

그러면서 외계인은 이런 일은 관심 밖이라는 듯 떠날 기세였다. 전도왕은 성급히 그의 앞길을 막았다.

"이제 그만큼 저와 예수 그리스도에 대해 깊이 이야기를 나누었으면 그분을 영접할 단계가 된 것 같은데 그분을 믿고 구원을 받지 않으시겠습니까?"

"제가요? 저는 사명을 다 마쳤으므로 우리가 사는 별로 돌아가야 합니다."

"그래서 이야기인데요. 만일 당신이 예수를 영접하고 여기를 떠나면 당신은 최초로 당신네 나라의 선교사가 되는 것입니다."

"그 말은 무슨 말입니까?"

"당신네 나라에 예수를 소개하고 거기다 한 교회를 세우며, 모두 믿고 구원을 받게 하는 것입니다. 이것은 아주 놀라운 기회입니다."

"예수가 누구인지도 모르는데 내가 딴 위성에 가서 듣고 온 말을 믿으라고 하면 그들이 믿겠습니까?"

전도왕은 자신 있게 말했다.

"그것은 염려하지 마십시오. 전하기만 하면 됩니다. 나머지는 다 예수님께서 하실 것입니다."

외계인은 우두커니 전도왕을 쳐다보더니 말했다.

"한 가지 묻겠는데. 당신은 왜 전도를 합니까?"

"교회의 빈자리를 채우라는 성경의 말씀에 순종해서 전도합니다."

"그러나 전도의 근본적인 목적은 인간을 구원하는 것이 아닙니까? 그런데 교회에 데려다 앉혀놓으면 구원을 받는다고 생각합니까?"

"구원은 내가 어떻게 할 수 있는 것이 아닙니다. 교회로 인도하면 거기에는 하나님이 살아계셔서 간섭하시는 것을 체험한 많은 증인이 있으므로 경건의 훈련을 하기에 적당한 곳입니다. 이제 본인이 하나님의 부르심에 어떻게 응답하느냐가 구원을 결정한다고 생각합니다."

"나는 당신이 훌륭한 전도자이며 하나님의 충성된 종인 것을 믿습니다. 그런데 왜 당신은 전도한 사람을 교회로 데려다 놓아야 임무를 완성한다고 생각하는 것인지 알 수가 없습니다. 길에서 하나님의 말씀을 잘 풀어 깨닫게 해 주면 하나님께서 알아서 하실 것인데 왜 굳이 교회까지 데려다 놓아야 합니까? 예수님께서는 성경에 좋은 교회를 많이 만들어서 맹인, 혈루병자, 문둥병자, 가난한 자, 과부를 그곳에 데려오라. 그러면 내가 그들을 고쳐 주리라. 그런 말은 한 것 같지 않은데요."

"그때는 교회가 없었잖아요? 새 신자는 흙이 얕은 땅에 떨어진 씨 같아서 곧 말라 죽습니다. 그래서 지금 전도의 최종 목적지는 교회입니다."

"이 식탁의 비유는 내가 보기로는 종말에 있을 천국 잔치의 비유로 마땅히 초청받아야 할 바리새인이나 제사장 같은 유대인 지도자들이 메시아를 거부했으므로 소외당한 가난한 자들이나 몸 불편한 자들을 부르고 그래도 자리가 비거든 선민이 아닌 이방인까지 잔치에 부르게 된다는 비유의 말씀으로 생각됩니다. 지금 지상의 교회에 사람 숫자를 채우라는 뜻으로 하신 말씀은 아니라고 생각하는데요."

"그러나 주께서 우리에게 주신 지상명령은 전도해서 자리를 채우는 것입니다."

외계인은 이 세상에 있는 동안 무엇을 보았으며 무슨 말을 들었는지 매우 회의적이었다.

"당신은 모든 교회의 목사가 천국 잔치를 베풀 수 있으며 그에게 양육 받은 교인들이 천국 백성에 합당한 자로 의로운 바른 삶을 살며 증인의 역할을 하고 있다고 생각하십니까?"

전도왕은 당당히 그리고 의연히 대답했다.

"저는 교회란 매일 천국 잔치를 베풀고 있는 지상에 있는 천국의 그림자라고 생각합니다. 그리고 교인들은 주의 능력에 힘입어 충성된 증인의 역할을 하고 있다고 믿습니다."

"전도왕께서는 인도와 전도 즉 불신자를 교회로 인도하는 것과 불신자를 전도하는 것은 어떻게 다르다고 생각하십니까?"

"그것은 같은 말입니다. 교회로 인도했다는 것은 전도했다는 말입니다. 전도도 노방전도가 끝이 아니고 교회로 인도해야 온전한 전도가 되기 때문에 결국 같은 말이지요."

외계인은 자기가 어떤 어른을 만났는데 그는 어려서 교회의 절기마다 친구를 데리고 가서 인도상을 많이 받았는데 지금은 그것이 다 전도상으로 바뀌었다고 말하는 것을 들었다고 했다. 불신자를 교회에 데리고 나오면 그것이 인도지 왜 전도냐고 항의도 했다는 것이다. 그뿐 아니라 예수를 구주로 영접하게 하는 것과는 상관없이 교회의 빈자리 채우는 것을 지상명령으로 생각한다는 말도 했다고 들려주었다. 그러면서 자기는 전도왕과 많은 이야기를 통해 주 예수에 대해 알게 되어 지상에서 전도를 받았다고 생각했는데 결국 자기는 교회를 나가지 않아 전도왕께는 인도상도 못 받게 해서 아쉽다는 이야기도 했다.

그는 떠나는 인사로 손을 내밀었다. 전도왕도 정말 아쉽다는 몸짓을 하며 다시 한번 그에게 다짐했다.

"거기 가시면 꼭 교회를 하나 세우십시오. 그것은 역사적인 첫 개척 교회가 될 것입니다."

외계인은 우두커니 전도왕을 쳐다보더니 말했다.

"왜 당신은 그렇게 교회 세우는 일에 집착합니까? 교회가 많아지고 커지면 세속적인 모임이 되고, 하나님을 떠나는 죄의 길로 들어선다는 것을 모르십니까? 그러나 당신이 그렇게 원하니 거기 가면 우리도 아담의 후손이며 예수님이 우리를 위해서도 돌아가셨는지 생각해 보고 그런 생각이 들면 오히려 교회보다는 수도원을 하나 만들어 그 속에 파묻혀 고민해 보겠습니다. 하지만 우리는 욕하고 헐뜯고 미워하며, 욕심부리고 힘자랑하지 않아서 아담의 후손 같은 생각이 별로 들지 않을 것 같습니다."

전도왕은 그를 붙들고 다른 질문을 하였다.

"이 나라에 이십여일 있었는데 특별히 보고 느낀 것이 무엇입니까?"

"내가 보기로는 교회 안에 모인 교인들은 잘 길들어서 순해 보이는데 길거리에 나온 군중들은 사나운 이리떼 같은 생각이 들었습니다. 옳고 그른 것을 너무 잘 따지던데 전도는 그 사나운 이리떼에 들어가서 해야 하는 것이 아닙니까? 그들을 먼저 전도해서 천국 백성을 만드는 것, 그것이 예수님이 원하는 것이 아닐까요?"

진돗개 전도왕은 어안이 벙벙했다. 정말 천국에서 죄인이라고 불렀던 사람들은 하나님 말씀에 순종하지 않은 그들이었다. 예수님은 그들을 위해 돌아가셨다.

외계인은 이제는 정말 떠나야 하겠다고 손을 흔들더니 구름에 싸여 사라졌다.

전도왕은 자기와 진지한 대화를 나누었던 외계인을 떠나보낸 것이

퍽 아쉬웠다. 자기가 전도해서 교회의 빈자리에 수백 명의 새 신자들을 앉혀놓았는데 그것이 부질없었다는 생각이 순간 드는 것이었다. 예수께서 사탄의 시험을 받은 뒤 갈릴리에서 "때가 찼고 하나님의 나라가 가까이 왔으니 회개하고 복음을 믿으라."라고 외쳤던 참뜻은 교회의 빈자리에 양순한 사람을 데려다 앉혀놓으라는 것과는 전혀 차원이 다른 이야기 같았다. 천국의 확장은 교세의 확장이 아니라 거리에 뛰어나가 자기의 의를 주장하고 하나님을 대적하는 광장의 무법자들에게 광야의 세례 요한처럼 회개를 외치는 용기가 필요하다는 생각이 들었다.

지옥은 만원인가

⋮

나는 '예수천당, 불신지옥'이라는 기독교의 전도 구호를 많이 들어서 인지 지옥에 대한 꿈을 꾸었다. '예수천당, 불신지옥'이란 '넌 예수 믿고 천당 갈래? 안 믿고 지옥에 갈래?'라는 양자택일의 위협이다. 그러나 지옥을 안 믿는 사람에게는 이것은 조금도 위협이 되지 않는다. 나는 평소 죽음이나, 마귀, 지옥을 두려워하지 않기 때문에 지옥을 한 번 보여주시기 위해서였는지 하나님께서 꿈에 지옥을 다녀왔다는 분의 간증 집회에 참석하게 하셨다.

간증 집회의 강사는 여자 전도사였는데 너무 실감 나게 지옥을 설명해 주었다. 하나님이 자기에게 지옥을 보여주시겠다고 했는데 전도사는 천당은 좋지만, 지옥은 정말 보고 싶지 않다고 했다고 한다. 그런데도 무섭다면 천사를 대동시켜 주겠다며 굳이 두 천사를 대동시켜 지옥을 보게 해주었다는 것이다. 다음은 꿈에 들은 그 전도사 이야기이다.

1.

한 마디로 지옥은 빛도 없는 동굴 속에 숨겨진 어둠의 세계였습니다. 예수님은 빛이시지만 마귀는 죽음이요 어둠이기 때문입니다. 저는 앞이 안 보이는 어두운 동굴을 한없이 가고 있었는데 점차 오물처리장에서 나는 것 같은 퀴퀴한 냄새가 나기 시작했습니다. 그러더니 갑자기 "사람 살려, 나 좀 살려 주어"하고 서로 욕하며 헐뜯는 많은 사람의 아비규환 속에 뚜렷한 소리가 들렸습니다. 어둠에 점차 눈이 익숙해지자 희미한 그림자들이 보이기 시작했는데 그들은 바다같이 넓은 큰 끓는 가마솥 속에서 서로 다른 사람을 밟고 일어서려 싸우고 있었습니다. 몸은 벌겋게 익었고 서로 끌어당기자 살갗이 찢어져 흰 뼈가 나왔습니다. 자세히 보니 그들 몸에는 구더기가 붙어 있었어요. 지옥은 뜨거운 물도 식지 않고, 사람도 구더기도 영원히 죽지 않는 그런 곳입니다. 죽고 싶어도 죽을 수 없는 영원한 형벌의 지옥이니 얼마나 무서운 곳이겠습니까? 그들은 소리치고 있었습니다.

"나는 세상에서 모든 권력과 재력을 다 쥐고 있어서 너희들이 원하는 것을 다 들어 주었다. 그런데 너희는 왜 나에게 한 번도 예수 믿으란 말을 하지 않았느냐? 모르긴 해도 너희도 나에게 예수를 전하지 않은 죗값을 치를 것이다. 이 나쁜 놈들아."

에스겔서 3:18 절에 의하면

"네가 악인을 깨우치지 않거나 악한 길을 떠나 생명을 구원하지 않으면 내가 그 피 값을 네 손에서 찾을 것이라."라고 하나님은 말씀하셨습니다. 이 지옥에 있는 사람들은 여러분이 전도해서 악인을 깨우치지 않았기 때문에 이곳에 온 사람들입니다. 전도해도 그가 그의 악한 행위에서 돌이키지 않으면 그들은 자기 죄 중에서 죽지만 만일 여러분이 전도하지 않아서 이들이 이 지옥에서 고통을 받고 있다면 이제는 여러분이 죽어 이곳에 올 것입니다. 여러분 아시겠습니까? 여러분도 전도하지 않고 죽으면 지옥의 형벌을 면치 못합니다. 하나님께서는 사랑의 하나님인데 왜 이런 지옥을 만들어 영원한 벌을 받게 하느냐고 묻는 사람이 있습니다. 그러나 하나님은 공의의 하나님이십니다. 불의한 자에게는 벌을 주고 의로운 자에게는 상을 약속하신 분입니다. 죽어서도 악인이 벌을 받지 않는다면 누가 이 불법의 세상을 의롭게 살겠다고 인내하고 살겠습니까? 따라서 세상에 살 때 죄를 회개해야 합니다. 지옥에 와서는 너무 늦습니다. 아무리 외쳐도 천국에 옮겨질 수 없습니다.

천사는 저에게 말했습니다. 하나님께서 저에게 이 지옥의 처참한 모습을 보게 한 뒤 온 세상 교회에 나가 전하라고 말입니다. 말세에 세상 사람들은 아무리 깨어있으라고 해도 깊은 잠에 빠져 있습니다. 그들은 영의 눈이 가리어져서 죄가 무엇인지를 모릅니다. 여러분은 그들의 영의 눈이 뜨여서 죄가 무엇인지 깨닫게 해줄 의무가 있습니다. 이제 제가 전한 이 지옥을 세상 사람들에게 전해서 이 고통을 면할 방법을 여러 사람에게 가르쳐 주십시오. 누가복음 16장에 있는 한 부자와 거지 나사로의 생각이 안 나십니까? 자색 옷과 고운 베옷을 입었던 호화로운 부자는 죽어서 지옥으로 가고 거지 나사로는 죽어 낙원에 가 아브라함의 품에 안겼습니다. 부자가 불꽃 가운데 괴로워하며 나사로의 손가락 끝에 물을 찍어 자기 혀를 서늘하게 해 달라고 했는데 낙원과 지옥 사이는 큰 수렁이 있어 건너갈 수 없다고 했습니다. 그때 세상에 살아 있는 형제에게 지옥의 소식을 알려 그들이 회개하게 해 달라는 말을 기억 못 하십니까? 그렇게 해도 회개하지 않을 것이라고 아브라함은 말했지만, 여러분은 제가 이번에 본 '가마솥 지옥'의 끓는 물 심판을 알려 주십시오.

2.

그곳을 지나자 저는 유황 냄새가 숨을 막히게 하는 '불못 지옥'이라는 곳에 도착했습니다. 불못은 물이 있는 연못이 아니라 활화산의 분화구처럼 끓는 바위 물들이 녹아 있는 연못입니다. 촛대바위나 남근바위 등 쭈뼛쭈뼛 솟은 바위들이 아래서부터 녹아 용암이 되고 그 끓는 용암 속에 인간들이 불과 유황으로 타는 불못 속에 던져져 뒤엉켜 있는 것이 보였습니다. 이글이글 타는 불길이 온 연못을 덮고 있었는데 불못 안에서는 거품처럼 솟아오른 것이 하늘로 치솟았다가 다시 내려앉았습니다. 이 속에서 허우적거리는 악인들이 가끔 공중으로 떠올라와 보였는데 이들은 낙지처럼 벌겋게 익어 있었고 몸에는 벌레들이 엉켜 있었고 그 몸을 뚫고 속에서 나온 뱀이 몸을 칭칭 감고 있었습니다. 붉은 몸의 마귀가 흐느적거리는 모습으로 다가와 그들 몸을 도끼로 찍었는데 그들은 몸이 갈기갈기 찍혔으나 죽지도 않고 하늘을 향한 낙지 발 모양이 되어 위로 솟았다가 다시 가라앉곤 했습니다. 잠깐 세상을 지배하고 있던 것은 죄와 죽음과 마귀였는데 이 죄의 유혹을 이기지 못하고 이곳에 온 인간들이 아비규환을 하고 있었습니다. 이곳은 유혹을 이기지 못한 성범죄자들이 모인 곳이라고 천사가 설명했습니다. 어린이들이나 지체 부자유자를 성폭행한 파렴치한 치한이나 성폭행을 남몰래 저지른 기관의 점잖은 책임자들, 정부와 함께 자기 아내를 살해해 토막 내서 버린 짐승 같은 자들, 연약한 소녀들을 이용한 성매매 업자들도 여기 끼어 있다고 했습니다. 노회(老會)에서 경건하게 목사 안수를 받고 교회에서 목회하고 있던, 내가 아는 목사도 그 속에 있었습니다. 그들은 한국 교회가 어떤 위기에 있는지도 모르고 교계의 물을 흐리게 하고 다니던 미꾸라지 같은 존재들이었는데 여기서도 미꾸라지처럼 용암 위를 기어 다니며 뜨거워서 이리 뛰고 저리 뛰며 몸의 중심을 잃은 채 다니고 있었습니다. 마귀가 불길에서 솟아오른 악인을 도끼로 치는 것을 보았지요? 이들은 사탄의 유혹에 빠져 여 성도들과 윤리적으로 문란한 행위를 하고 자기 행위를 정당화하기 위해 교회 내에 파벌을 만들어 교회를 분열시킨 자들입니다. 히브리서 13:17에는 성도를 인도하는 자는 그들의 영혼을 보살피며 마지막 날 하나님 앞에 설 때는 그 성도의 열매를 회계(會計)하는 것처럼 하나님 앞에 보고해야 한다고 했습니다. 여러분, 하나님은 교역자도 심판하십니다. 아니 더 큰 심판을 하시는 것을 믿어야 합니다. 여러분 믿습니까? 아멘, 할렐루야.

구약의 바리새인, 서기관들, 제사장 그리고 사울 왕도 그곳에 있었습니다. 아무리 기름 부어 세운 왕이라 할지라도 하나님의 뜻을 어기면 하나님께서는 버리십니다. 아말렉족을 쳤을 때 가장 좋은 것, 기름

진 짐승을 제사를 위해 남겼다 할지라도 선지자 사무엘상 15장에서 사무엘은 말했습니다. "주께서 어느 것을 더 좋아하시겠습니까? 주의 말씀에 순종하는 것이겠습니까? 아니면, 번제나 화목제를 드리는 것이겠습니까? 잘 들으십시오. 순종이 제사보다 낫고, 말씀을 따르는 것이 숫양의 기름보다 낫습니다."라고 말씀하셨습니다.

여러분 말씀에 순종하십시오. 나는 또 대형 교회의 목사도 그곳에 와 있는 것을 보았습니다. 천사가 말했어요. 그는 교회를 세속화시켜서 하나님이 원하시는 방법으로 목회하지 않아 그곳에 왔다고 했습니다. 교회가 세상으로 들어갈 수는 있어도 세상이 교회 속으로 파고들면 안 됩니다. 여러분, 믿습니까?

많은 사람을 전도해서 하나님 앞으로 인도한다는 명목으로 하나님이 사명을 가지고 세상에 보낸 교회를 '교회 성장공장'으로 전락시켰어요. 세상 사람이 좋아하는 방법으로 프로그램 중심, 이벤트 중심의 행사로 교인을 유인했어요. 어느 정도 커지면 중단하는 것이 아니라 이제는 세속적인 이벤트가 교회를 좌지우지하게 된 것입니다. 성과는 더 큰 성과를 만들어내고 안식일도 안식년도 없는 제도화된 교회를 만들어 버렸어요.

주여! 보십시오. 대형 교회는 대형 교회대로 행사에 밀려 피곤하게 되고 군소교회는 따라가지 못해 좌절하고 교인이 줄고 생명력을 잃어 갑니다. 이사야 58:8에는 "내 생각은 너희 생각과 다르며 내 길은 너희 길과 다르다."라고 하나님은 말씀하셨는데 이제는 교회에 세상의 가치관이 들어와서 세상의 생각이 하나님의 생각이 되었고 하나님의 일을 세상의 방법으로 하게 되었다는 말입니다. 그러기 때문에 하나님은 이를 싫어하시는 것입니다. 이것이 교회가 정체성을 잃고 세상에서 사라져갈 위기를 가져온 것입니다. 또 출애굽기 14:13, 14는 "두려워하지 말아라. 너희는 가만히 서서, 주께서 오늘 너희를 어떻게 구원하시는지 지켜보기만 하여라. 너희가 오늘 보는 이 이집트 사람을 다시는 볼 수 없을 것이다." 이렇게 말하고 모세가 지팡이를 드니 홍해가 갈라졌습니다. 이렇게 전진을 중단하고 가만히 서서 하나님의 은혜에 의존할 때 새로운 생명을 회복했습니다. 궁지에 몰린 고난의 때가 하나님께서 개입하시는 최상의 때입니다. 우리는 너무 부귀를 누리고 있습니다.

여러분, 가난한 마음으로 기도해야 합니다. 눈물로 침상을 떠내려가게 해야 합니다. 예레미야애가 2:18은 이렇게 말하고 있습니다.

"도성 시온의 성벽아, 큰소리로 주께 부르짖어라. 밤낮으로 눈물을 강물처럼 흘려라. 쉬지 말고 울부짖어라. 네 눈에서 눈물이 그치게 하지 말아라."

우리는 지옥에 있는 이들을 보면서 눈물로 회개의 기도를 해야 합니다. 이것이 저에게 '세상에 나가 네가 본 것을 전하라'는 하나님의 뜻입니다.

3.

나는 또 '토막지옥'이라고 불리는 곳에 갔습니다. 이곳은 인간의 몸 자체가 토막 나서 떠내려가고 있는 곳이었습니다. 음식물 처리장 같은 곳으로 온갖 쓰레기가 용암 위를 떠내려가고 있었는데 그곳에 먼저 입술이 떠내려오고 있었습니다. 남을 욕하고 저주하고 무리 짓고 시기하고 분열을 일삼는 입술들이 몸통에서 잘려 이곳에 와 있었습니다. 아마 남을 속이고 재물을 축적한 악덕 기업자의 입술도 있을 것이고 권력을 탐하여 이곳저곳 빌붙어 다니며 거짓말과 공수표를 남발한 정치인의 입술도 있을 것입니다. 사탄 숭배자로 록 음악가의 입술도 있었습니다.

> 이것이 남아 있는 유일한 해결책이다/ 자살하라. 자살하라/
>
> 지금이 바로 시험해 볼 때다/ 자살하라. 자살하라/
>
> 지금이 네가 죽을 시간이다.

이런 록 음악의 쇳소리가 들리는 것 같지 않습니까? 이 입술 때문에 얼마나 많은 젊은이가 자살하여 지옥에 빠졌습니까? 사탄은 죽음을 주관하는 왕입니다. 죽음으로 얼마나 많은 사람을 두려워 떨게 했으며 죽음을 찬양하는 마귀의 글과 달콤한 노래로 얼마나 그들을 유혹했습니까?

"사탄아! 물러가라. 사탄아! 물러갈지어다."

여러분은 나약한 존재들입니다. 이 토막지옥의 화를 면하기 위해서는 죽음을 이기신 예수님의 이름으로 사탄을 물리쳐야 합니다.

또 손과 팔이 잘려져 떠내려왔습니다. 도박하거나 마약에 중독되거나 도벽에서 헤어날 수 없었던 사람들의 손이나 팔입니다. 또 인터넷 중독에 걸렸던 어린 소년의 손도 있었습니다. 이들은 다 기능공, 기술자, 운동선수, 컴퓨터의 전문인들이었습니다. 그들의 재능을 마귀는 칭찬하기를 좋아합니다. 마귀는 결코 싫은 말을 하지 않고 듣기 좋은 달콤한 말만 합니다. 그래서 그 달콤한 말에 우쭐해져서 중독에서 헤어나지 못하고 이곳에 온 것입니다. 마귀는 하와를 유혹한 뱀처럼 간교한 자입니다. 그러나 그들은 자기 죄를 인정하지 않고 고래고래 소리를 지르며 세상을 향해 욕하고 있었습니다.

"내가 무슨 죄가 있어. 못된 생각은 몸통이 하고, 죄는 자기가 짓고 나는 하수인에 불과했는데 나를 잘라내서 이곳에 던지고 자기는 천국 간다고? 말도 안 돼. 이것이 개독교인의 수작이야. 눈에 보이는 팔과 손목 하나 잘라냈다고 자기 죄가 없어져서 자기는 천당에 가? 미친놈들. 손발 다 붙이고 몸통이 회개하여 거듭나야지 손발 잘랐으니까 자기는 거룩하다고 위선 떨 거야? 나는 억울해. 나는 억울해. 정말 지옥에 올 자는 그 위선적인 개독교인이야."

어린 손목도 소리 지르고 있었습니다.

"내가 PC 방에서 좀 놀았다고 죄인인가? 뭐 내가 중독자라고? 내가 중독자라면 세상에 중독자 아닌 사람이 어디 있어. 다 중독자지. 안방에서 TV에 미친 엄마 아빠도 중독자요, 쇼핑에 미친 자, 명품에 미친 자, 돈에 미친 자, 권력에 미친 자, 스마트 폰에 빠진 자, 자기 생각만 옳다는 자, 예수만 믿어야 천국 간다고 하는 개독교인도 다 미친 자 아니야?"

"나는 억울해. 나는 억울해. 누가 지옥은 만들어 놓은 거야. 사랑이 많은 하나님이 만든 거 맞아?"

하나님은 너무 늦었다고 말합니다. 지옥에 들어와서는 아무리 소리치고 욕해도 용서받을 수 없다고 말합니다. 세상에 있을 때 예수 믿고 천당에 가야 한다고 말합니다. 그래서 저더러 이런 간교한 자들의 꼬임에 빠진 것이 얼마나 비참한지 본대로 여러분께 전하라고 합니다. 여러분은 마귀를 대적할 힘이 없습니다. 그러므로 하나님의 전신갑주(全身甲冑)를 취해야 합니다. 이것이 악한 날에 여러분이 마귀를 능히 대적하고 모든 일을 행한 후에 서기 위함입니다.

"주여, 이 손과 팔이 몸에서 떨어져 나와서도 자기 뜻대로 쾌락을 추구하지 못해 아우성을 치고 있는 것을 봅니다. 우리 몸을 쳐서 주께 굴복하게 하시며 주께서 우리를 대신해서 마귀와의 싸움에 승리하게 해주시옵소서. 할렐루야, 아멘."

여러분은 예수님을 아셔야 합니다. 참으로 그분을 아셔야 합니다. 왜 하나님이신 예수님께서 죽지 않을 천사로 이 땅에 오지 않고 죽을 운명을 가진 사람으로 태어났습니까? 그는 육신의 아버지가 없습니다. 죄 없이 성령으로 태어나신 분입니다. 사실은 하나님이 아버지이십니다. 그런데 왜 그가 육신의 아버지를 가진 우리를 형제라고 부릅니까? 그가 인간으로 태어났기 때문입니다. 그것으로 충분합니까? 아닙니다. 그분은 십자가에 돌아가시면서 우리 죄를 사하시고 우리를 하나님의 아들로 삼아 주셨습니다. 그래서 우리는 하나님을 아버지로 갖는 형제가 된 것입니다.

"여러분, 믿으십니까? 믿으시면 아멘 하세요. 예수님이 십자가에 돌아가시면 우리는 다 하나님의 아들이 되는 것입니까? 아닙니다. 그를 마음으로 믿고 입으로 그가 구주이심을 시인해야 합니다. 이때 성령이 우리 안에서 우리를 새 사람으로 변화시켜주십니다. 디도서 3:5에는 '우리를 구원하시되 우리가 행한 바 의로운 행위로 말미암지 아니하고 오직 그의 긍휼하심을 따라 중생의 씻음과 성령의 새롭게하심으로 하셨나니'라고 씌어 있습니다. 거듭남의 체험이 없으면 구원을 받을 수 없으며 하나님의 아들이 될 수 없습니다. 교회에 나와 앉아 있다고 다 구원받으며 천당 가는 것이 아닙니다. 성령으로 거듭나야 합니다. '성령으로 아니 하고는 누구든지 예수를 주시라 할 수 없느니라.'라고 말하고 있습니다. 여러분 성령을 받으십시오."

> 불길 같은 주 성령 간구하는 우리게/
> 지금 강림하셔서 영광 보여주소서/
> 성령이여 임하사 우리 영의 소원을/
> 만족하게 하소서, 기다리는 우리게/
> 불로, 불로 충만하게 하소서.
> 아멘.

4.

내가 지옥의 이야기를 하려면 몇 달 걸려도 부족합니다. 그러나 시간이 없어서 하나만 더 말씀드리고 마치겠습니다. 이곳은 '절벽지옥'이라는 곳입니다. 이 길을 가고 있으면 아슬아슬한 절벽에 이릅니다. 그 무서운 절벽 밑은, 죽은 자들의 피바다입니다. 억울한 성도들과 선지자들이 흘린 피로 된 바다입니다. 이 절벽에 떨어지는 사람은 피바다에 떨어지기 전에 뜨거운 태양에 의해 타 죽습니다. 그렇지 않으면 바다에 닿을 때 지독한 종기로 신음하며 혀를 깨물고 죽습니다. 이곳은 고요한 곳이 아닙니다. 우레와 번개와 큰 지진이 있어 바다가 흔들리고 절벽이 큰 쓰나미를 만난 것처럼 무너져 내리기도 합니다. 그 바다 위로 일곱 머리와 열 뿔을 가진 짐승을 탄 여자가 피를 마시고 취해서 물 위로 올라오고 있었는데 자줏빛과 붉은빛 옷을 입고 금과 보석과 진주로 꾸미고 있었습니다. 그녀는 절벽으로 오는 사람마다 잡아 자기 품 안에 넣었습니다.

내 눈에는 이렇게 무서운 절벽 아래 피 못이 보였는데 군중들은 앞을 다투어 그곳으로 뛰어가고 있었습니다. 그들이 가는 목적지는 죽음의 피바다입니다. 나는 이들을 막아보려 했으나 막을 수가 없었습니다. 그 옆에는 루시퍼 천사가 박쥐 같은 검은 날개를 하고 멸망의 가증한 수문장처럼 서 있었습니다. 그는 소리쳤습니다.

"앞으로 달려 가라. 집에 있는 것을 가지러 가지 말라. 옷도 가지러 가지 말라. 그리스도가 여기 있다 해도 따르지 말며 골방에 있다 해도 믿지 말라. 세상의 종말을 향해 너희는 달려야 한다."

나는 안타까웠습니다. 여러분은 그들이 멸망의 길을 가고 있는데 보고 있을 수가 있겠습니까? 나는 외쳤습니다.

"예수 믿고 천당 가시오. 믿지 않으면 지옥 갑니다. 왜 남이 달린다고 자기도 덩달아 따라 달립니까? 그곳은 생명의 길이 아니고 사망의 길입니다."

그러나 아무도 듣지 않았습니다. 천당 가는 길이 왜 하나뿐인가? 모로 가나 기어가나 천당만 가면 된다. 세상에 절대적인 가치가 어디 있는가? 모든 것은 상대적이다. 그래서 최선책과 차선책이 있는 것이 아닌가? 하고 외쳤습니다. 군중 속에는 돈을 뿌려서라도 권력은 잡고 봐야 한다는 각 종교단체의 총회장, xx 연합회 대표회장, xx 대책 위원회 위원장들도 있었습니다.

"이제 말세가 되었습니다. 이사야서 42장에는 '너희 못 듣는 자들아 들으라. 너희 맹인들아 밝히 보라'라고 이사야는 하나님의 말씀을 외쳤습니다. 하나님의 사명을 받고 보내심을 받은 지도자들이 영적인 맹인과 귀머거리가 되어 세상을 바로잡지는 못하고 세상의 물결에 휩쓸려 흘러 떠내려가니 말세가 아닙니까? 지옥은 이들 때문에 만원입니다. 여러분! 주님은 나더러 이 지옥을 본 대로 전하라고 합니다. 여러분! 깨어 기도합시다. 이제 이 지옥들을 생각하며 영적 각성을 위해 기도합시다."

내가 보니 부흥회에 모였던 성도들이 기다렸다는 듯이 '주여!'를 큰 소리로 외치고 손을 들고 전후좌우로 흔들며 기도하기 시작했다. 믿음이 충만한 성도들 위에 충만한 성령이 부어져서 온 집회장을 감싼 듯이 느껴졌다. 희미한 불빛 속에서 그들의 움직임과 방언으로 외치는 소리는 내가 다시 지옥으로 들어가 그곳의 한 장면을 보는 듯했다. 여 전도사의 지옥 간증이 끝나자 사회자가 단상에 나와 이들의 기도를 인도했고 키보드 연주를 따라 찬양팀이 복음성가를 부르기 시작했다.

여 전도사는 또 다른 바쁜 집회가 있는지 살며시 밖으로 빠져나갔는데 이때 나도 빠져나와 여 전도사를 만났다.

"전도사님, 전도사님은 최근 언제 지옥을 다녀오셨습니까?"

그녀는 어처구니없다는 듯이 나를 쳐다보더니 말했다.

"나는 하나님의 계시로 수시로 지옥을 다녀옵니다. 뭐 묻고 싶은 것이 있습니까?"

"아니요. 저도 최근에 지옥을 다녀왔거든요."

"그래요? 뭐 특별히 다른 것을 보았습니까?"

"제가 지옥에 갔더니 거기에는 사람이 하나도 없는 빈 지옥이었습니다."

"뭐라구요? 아브라함 품에 안긴 나사로에게 지옥에 있는 부자가 한 이야기를 안 들었습니까?"

나는 예수님께서 계시 중에 내게 해주신 말을 해주었다.

"마지막 날 백 보좌의 심판(최후의 심판)을 하는데 그때 죽은 자들이 큰 자나 작은 자나 그 보좌 앞에 서면 나는 그들의 행위를 따라 생명책에 기록된 대로 심판을 하는데 그때 생명책에 기록되지 못한 자는 제2의 사망이라는 지옥에 던져 넣는다. 그런데 아직 내가 재림하지 못했다. 그래서 그 마지막 심판 때까지 지옥에는 아무도 없는 것이다."

이렇게 말씀했다고 설명해 주었다. 그러자 그 여전도사는 불같이 화를 내며 손을 들어 나를 치려 했다.

"이 마귀의 자식아, 이곳을 떠날지어다. 저주받은 입술이여, 너는 잘려서 토막지옥에 던져질지어다. 주여! 이대로 이루어지게 하시옵소서."

그러면서 주머니칼로 내 입술을 쳤다.

나는 소스라치게 놀라 잠을 깼다. 얼마 동안 정신이 멍했다. 그러나 나는 세상에 생명수를 공급할 교회가 이런 지옥의 이야기를 듣고서라도 정신을 차리고 갱신이 된다면 얼마나 좋을까 하고 한동안 생각했다.

죽어야 할 놈[2]

⋮

1.

새벽 5시인데 명철의 방에서는 고성이 터져 나왔다.

"잠 좀 자게 놔두세요."

"뭐라고? 너 새벽기도 안 나가겠다는 거야?"

"예, 안 나가요."

"이 자식이."

아버지 고지식이 아들의 뺨을 때리는 소리가 밖에까지 들려왔다. 순복은 허겁지겁 아들 방으로 뛰어갔다. 얼굴이 벌겋게 상기된 아들이 마구 악을 쓰고 있었다.

"나는 안 나갑니다. 종교는 자유 아닙니까? 왜 아버지는 내가 싫다는데 이렇게 강요하는 겁니까?"

"너 말 다 했어?"

---

2)　　이 작품은 암 덩어리(기독교문학, 2014. 05)를 개명, 개작한 것이다.

아버지의 손이 또 올라가는 것을 순복이 필사적으로 막아서며 말했다.

"그러지 않아도 고2로 아침 일찍부터 밤늦게까지 공부에 시달리는 애를 이렇게 몰아세우면 어쩌자는 거예요. 나도 명철의 새벽기도는 반대에요."

"엄마가 이렇게 물러 터져서 어떻게 장남을 신앙으로 기르겠다는 거요. 어릴 때 습관이 평생을 간다는 말을 못 들었어요? 예수님께서도 새벽 미명에 습관대로 기도하러 가셨어요."

순복은 갑자기 뛰어와서인지 가슴을 바늘로 찌르는 듯한 통증이 와서 가슴에 손을 대고 쭈그려 앉았다.

"왜 그래?"

"괜찮아요. 가슴이 갑자기 아파서요."

"그러게. 너무 아들을 감싸고 대들지 말아요."

하며 그녀를 일으켜 세웠다. 그리고 기도시간이 늦었는지 서둘러 밖으로 나왔다. 그는 집회시간에 늦는 것을 제일 싫어했다. 교회에 가는 동안 순복이 낮고 작은 소리로 말했다.

"내가 처음 당신을 교회로 인도할 때 언제 그렇게 강요한 일이 있었어요? 주님의 인도를 바라서 오래 참고 기도하며 기다렸잖아요. 지금 당신은 많은 교인이 존경하는 안수집사며 구역장이에요. 당신도 나처럼 아들을 기다려 줄 수 없어요?"

"잠언에도 매를 아끼는 자는 그 자식을 미워하는 자라고 하지 않았소? 나는 하나님이 그를 방자한 대로 내버려 두는 무서운 형벌을 그에게 내리지 않기를 바랄 뿐이오."

고지식은 결혼하기 전에는 기독교를 극렬히 반대하던 사람이었다. 기독교인이라면 치를 떠는 사람이었다. 무슨 선거 운동원처럼 어깨에 띠를 띠고, 행인을 붙들고 전도지를 뿌리며 들러붙는 것이 싫었고 아파트의 편지함에 전단지를 함부로 넣고 또 벨을 누르며 가정을 수시로 방문하는 것이 너무 싫었다.

그런데 군대에서 제대하고 복학한 그에게 처음으로 눈을 끄는 한 여학생 민순복이 기독교인이었다. 대화해도 응대를 하지 않는 그녀 때문에 속이 탔다. 그러다가 그녀가 다니는 교회를 한 번 기웃거린 것이 화근이었다. 교회에서 어떻게 그의 전화번호와 주소를 알았는지 그에게 계속 전화를 해 오고 또 '이슬비 전도'라는 엽서를 매주 보내와서 정말 기독교는 껌딱지 같다는 생각을 하고 치가 떨렸다.

뒤에 알았지만, 교회에는 새로 출석한 교인에 대한 전략이 있었다. 한번 미끼를 물었다 하면 놓지 않는 진돗개 전략, 한번 찔러보고 안 익었으면 다시 삶아서 찔러보는 고구마 전도 등 다양한 방법이 있었던 것이다. 그런 전략의 그물에 그가 걸려든 것이었다. 그러나 그가 당면한 문제는 놓치기 싫은 민순복을 어떻게 하느냐는 것이었다. 그래서 친구에게 자기는 기독교가 저승사자 만나는 것만큼 싫고, 예수를 믿는 그 여학생은 죽어도 놓기가 싫은데 어떻게 했으면 좋겠냐고 조언을 구했다. 그 친구의 조언은 다음과 같은 것이었다.

어떻게든지 그 여학생을 공략해서 자기가 없으면 못 살겠다고 고백할 만큼 만드는 것이 첫째요, 다음은 자기의 자유로운 영혼을 유지하기 위해서 그녀가 기독교를 배교하도록 만드는 일이라고 했다. 그러나 그것은 그녀의 무표정과 무관심 때문에 정식으로 사귀는 일부터 어려워서 불가능한 일같이 생각되었다. 다음 대안은 반기독교냐, 그녀냐 양자택일인데 그녀를 포기할 수 없다면 위장 기독교인이 될 수밖에 없다는 것이었다. 얼마 동안 기독교인으로 살다가 결혼 후 기독교와 결별하면 된다는 것이었다. 그는 후자를 택하기로 했다. 그러자 친구는 "위장 기독교인?"하고 코웃음을 쳤다.

"기독교인이 아닌 너를 믿어 주지도 않겠지만 만일 진짜 기독교인 행세를 해서 너를 믿어 결혼까지 했다 하자. 너는 그때부터 '코다리' 신세가 된다. 내가 장담하건대 너는 5년 안에 진짜 기독교인이 되고 말걸. 기독교는 그렇게 전염성이 강하다구. 잘 판단해서 처신해라."

5년 뒤, 그가 직장을 갖고 아들을 낳고 기르고 있는 동안 그는 정말 자기가 그렇게 싫어하던 기독교의 골수분자가 되어 있었다. 교회 안에 들어와 보니 기독교가 거부감이 없고 그렇게 편할 수가 없었다. 만나는 친구들도 좋았고 밖에 2, 3일 몇 가족과 캠핑을 나가도 그렇게 편할 수가 없었다. 첫째, 모이면 술 마시며 세상 근심 걱정을 다 끌어안고 불평하며 욕하고 왜 이렇게 살아야 하는가? 인생이란 무엇인가? 나는 왜 이렇게 태어났는가? 그런 걱정을 하는 사람들이 없었다. 근심 걱정은 하나님께 다 맡기고 편하게 사는 사람들이었다. 어찌 보면 바보같이 사는 사람들이었다. "두려워 말라. 담대하라. 내가 너를 도우리라."라고 하면, "아멘"하고 따라다니는 사람들 같았다. 참 기독교인들은 집에서 길들인 짐승들 같아서 야생마 기질이 없고 모두 양순했다. 사실 고지식은 복잡하게 얽힌 세상보다는 그렇게 자기를 하나님이라는 초월적인 존재에 맡기며 사는 사람들을 원래부터 더 좋아하도록 태어났는지도 모른다고 생각했다.

기독교에 호감을 느끼기 시작하니 새로운 세계에 호기심이 생기고 설교 말씀이 마음에 감격으로 와닿는 것이었다. "들을 귀 있는 자는 들을지어다."라는 성경의 말씀이 이해되는 것이었다. 그때까지 그는 귀가 있어도 듣지 못했다. "모든 사람이 죄인이다.", "예수는 우리 죄인을 구원하기 위해 오신 하나님의 아들이다.", "예수의 피 값으로 우리는 구원을 얻었다." 이렇게 말해도 그는 "무슨 개소리야."하고 귀를 막고 듣지 않았다. 결국, 그는 귀가 있어도 들을 귀가 없었던 것이다.

그런데 이제는 귀를 가지고 듣지 못하는 사람이 안타까워졌다. 이사야를 하나님께서 선지자로 부르실 때 너무 말을 듣지 않은 이스라엘 백성을 향해 하나님이 분을 발하며 일러준 말이 생각났다.

"너는 가서 이 백성에게 '너희가 듣기는 늘 들어라. 그러나 깨닫지는 못한다. 너희가 보기는 늘 보아라. 그러나 알지는 못한다.'하고, 일러라. 너는 이 백성의 마음을 둔하게 하여라. 그 귀가 막히고, 그 눈이 감기게 하여라. 그리하여 그들이 볼 수 없고, 들을 수 없고, 또 마음으로 깨달을 수 없게 하여라. 그들이 보고 듣고 깨달았다가는 내게로 돌이켜서 고침을 받게 될까 걱정이다."라고 이사야를 불러 말씀하셨을 때 "주여, 언제까지 이렇게 하시겠습니까?"라고 되물었던 이사야의 심정을 알 수 있게 되었다.

고지식은 자기도 그렇게 고집스럽게 말씀 듣기를 거부했던 것이 생각난 것이다. 그래서 그는 모든 말씀을 순종하기로 했다. 십일조를 바치고 '일천번제 헌금'도 바치기로 했다. 봉투 세 개를 만들어 하나는 아내, 아들, 그리고 자기 이름으로 하나님께 번제 대신 일천 번 돈을 바치기로 한 것이다. 가족의 안위를 지키시는 분은 하나님이기 때문이었다.

그는 교회의 모든 집회에 참석했다. 수요예배, 금요 철야기도회, 또 교인들이 한 달에 한 번씩 가는 기도원에도 갔다. 주일학교 교사도 했으며 여름·겨울 수련회도 꼬박꼬박 참석했다. 이제는 교회에서 그를 모르는 교인이 별로 없었다. 이내 안수집사도 되고 한 구역의 구역장도 되어 구역예배 인도도 했다. 구역원들을 너무 잘 챙기고 봉사했기 때문에 전 교회에서 그가 속한 구역은 모범구역이 되고, 모두 그 구역을 부러워하게 되었다. 구역에 주변에 있는 불신자를 참여시켜 새 교인을 육성해서 그 구역은 날로 번창해 갔다. 구역에서 가르치는 교재는 따로 없었고 주일 목사의 설교를 요약해서 반추하여 다시 전하고 그 말씀으로 토의하고 말씀 적용을 하는 것이었다. 교단에서 만든 구역공과 책이나 다른 유명 목사들이 펴낸 구역인도 안내서 같은 것이 나와 있었지만, 이 교회의 목사는 자기의 목회원칙을 교인들이 일사분란(一絲紛亂)하게 따라주는 것을 원했다. 그래서 목사는 수요예배가 끝나면 구역인도자들의 구역인도 교육을 하였다.

그러나 이 고지식 집사는 이 교육에도 빠지지 않을 뿐 아니라 여기에 더해서 별도로 교회 홈피에 들어가 다시 목사의 방송을 듣고 정리하여 전달 교육을 철저히 하는 것이었다. 그는 이것이 "있는 자는 받아 풍족하게 되고 없는 자는 그 있는 것까지 빼앗기리라."라는 말씀의 적용이라고 확실히 믿고 있었다. 자기는 말씀을 받고 어둠에서 빛을 찾았는데 이 빛은 어둠을 비추는 데 써야 한다. 즉 깨닫지 못한 사람에게 깨달음을 주어야 한다. 자기가 여기서 빛을 비추지 못하고 빛을 숨기고 있으면 자기가 받은 영감까지 잃게 되고, 자기의 받은 것을 남에게 나누게 되면 하나님께서는 자기에게 더 큰 은사를 주게 된다. 따라서 자기는 어떻게든 사람들에게 자기의 깨달은 것을 나누어야 한다는 것이다. 이런 생각으로 그는 구역장이 된 것을 자랑스럽게 생각하고 말씀 전하는 것을 큰 영광으로 생각하고 있었다.

이렇게 교회 일에 몰입하다 보니 직장이나 친구들 그리고 가정사는 점차 멀어지게 되었다. 먼저 아내 민순복은 남편을 교회에 인도한 것을 후회하였다. 시내에서 교편을 잡고 있는 그녀는 자기 일도 바쁜 데다 남편이 무관심하게 버려둔 아들의 과외 시중을 드느라 너무 힘들었다. 그뿐 아니라 남편은 자기만 교회에 열심일 뿐 아니라 각 교회 집회마다 자기를 데리고 다니려고 했다. 힘들어 쓰러지겠다고 하면 주님의 일을 하다가 순교하면 그보다 더 큰 영광이 없다고 새벽이고 저녁이고 자기를 데리고 다니려 했다. 따지고 보면 자기가 전도한 남편인데 남편의 교회에 대한 희생 봉사를 싫어할 이유가 없었다.

한편, 아내 민순복은 남편이 교회에만 매달리고 미쳐 있는 것 같아 싫어졌다. 처음으로 교회 생활에 회의가 왔다. 정말 교회란 무엇인가? 예수를 믿는다는 것은 무엇인가? 구원을 얻었다는 것은 무엇인가? 믿음으로 열매 맺는 신앙생활이라는 것은 무엇인가? 이렇게 신앙에 회의가 오고 자기가 처음으로 교회에 나온 초신자가 된 기분이 되었다. "우리가 살아도 주를 위하여 살고 죽어도 주를 위하여 죽나니 그러므로 사나 죽으나 우리가 주의 것이로다."라고 바울은 말했는데 그렇게 주를 위해 충성하며 사는 것이 기독교인의 삶이 아닌가? 그렇다면 남편을 칭찬해 주어야 하고 싫어할 이유가 없다. 그런데 남편이 밉고 싫었다.

장남 명철은 노골적으로 아버지를 싫어하였다. 남에게 존경을 받으면 뭘 하는가? 아버지는 바로 바리새인이라고 말하며, 자기는 대학 입학 후 기숙사에 들어가면 교회를 떠나겠다고 말했다. 새벽기도와 구원이 무슨 상관인가? 복 받으려고 헌금하고 순종하고 봉사하는가? 내 이름으로 일천번제 헌금을 하고 기도하면 나는 돈 내고 시험 잘 보고 싶은 생각도 없는데 나 아닌 아버지가 낸 헌금으로 내가 대학입시를 잘 보며 우리 가족이 무병장수하는가? 아버지는 직장에 교회만큼 충성하는가? 아예 교회 목사가 되지 왜 직장과 가정에 소홀한가?

이렇게 아들이 아버지와 교회에 부정적인 태도를 보이자 지금까지 잘 믿어온 순복은 어떻게 대답을 해야 할지 당혹스러웠다.

"애야, 한순간 괴롭다고 아버지와 교회에 대해 불평하지 마라. 믿음은 평생 지켜야 할 일이고 대학 입학시험은 시기가 있어 지금 네가 최선을 다해야 할 때다. 새벽기도가 어려우면 얼마 동안 쉬어도 된다."

"엄마, 그것이 엄마가 할 소리야? 그러다 싫어지면 정말 새벽기도 안 나가도 돼?"

"그런 뜻이 아니잖아. 대신 엄마가 두 배 열심히 기도할게."

2.

민순복은 집 김장, 교회 김장 등 바쁜 날을 보내고 쉬고 싶었는데 금요예배 시간이 되었다. 이날은 예배를 마친 뒤에 철야기도를 원하는 신도들은 기도원에 가는 날이었다. 교회에서 차량이 나가는데 그날은 남편인 고 집사가 별도로 승용차를 가지고 가겠다고 했다. 새해를 위해 서원 기도를 하고 싶다는 것이었다. 민 집사는 피곤하여 쉬고 싶었으나, 남편이 차를 가지고 가서 졸음운전이 걱정되어 따라나서기로 했다. 기도원의 철야기도회는 밤 11시에 시작했다.

이날은 성령 체험도 많고, 천국이나 지옥도 몇 번씩 다녀왔다는 외부에서 온 부흥강사가 인도했다. 사회자가 그분은 천국 체험이 많은 분으로 처음 몇 분 동안은 방언으로 하늘 보좌와 영통하는 기도를 한 뒤 그곳에서 예수님과 동행하면서 전해 주신 주의 말씀을 대언할 것이라고 소개했다.

부흥강사는 유창한 방언으로 시작하여 주님 말씀의 대언이 시작되었다. 자기가 예수님이 되어 청중에게 말하는 것이다.

"이곳은 내가 너희와 함께 거닐고 싶은 아름다운 하늘정원이다. 사랑하는 아들딸들아, 하늘 보좌에서 밤낮으로 하나님을 경배하며 찬양하는 소리도 들리느냐? 들어라. 주님께서 너희를 향해 이렇게 말씀하신다.

너희 짐이 얼마나 무거우냐? 얼마나 괴로우냐? 눈물이 침상을 띄우도록 얼마나 통곡했느냐? 무엇이나 내게 구하여라. 나는 곤고한 백성의 기도에 늘 귀를 기울이고 있다. 또 내게로 오너라! 내가 너희를 쉬게 할 것이다.

너는 목이 말라 사막에서 물을 찾는 것처럼 헤매지만 네가 찾고 있는 물은 마셔도, 마셔도 목이 마를 것이다. 너는 가난하게 태어났다고 나를 원망하겠지만 네게 물질을 주어도 너는 더 달라고 외칠 것이다. 그것은 무엇으로도 채울 수 없는 너의 공허한 심령 때문이다. 그것은 네 자유로운 영혼을 붙들고 있는 죄 때문이다. 너는 죄에서 자유로워야 한다. 그러나 너는 죄에서 너를 구원하지 못한다. 물에 빠진 사람이 자신을 구원하지 못하듯 불 속에 있는 사람이 스스로 불을 끄고 나올 수 없듯 너는 네 죄에서 너를 구원할 수 없다.

회개하라. 천국이 가까이 왔느니라.

나는 너희를 사랑하는 아버지 하나님의 말씀에 순종하여 너를 구원하기 위해 지상에 내려가 이렇게 외쳤다. 그러나 너희는 귀를 막고 외치며, 나를 거부하고 십자가에 나를 못 박으라고 했다. 너는 그때 그 목소리를 듣지 못하느냐? 로마제국의 총독 빌라도가 나에게서 죽일 죄를 찾지 못해 나를 놓고자 했을 때도 너희들은 큰소리로 외쳐 재촉하며 나를 십자가에 못 박으라고 소리쳤었다. 하나님은 너희를 위해 가슴이 찢기는 고통을 안고 나를 보냈는데 너희가 나를 그처럼 홀대했으니 공의로우신 하나님이 천상에서 너희를 심판할 때 이런 너희 죄를 간과하지 않으실 것이다.

사랑하는 아들딸들아,

그러나 나는 그래도 너를 사랑한다. 어떻게든지 너를 하나님 앞으로 인도하여 너희와 함께 태초에 하나님 보시기에 아름다웠던 에덴동산을 회복하고 싶구나. 하나님은 너희가 당신을 배반했을 때 너희를 지상으로 쫓아낸 저주를 거두고 싶어하신다. 하나님이 자기 형상대로 아담을 지으시고 흙으로 각종 들짐승과 공중의 각종 새를 지으신 뒤에 아담이 그 생물들을 부르는 대로 이름이 되는 것을 보시고 얼마나 그때 흐뭇해하고 기뻐하셨는지 아느냐? 하나님은 그때의 아름다웠던 장면으로 너희를 불러들이고 싶어 하신다. 그런데 지금은 너무 늦었구나. 너희는 이 세상에 현혹되어 죄지은 것도 까맣게 잊고, 하나님께 돌아가야 한다는 것 자체를 모르고 살고 있다. 너희는 하나님 아버지가 너희를 얼마나 사랑하는지를 모르느냐? 나는 너희가 죄도 모르고 나를 멀리 떠나 멸망할 길을 걷고 있는 너희 때문에 가슴이 찢겼다. 이제라도 어서 돌아오너라. 나를 멀리 떠났다 할지라도 지금이라도 회개하고 돌아오너라. 나는 맨발로 뛰어나가 너를 안으리라. 손에 가락지를 끼우고 발에 신을 신기리라.

아, 불쌍한 내 아들딸들아,

너희 갈 길이 너무 멀구나. 비록 너희가 지금 회개한다고 할지라도 너희는 용서받을 수가 없다. 공의로우신 하나님은 너희가 죄의 대가를 치르지 않고는 용서할 수 없기 때문이다. 그래서 너희를 대신해서 죄의 대가를 치르게 하려고 독생자인 나를 이 지상에 내려보내신 것이다. 하나님 아버지께서는 나보다 먼저 세례 요한을 보내어 너희로 먼저 죄를 깨닫게 하는 회개의 세례를 선포하셨다. 그리고 그를 통해 산을 낮추고 골짜기를 돋우어 내가 갈 고난의 길을 평탄하게 하셨다. 그리고 종래는 나를 너희들의 속죄 제물로 바치실 생각이셨다.

너희는 죄인이기 때문에 스스로 너희를 구원할 수 없으며, 하나님만이 너희를 구원할 수 있다. 그래서 나는 육신을 입었으나, 죄 없는 하나님의 아들로 너희를 구원하기 위해 지상에 내려간 것이다. 먼저 내가 하나님의 아들이라는 것을 너희에게 여러 번, 여러 모양으로 계시하였지만, 너희는 끝까지 나를 믿지 아니하였다.

민음 없는 너희를 어찌해야 할꼬?

집에 거하지도 아니하고, 옷을 입지도 아니하고, 무덤 사이에 살던 귀신들린 사람을 내가 고친 것을 기억하느냐? 귀신이 그 사람에게서 나오면서 뭐라고 했느냐?

'지극히 높으신 하나님의 아들 예수여! 나를 괴롭게 하지 마소서. 제발 나를 무저갱(無底坑)으로 들어가라고는 하지 마소서.'라고 하지 않았느냐? 귀신들도 나를 알아보았는데 너희는 아주 둔하기 짝이 없는 목석이었다.

사랑하는 아들딸들아,

이제 내가 하나님의 아들이며 너희를 죄 가운데서 구원해 줄 수 있다는 것을 믿어라. 내가 너를 위해 십자가에 못 박혀서 네가 스스로 감당할 수 없는 죗값을 치렀다. 네가 아무리 짐승의 피를 흘려 제물을 드려도 일시적이요, 너의 죄는 영원히 사함을 받지 못한다. 그래서 너 대신 내가 죽어 피를 흘리고 나를 단번에 제물로 바쳐서 네가 죽어야 할 자리에 대신 내가 죽은 것이다. 너는 이제 눈의 쾌락과 육체의 쾌락과 물질을 가지고 자랑하는 세속적인 헛된 생각을 버리고, 이 모든 것을 십자가에 못 박고 나와 함께 십자가에 죽고 나와 한 몸이 되어 다시 새로운 생명으로 거듭나라. 너는 결코 죄에서 자유로울 수 없다. 사탄이 끊임없이 너의 죄를 하나님 앞에 고자질할 것이다. 너는 죄 가운데 태어났기 때문이다. 이 죄에서 완전히 벗어나려면 사실 너는 죽어야 한다. 어떻게 네가 살아서 죄를 용서받고 하나님과 화해할 수 있겠느냐? 유일한 방법은 죄 없는 내가 너 대신 죽는 것이다. 내가 어떻게 너 대신 죽을 수 있느냐고?

너는 일 년에 한 번 있는 대속죄 일에 어떻게 해서 너희가 하나님께 속죄의 제사를 드렸는지를 기억하느냐? 그해의 대제사장은 10월 15일 대속죄 일에 숫염소 두 마리를 회막(會幕) 문 앞에 두고 제비를 뽑아 '여호와를 위한 염소'와 '아사셀을 위한 염소'로 나누었다. '여호와를 위한 염소'의 피는 대제사장에 의해 성소를 거친 후에 휘장을 통과하여 지성소의 법궤 위에 있는 속죄소에 뿌려졌다. 이 피를 보고 여호와께서 죄를 용서해 주시도록 하기 위해서다. 대제사장이 지성소에서 피 뿌리는 의식을 마치고 그가 입은 에봇의 가장자리에 단 금방울 소리를 내며 휘장 밖으로 나오면 지성소 밖에서 초조하게 기다리던 회중들은 '할렐루야!'를 외치고 환호하며 하나님께서 일 년 동안 죄를 가려 주신 것을 감사하였다.

한편 '아사셀을 위한 염소'는 먼저 제사장이 염소에게 안수하면서 이스라엘의 모든 죄를 그 짐승에게 전가한다. 아사셀 염소는 백성들의 모든 죄를 한 몸에 지게 되는 것이다. 아사셀 염소는 미리 선택된 사람에 의해 끈에 매여 '고난의 행보'를 시작한다. 예루살렘 거리를 지나갈 때 연도의 군중들은 이 저주의 아사셀 염소에게 욕하고 침을 뱉고 혹 돌을 던지고, 달려가 털을 뽑기도 한다. 그래서 요단강을 건너 동편 광야에 가기까지 피투성이가 된다. 그곳 광야에 버려지면 염소는 굶주리고 헤매다가 맹수에 찢겨 죽게 된다. 이렇게 너희 죄를 아사셀 염소가 지고 먼 곳으로 사라졌다. 그러나 너희는 한시적으로 일 년 동안 지은 죄 짐을 벗는 것이다.

이제는 내가 아사셀 염소가 되어 너의 짐을 대신 지겠다는 말이다. 나는 너의 죄 때문에 십자가에 매달려 피 흘려 죽었다. 사탄은 한순간 승리의 개가를 올렸을 것이다. 그러나 삼 일 만에 나는 다시 살아나 40일간 너희와 함께 있다가 이 하늘나라로 올라왔다. 사탄의 권세를 이기고 승리한 것이다. 하나님께서 내가 하나님의 아들임을 확증하시고 하늘로 부르신 것이다.

의심 많은 아들딸들아,

그래도 너는 내가 죽은 것이지 어떻게 네가 죽은 것이냐고 말할 것이다. 그런데 이것이 하늘나라의 비밀이다. 불신자에게는 감추고 너희에게만 계시한 비밀이다. 나는 이미 피 흘리고 십자가에 죽어서 너의 죗값을 치렀다. 이제 네가 할 일은 네가 십자가에 네 정욕을 못 박고 나와 함께 죽었다가 다시 나와 함께 새 사람으로 태어난다는 것을 믿고 고백하면 되는 것이다. 너는 영원히 죄 짐을 벗은 것이다.

다시 말하거니와 이것이 하늘나라의 비밀이다. 마음 문을 열고 너희는 와서 내 안에 거하라. 내가 네 안에 거하면, 그 속에서 네 새로운 인생을 내가 살 것이다. 이제 소망을 육신에 두지 말고 하늘에 두어라. 이곳은 너무 황홀하고 아름다운 곳이다. 너희는 나를 본받고 내 이름으로 거듭난 자가 되어라. 승리하는 자가 되어라. 너희의 삶 가운데, 나와의 대화 가운데 나를 나타내는 빛이 되어라. 나는 네 하나님이 되고 너희는 내 백성이 된 것이다. 이것이 믿는 자들에게 계시하신 하늘나라의 비밀이다. 이제 너는 나와 한 몸이다. 네가 내 안에, 내가 네 안에 있어 한 몸이 되어 천국 문으로 들어가자. 과거의 죄가 주홍같았을지라도 내가 세상의 재판장이신 내 아버지 앞에서 너의 중보자가 될 것이다. 두려워 말라. 담대하라. 하나님은 네 행위로 판단하지 않으시고 내 의로운 행위로 재판하실 것이다.

사랑하는 아들딸들아,

너희는 나를 구세주로 믿고 고백하기만 하면 구원을 얻는 이 놀라운 은혜를 체험하느냐? 그러나 너희 중에는 지금도 이 구원을, 물질을 바쳐서 사거나 자기가 나를 위해 무엇인가를 행해 그 대가로 얻을 수 있다고 생각하는 사람이 있다. 지금도 구세주를 기다리고 있는 유대교인처럼 제사와 예물을 드리고 속죄제를 드리고 있다. 나는 이 가증한 행위를 기뻐하지 않는다. 세계에 충만한 것이 내 것인데 왜 내가 제물을 탐하겠느냐?

너희가 다니고 있는 교회 건물은 제물을 바치는 제단이 있는 성전이 아니라, 나를 경배하고 찬양하고 예배하는 예배당이다. 두세 사람이라도 나를 예배하는 그 자리에 내가 너희와 함께할 것이다. 내가 있는 곳은 하늘 보좌이며 너희가 땅에서 성전이라고 믿고 다니는 곳은 하늘 보좌의 그림자일 뿐이다. 그런데 그 예배당을 크게 지으려고 왜 서로 경쟁하느냐? 왜 파이프 오르간 등으로 호화로운 시설을 하고 불신자들이 자기 집처럼 편하게 드나들며 예배할 수 있는 공간을 만든다고 허풍을 떠느냐?

나는 교회가 세상과 구별이 안 되는 것을 싫어한다. 성별되지 않은 예배당을 좋아하지 않는다. 내가 지상에 있을 때 성전에 들어가 장사하는 자들을 내쫓고 그곳을 강도의 소굴로 만들지 말라고 꾸중한 것을 생각하지 않느냐? 내 집은 가르치는 곳이요 기도하는 곳이라야 하기 때문이다. 가르치고 기도하는데 큰 집이 웬 말이냐? 어느 허술한 곳이라도 두세 사람이 모여 신령과 진정으로 예배하면 내가 그곳에 임할 것이다.

사랑하는 아들딸들아,

나는 돈 많은 교회를 싫어한다. 일 년 살림하고 쓰고 남은 돈은 다 선교와 어려운 이웃들을 돕는 데 남기지 말고 써 버려라. 돈을 아껴 남겨두면 안 된다. 돈이 쌓이면 교회는 부패한다. 돈은 마귀가 너희를 유혹하는 도구이다. 돈이 남으면 서로 싸우거나 더 큰 교회를 지을 탐욕을 부추긴다. 그래서 분에 넘치는 교회를 지으면서 은행에서 융자를 받을 때는 교인들의 재산을 담보로 하고 큰 교회에 모여들 예상 교인을 담보로 한다. 그러다 부도가 나면 교회를 급경매에 부쳐 팔고 너희들은 거지가 된다.

삯꾼 목자들아!

내가 너희들에게 양을 치라고 맡겨 놓고 승천했는데 소경이 소경을 인도하듯 양들을 그릇 인도하고 있구나. 양들이 울어도 듣지 않고 가슴을 쳐도 막무가내구나. 여호와의 권위에 의지하여 방자하게 지내던 엘리 제사장의 두 아들을 보느냐? 언약궤를 내세워 싸움에 이기려던 그들의 최후를 보느냐? 하나님의 진노가 엘리 가정에 임하여 엘리 제사장은 목이 부러져 죽은 것을 모르느냐? 회개하지 않으면 내 몸인 교회는 갈기갈기 찢기어 나갈 것이다.

어찌할꼬.

너희들은 나를 다시 십자가에 못 박고 있다. 내가 얼마나 세상의 수치를 더 받아야 하겠느냐? 내가 언제 큰 건물을 원했느냐? 하늘 보좌에 자리가 비좁아서 내가 그곳에 내려가겠느냐? 내 이름을 팔아서 너희 배만 불리고 탐욕으로 눈이 붉어졌구나. 양의 우리 안에 많은 양을 끌어들여 그들로 더욱 죄짓게 하고 있구나. 누가 이 길 잃은 양들의 손을 잡아줄꼬?

샀꾼 목자에게 속고 있는 가련한 양들아,

아멘, 아멘, 주여, 주여 하는 자마다 다 내게로 오는 것이 아니다. 내가 문을 닫고 너를 도무지 알지 못한다고 말할 것이다. 착하고 좋은 마음으로 말씀을 듣고, 말씀을 지키며, 인내로 말씀의 열매를 맺고 결실하는 자가 되어라. 내가 너를 죄에서 자유케 하려고 율법의 속박에서 구해 주었는데 너희는 다시 율법으로 자신을 옭아매고 누군가의 노예가 되려 하는구나. 목자가 너희에게 권위를 내세우고 대접을 받고자 하거나 순종을 강요하면 그는 내 제자가 아니고 샀꾼 목자다. 나는 세상을 섬기려 했지 세상에서 섬김을 받으려 하지 않았다.

내 가련한 양들아,

가정과 교회, 직장과 교회 때문에 갈등으로 시달려 죽도록 고생하지 마라. 옷도 입지 않고 무덤 사이에 살던 귀신들린 자를 내가 구해 주었을 때 그가 나와 함께 있기를 원했지만, 집으로 보냈다. 은혜를 입었으면 은혜를 누리고 은혜에 걸맞게 감사하며 살고 받은 바 은혜를 이웃에게 증거하며 살기를 원했기 때문이다. 교회 안에 갇혀 있지 말고 세상으로 나가거라. 너희는 하나님에게서 받은 은사대로 세상을 섬겨야 한다. 너를 우리 안에 가두고 노예로 부리려는 샀꾼 목자를 조심해라. 나는 주일에도 병자를 고쳤다. 율법은 사망을 가져오고 나는 참 생명을 가져온다.

갈등이 있을 때는 나를 외쳐 부르며 기도해라. 나는 응답하겠고 네가 알지 못하는 크고 은밀한 일까지 보이리라. 생명을 살리는 일은 내가 바라는 일이고 궁극적으로 생명을 죽이는 일은 마귀가 원하는 일이다. 즐거운 일이 있느냐? 찬양해라. 고난 당한 일이 있느냐? 나를 찾아라. 왜 세상 사람들에게 도움을 구하느냐? 너는 말로는 나와 동행하고 있다고 하면서 행동은 따로 한다.

내 사랑하는 아들딸들아,

내가 원하는 것은 너희들이 복 받는 일이다. 네가 들어와도 복을 받고 나가도 복을 받으며 네 몸에서 난 자녀와 네 토지의 소산과 네 짐승의 새끼까지 복 받기를 원한다. 왜 나를 믿고 교회를 찾아와 구원을 얻은 너희가 불만스럽고 불행한 삶을 살려고 하느냐? 교회 생활이 불행하냐? 교회 생활이 불만스러우냐? 내가 사는 집인 교회는 그런 곳이 아니다. 고생과 수고가 다 지난 후 안식을 누리는 곳이다. 내가 너의 눈의 눈물을 닦아주지 않더냐? 그곳은 사망이 없고 애통하는 것이나 곡하는 것이나 아픈 것이 다시 있지 아니하리라고 하지 않더냐?

너희가 죽어서 가는 곳이 천국이 아니다. 나와 함께 하는 곳은 어디나 천국이다. 네가 나와 함께 하는 세상에서 천국을 체험하지 못하면 천국은 죽어서도 없다. 주의 백성이 주의 다스림을 받는 곳이 천국인데 네가 천국을 체험하지 못한다는 것은, 너는 주의 백성이 아니거나 주의 다스림을 받고 있지 않거나 한 것이다.

아멘, 할렐루야

사랑하는 아들딸들아,

내가 옳다고 생각하는 것을 고집하며 그것이 나를 위한 일이라고 우기지 마라. 그것은 네 '의(義)'를 세우는 것이다. 먼저 하나님의 나라와 하나님의 '의'를 구하여라. 그러면 모든 것은 자연히 이루어진다. 너와 다른 사람을 비교하지 마라. 악인이라고 생각되는 사람이 하는 일마다 잘되고 교만하기까지 하면 그를 불쌍히 여겨라. 그들은 들을 귀가 없는 자들이다. 영의 눈과 영의 귀가 열리지 않아 기를 쓰고 말씀을 안 듣는 자들이다. 어떤 징계도 효과가 없어 내가 그들의 마음을 완악한 대로 버려두어 그들의 임의대로 행하게 저주한 것이다. 심판의 날에 그들의 종말을 깨닫게 될 것이다. 그러나 내가 너를 징계할 때 너는 이를 가볍게 여기지 말고, 꾸중할 때 낙심하지 마라. 내가 너를 징계하는 것은 네가 사생아가 아니고 내 아들이기 때문이다."

부흥강사는 얼마 동안 잠잠하더니 "주여! 주여!"를 연발하였다. 그리고는 다시 방언 기도를 시작했다. 기도가 끝나자 찬송을 하였다.

하늘 가는 밝은 길이 내 앞에 있으니
슬픈 일을 많이 보고 늘 고생하여도
하늘 영광 밝음이 어둔 그늘 헤치니
예수 공로 의지하여 항상 빛을 보도다.

3.

불이 꺼지자 모두 울며 통성으로 기도하였다. 방언으로 기도하는 사람, 마루를 치며 기도하는 사람, '주여!'를 외치는 사람… 각양각색이었다.

20분쯤 지나자 많은 사람이 빠져나가는 것 같았다. 그러나 고 집사는 마루에 엎디어 계속 기도하고 있었다. 처음에는 새해의 서원 기도를 할 생각이었는데 그 생각은 떠오르지 않고 정말 자기가 바른 신앙생활을 했는지 회개하는 기도가 터져 나왔다.

주여! 주님은 누구시오며, 나는 누구입니까? 나와 주님과 올바른 관계에 있는 것입니까? 나와 교회는, 나와 아내는, 나와 자녀들은, 나와 친구들은, 나와 직장은? 이렇게 생각이 미치니 남은 배려하지 않고 나만을 위해 내가 옳다고 생각하는 대로 방자하게 살아온 것 같았다. 자기에게는 버리지 못한 옛 버릇이 너무 많이 남아 이 나쁜 고정관념이 나와 여러 관계 사이를 갈라놓은 것 같았다. 모든 사람의 관계에서 자기는 지금 하나님의 백성이 되어 천국을 살고 있다는 생각을 하지 않고, 자기의 소견에 옳은 대로 더 많이 수고하고 헌신하고 봉사해서 하나님 가까이에 가야 한다는 일념으로 살았다고 생각하니 이웃의 모든 사람에게 미안하다는 생각이 앞서는 것이었다.

엎드려 얼마나 기도했을까, 두세 시간이 지난 것이었을까? 주위가 한산하다는 생각이 들어 일어나 뒤에 있는 아내를 돌아보았다. 그녀는 마루에 엎드려져 기도하는 자세였다. 옆에 가 어깨를 흔들었다. 반응이 없었다. 놀라서 밀치니 옆으로 넘어지는 것이 숨이 끊어진 것 같았다. 놀래서 사람을 불러 아내를 차에 싣고 병원 응급실로 달렸다. 그런데 너무 늦었었다. 교회에 헌신하다 죽으면 순교하는 것이라고 무리하게 강요해서 끌고 다닌 자신이 한스러웠다. 평소에 가끔 가슴을 쥐어짜고 아프다는 아내를 무관심하게 보고 넘겨서 심근경색이라는 것을 눈치채지 못한 것이다.

직장에 월차를 내고 아내 장례를 치른 뒤, 방 안에 우두커니 누워 있는데 악몽도 이런 악몽이 없었다. 자기의 인생이 허무하게 무너져 내리는 기분이었다. 아내의 소지품을 정리하다가 그녀의 일기장을 발견하고 훑어보게 되었다.

…남편을 교회로 인도하지 못해 철야기도, 금식기도, 일천번제 헌금을 하는 사람도 많은데 왜 나의 믿음은 이렇게 초라한가? 남편이 이렇게 미운 것은 무엇 때문인가? 나는 그를 교회로 인도한 것이 후회된다.

…큰아들 명철은 정말 교회를 떠날 것 같다. 새벽기도를 강요하는 남편을 말리는 내가 싫다. '안식일을 지킬지니 이를 더럽히는 자는 모두 죽이라.'라는 율례처럼 남편은 꼭 새벽기도를 지켜야 한다고 생각한 것일까? 그러나 새벽기도에 나가지 않아도 된다는 나의 말은 잘못이 아닐까?

…남편은 자기 봉급은 생활비로 내놓지 않는다. 물론 그가 좋은 일에 쓰는 줄은 안다. 교회 헌금, 선교사 지원, 구역예배, 주일학교 학생 및 어려운 이웃을 돕는 일 등 다 좋다. 그런데 일천번제 헌금에 나와 자기 그리고 큰아들 명철의 이름으로 따로 헌금 봉투에 넣어 새벽기도마다 드리는 이유는 무엇인가? 각자 따로따로 복을 받자고 물질을 바치는 것인가? 얼마씩 드리는 것인지 모르겠다. 만 원씩? 그렇게 내고 있으면 자기 봉급이 부족했을지도 모른다. 자기는 우리 가정의 제사장이고, 우리 죄를 용서해 달라고 우리와 하나님 사이를 중보(中保)하는 자이며 우리는 습관대로 교회 마당만 밟고 다니면 되는 군중일까? 우리 구원은 그가 다 책임진다는 뜻일까?

…무엇보다도 그는 나를 사랑하는 것일까? 애들은? 직장은? 친구들은?

…한번 느긋하게 애들과 함께 교외에 나가 산과 들을 보고 싶다.

고지식 집사는 읽고 있는 동안 쏟아지는 눈물을 주체할 수가 없었다. 그리고 주먹으로 가슴을 치며 흐느껴 울었다.

"정말 죽어야 할 놈은 나인데 왜 당신이 죽어야 했는가?"

교회에도 수문장이 있다

•
•
•

1.

  신 명예권사(권사가 되지 못해 교회에서 예우해서 권사라고 부르고 있는 사람)는 조카딸 신보라가 자기 발로 교회에 나와 준 것이 너무 신기하고 고마웠다. 농사를 짓는 가정에서 자기만 어쩌다가 교회에 늦게 나와 열심히 다녔으나 권사 투표 때마다 낙방하여 나이 들어 교회에서 명예권사라는 명칭을 받았는데 자기는 예수를 믿고 구원은 받았으나 마치 부끄러운 구원을 받은 것인 양 누가 자기를 권사라고 부르면 조롱하는 것처럼 부끄럽게 생각하고 있던 터였다. 자기 손으로 한 사람도 전도하지 못하였는데 이렇게 보라가 자기 발로 교회에 나와 주니 얼마나 고마운 일인가? 신 권사는 보라에게 교회에 나와 주어 고맙다고 눈물을 흘리며 손을 잡았지만 혹 그 애가 마음이 변해 교회를 안 나올까 봐 눈치만 보고 교회 출석은 강요하지 않았다. 그러나 몇 주 동안 꾸준히 교회에 나오는 것을 보고 드디어 용기를 가지고 교회 카페에 그녀를 불러 마주 앉았다.

  "어때, 교회를 나와 보니 다닐 만해?"

"좀 어색하지만, 사촌오빠 때문에 나온 거니까 열심히 다녀보려고 해요. 다음 주부터는 목사님이 인도하는 '새가족 확신반'에도 나가기로 했어요."

사촌오빠란 대학을 나오고 신학대학원에 다니는 자기 아들 병수를 말하는 것이었다. 보라의 아버지, 신 권사의 오빠는 뒤늦게 발견된 췌장암으로 병원에 입원했는데 말기가 되어 사경을 헤매게 되었다. 이때 병수는 거의 매일 병실을 찾든지 아니면 전화 기도로 외숙이 하나님을 믿고 작고하기 전 침상 세례를 받으라고 권하였다. 또 가까이에 있는 은퇴 목사에게 부탁하여 자기가 문병하지 못한 날에는 병실을 방문하여 위로하고 예수를 믿고 구원받으라고 권하고 있었다. 그러나 올케는 독실한 불교 신자여서 이를 결사반대하였다. 하지만 오빠는 병수의 간절한 기도에 감격해서, 찾아오지 않으면 스스로 전화로 기도를 부탁하기도 했다. 결국, 오빠는 임종 전 세례를 받고 소천하였다. 그 뒤로 보라는 교회를 찾게 된 것이다. 신 권사는 보라가 자기처럼 부끄러운 권사가 되지 않고 잘 믿고 인정받는 교인이 되는 것이 소원이었다. 자기 친구들이 "너는 그렇게 오래 믿고 권사도 못 됐냐?"라는 말이 너무 듣기 싫었기 때문이었다.

"보라야, 너는 정말 바르게 믿고 구원받아라. 네가 알아 둘 것은 교회는 이 세상과 다른 성스러운 또 하나의 사회란다."

"고모, 그게 무슨 소리야?"

"교회는 세상과는 가치관이 전혀 달라. 말, 행동, 생각이 다르다는 이야기야. 여기서는 일요일을 일요일이라고 부르면 안 되고 주일이라고 불러야 해. 주일이란 주님의 날이라는 뜻이야. 예수님이 부활하신 날이 일요일이었거든."

"그럼 나는 이 세상에서 교회로 온 이방인이네."

"그렇지. 이제 세상을 보는 눈이 달라지는 딴 세계에 들어온 거야. 천당에 가려면 먼저 교인이 되어야 하고 교인이 되려면 교회에 나와야 하는데 그 첫 관문은 주일성수야. 주일을 빠지지 않고 거룩하게 지켜야 한다는 뜻이야."

"어떻게 하면 거룩하게 지키는 건데?"

"복잡하게 생각하지 말고 쉽게 생각하면 돼. 그냥 매 주일 교회에 나와 예배를 드리는 거야. 성경에는 일주일 중 하루를 거룩하게 구별하여 하나님께 드리고 집 안에 있는 모든 사람에게도 그날을 쉬게 하라고 했거든. 이제 좀 세상과 교회의 차이점을 알겠어?"

"그래서 예배당에 들어가면 찬송을 부르고 손뼉을 치게 해서 예배 전 잡담을 금하는 거군요."

"세상은 흙탕물처럼 더러운 곳이야. 그곳의 모든 죄된 생각을 버리고 정하게 되려면 그렇게 해야 해. 찬양대가 세상의 옷을 감추고 유니폼을 입고 하나님을 찬양한 뒤에 목사님이 하나님의 말씀을 대언하도록 회중을 넘겨주면 그때 주의 종이 나와 말씀을 선포하는 거야."

"목사님은 좀 부담스럽겠어. 모인 교인들이 하나님의 말씀을 들을 준비를 그렇게 철저히 하고 초롱초롱한 눈으로 쳐다보고 있으면 농담도 못 하고 허튼소리도 못 할 게 아니야?"

"그럼. 목사님은 신학교를 나온 특별한 주의 종이지 않아? 그 입에서 나오는 하나님의 말씀이 땅에 떨어지기도 전에 우리는 받아먹고 주의 백성으로 살아가야 하는 거야."

"너무 숨 막힐 것 같아. 고모는 어떻게 이런 생활을 해 왔어?"

"좀 더 있어 봐. 교회에 들어와 있으면 서로 도와주고 너무 편해. 꼭 비행기를 타고 있는 것처럼 이 속에 들어와 있으면 천당까지 태워다 주거든. 편하고 기쁘기만 해. 너무 따지지 말고 주일성수만 하면 돼."

2.

일 년 뒤, 신 권사는 보라와 또 교회 카페에서 마주 앉았다. 이번에는 보라가 세례를 받은 기념으로 꽃다발을 갖고 왔었다.

"나는 네가 정말 자랑스럽다. 이제 너는 이 교회의 세례교인이 되었구나."

"다른 사람은 세례를 받으면 눈물을 흘리고 간증도 하고 하는데 왜 나는 그런 감격이 없는지 모르겠어."

"그건 네가 아주 순탄하게 신앙생활을 시작했고 순종하며 살고 있기 때문이야. 이상할 건 하나도 없어. 너는 이제 교인이 되는 둘째 관문인 세례를 통과한 거야. 하나님께서 너를 구원받은 딸로 영접해 주실 거야."

"누구든지 주의 이름을 부르는 자는 다 구원을 받는다고 했는데 꼭 세례를 받아야 해?"

"그럼 '나는 구원받았다'라고 여러 사람 앞에서 선포해야지. 서로 사랑하는 사람이 '우리는 사랑한다.'라고 공표하며, 여러 사람 앞에서 결

혼식을 하는 거나 마찬가지지. 기독교 공동체에서는 세례가 얼마나 중
요한데." 그러면서 세례를 받아야 공동의회에서 투표권도 생기며, 기독
교 기관에도 세례증으로 취직할 수 있고 교회에서 장로 권사가 되려
고 해도 세례교인이라야 한다고 말했다. 이건 세속적인 정치적 이야기
였다.

"고모, 그것은 거룩해야 한다고 주장하는 교회에서 속물같이 살라
는 이야기 아니야?"

"지금까지는 기독교인이라고 알려지면 핍박을 받아 숨어 살아야 했
어. 또 그것이 알려질까 봐 성경을 끼고 다니는 것도 두려워했지만 지
금은 당당히 정체성을 드러내고 세상을 기독교 가치관으로 주도해 나
갈 때가 된 거야. 기독교 정당을 만들다가 실패하기는 했지만."

"고모. 나는 목사님의 설교나 교인들의 봉사적인 활동을 볼 때 기
독교가 싫지 않아. 하지만 뭔가 내가 잘못 끌려가는 것 같은 느낌이
들어."

"지금은 시작이어서 네가 잘 모르니까 그러는 거야. 교회는 마당만
밟고 왔다 갔다 하면 아무것도 모르게 돼. 너도 이제 세례를 받았으니
교회 안에 들어와 어떤 부서에 들어가 참여해 봐. 그래야 정말 교회가
어떤 곳인지 알게 돼. 어때, 교회에는 화요일마다 모이는 중보(仲保)기
도 팀이 있는데 하나님과 동행하고 영통하는 삶을 살려면 기도밖에는
없어. 거기 들어가 보지 않을래? 나도 거기 나가는데." 이렇게 기도만
이 사람을 변화시킨다고 신 권사는 권유했다.

3.

그런 권유를 받은 지 일 년도 채 안 되어 보라는 중보기도 팀에 들어와 있었다. 고모의 이야기로는 이 기도는 교인이 되는 세 번째 관문이라고 말했다. 이 기도팀에는 온갖 기도 요청이 들어오곤 했다. 부부의 불화, 속 썩이는 자녀 문제, 진학, 결혼, 음식점 개업, 유치원 개원, 병실에 입원한 환자, 또 목사님이 설교를 잘하게 해 달라는 기도… 등. 모두 하나님께 기도해서 복 받고 잘되게 해 달라는 기도 부탁이었다. 이 일들은 다만 기도팀원들만 알고 있어야 하며 이곳은 밖으로 비밀이 누설되어서는 안 되는 대통령 산하의 국가안보실이나 국가정보원 같은 막중한 책임을 갖는 곳 같기도 했다. 때로는 담당 부목사와 함께 가정이나 병원을 심방하기도 하는 일이 있어 많은 교인의 가정을 찾아 교인들의 숨겨져 있는 삶을 볼 수 있게 되기도 했다.

보라는 중보기도 팀에 있으면서 자기는 너무나 서투른 기도를 하는 것 같아서 그만 빠져나오고 싶었으나 고모의 강압에 못 이겨 참아내고 있었다. 그 기도팀 회원들은 고급 기도훈련을 받은 사람들처럼 막히지 않게 수십 분씩 기도할 수 있을 뿐 아니라 대부분이 방언으로 기도하기도 했다. 그러면서 보라에게도 오래 기도하고 있으면 자연히 방언이 터진다고 다정하게 일러주는 것이었다. 한 번도 만나 보지 못했던 사람이나, 먼 곳에 있어 연락을 못 하는 사람들을 위해서는 성령의 인도가 아니면 상대방의 사정을 모르기 때문에 방언이 아니면 자기 상상을 따라 기도할 수밖에 없다는 것이다. 예를 들어 죽은 사람을 살았다고 생각하며 계속 기도하고 있을 수도 있다는 말이었다. 정말 그들의 이야기를 듣고 있으면 그 팀원들은 다 신들린 사람들 같다는 생각이 들어서 도저히 자기는 그들과 같은 류가 될 수 없다는 생각을 수십 번 하는 것이었다. 때로는 심방 갔을 때 어떤 집에서는 귀신들이 방구석에 우글우글 숨어 있는 것이 보이기도 한다고 말한 사람도 있었다. 분명 영안(靈眼)이 뜨인 사람들의 이야기였다.

도대체 중보기도라는 것이 무엇인가? 어떤 사람과 하나님 사이에 자기가 끼어서 그 사람 대신 하나님께 기도해 준다는 말이 아닌가? 내가 뭔데. 특히 평신도가 목사를 위해 하나님께 중보기도를 한다는 것은 이해할 수가 없는 일이었다. 나는 그런 자리에 설 자가 아니다. 이런 이유에서도 자기는 중보기도 팀에는 어울리지 않는다고 보라가 말하면 고모는 말했다.

"중보기도라는 말이 마음에 들지 않으면 합심기도라고 생각하면 돼. 뭐 생각 나름이야. 명칭이 문제야? 성경에도 두 사람이 땅에서 합심하여 무엇이든지 구하면 하늘에 계신 하나님이 이루게 해 주신다고 했잖아? 그냥 모여서 기도하는 거로 생각하면 돼."

"그런데 교회 속사정들을 알고 나니 교회가 거룩하다는 느낌이 싹 가셨어요. 그냥 교회에 와서 사람들은 보지 말고 거룩해 보이는 목사님이나 거룩해 보이는 찬양대나 쳐다보고 집에 가는 것이 나에게는 유익할 것 같아."

"교회는 상처받은 사람들이 모여서 치유 받고 새 생명으로 거듭나 찬양하고 감사하며 사는 곳이야. 그런 현장을 보지 않는다면 교회 생활을 하지 않는 것이며 하나님의 자녀로서의 증인 노릇을 않는 일이야."

보라는 교육을 받지 않은 고모가 교회에 들어와서 엄청 유식해졌다는 생각을 하게 되었다.

"고모, 기도란 무엇이라고 생각해? 나와 내 가족, 내 교인들이 복 받고 무병장수하며 성공하게 해달라는 그런 복 비는 것이 전부인 거 같아."

"아니야. 기독교인들은 이 세상에서 잘 사는 것도 원하지만 우리의 소망은 하나님과 같이 살게 될 천국에 있어. 내세가 없으면 종교가 아니야. 이 세상의 사람들은 다 죄인이어서 악을 밭 갈아 죄를 거두고 사는 데 예수님께서 그들의 죄를 대신하여 돌아가신 거야. 그래서 우리가 회개하고 돌아서라고 하나님이 세상을 창조하신 태초의 천국으로 우리를 초청하고 계셔."

"기도는 하나님의 뜻에 맞게 기도해야 들어주시는 것이 아니야? 그런데 나는 하나님의 뜻을 모르거든. 오늘 야외에 놀러 나가려면 비 오지 않게 해 달라고 기도하고 운동경기 때는 우리 백군이 이기게 해 달라고 기도하는데 그 사람들은 하나님의 뜻을 알고 기도하는 것일까?"

"어떻게 기도해도 돼. 하나님이 알아서 응답해 주시니까. 다만 진심으로 기도하고 싶은 대로 기도해. 아무도 하나님의 뜻을 바르게 알 수 없어. 사람이 어떻게 하나님의 뜻을 알 수 있겠어. 꼭 이것은 구해야 한다고 진심으로 생각되면 그렇게 해. 하나님께서 알아서 버릴 것은 버리고, 들을 것은 응답해 주실 거야."

4.

보라는 이렇게 힘들게 교회 생활에 적응해 가고 있는데 과연 이것이 옳은 것인지 아니면 어떤 알지 못한 세력에 자기가 세뇌되고 있는 것이 아닌지 판단이 서지 않을 때가 많았다. 종교란 신비하고, 빠져들면 헤어날 수 없는, 또 다른 사람이 보면 미치광이같이 되어가는 그런 마력을 가진 것이 아닌가 하는 생각도 하게 되었다. 그래서 이북정권을 종교집단이라고 말하는 사람도 있는 것이 아닐까? 그런데 중보기도 팀에 들어간 지 3년째에 고모는 교인이 되는 아주 중요한 네 번째 관문이라면서 또 다른 십일조 이야기를 했다. 십일조를 남몰래 내지 말고 반드시 액수와 이름을 적어서 매월 빠짐없이 하라는 것이었다. 보라는 남편이 가져온 월급을 관리하는 것뿐이어서 남편의 동의 없이 액수를 정할 수 없다고 말했는데, 그래도 남편을 설득해서 꼭 수입의 십분의 일을 내라는 것이었다. 그러다간 가정이 파탄 나며 자기도 교회에 나올 수 없다고 말했는데도 고모는 완강했다. 남편을 전도해서 교인이 되게 하든지, 아니면 십일조라도 내게 하라는 것이었다. 그러면서 하나님께서 남편의 마음을 바꿀 수 있게 기도를 해보라고도 했다. 교회에서 한 사람의 신앙의 척도는 세례교인으로서, 주일성수하고, 성실히 십일조를 드리는 일이라는 것도 덧붙였다.

"이런 것은 잘못된 생각으로 세상에서 구원받은 성도를 속박하려고 만든 율법이지 않아요? 꼭 교회가 교인들을 위협해서 돈을 더 많이 받아내려는 것 같아요. 하나님도 그런 교인이라야 천국에 들어올 수 있다고 생각하시나요?"

"그것은 천국 간 뒤의 이야기이고 지금 우리는 이 세상에서 살고 있지 않아? 이 세상에서 하나님의 뜻을 이루려면 먼저 교회에서 정한 법을 지켜야 해. 그래야 장로가 되어 당회에 들어가 목사와 협력하여 행정과 권징(勸懲)을 관장하지. 많은 교인이 장로만 쳐다보고 있는데 먼저 장로가 되지 못하면 새로 교회에 들어와 방황하는 교인들을 어떻게 바른 신앙으로 인도할 수 있으며 하나님의 나라를 확장할 수 있겠어."

"고모, 그러나 바리새인들이 얼마나 모세의 오경을 잘 지키고 구세주가 오기를 기다리고 있었어? 그런데 예수님께서는 그들을 회칠한 무덤이라고 꾸중하지 않았어? 지금 우리는 오신 예수님을 따르는 것이 아니라 바리새인들이 되어가는 것 같애."

"그러나 당회에서 장로후보자를 7년 이상 된 세례교인, 주일성수, 십일조 교인으로 기준을 정해 놓고 2배수로 선정 발표한다면 어떻게 하겠어. 먼저 장로는 되어야 하는데. 그 기준에 미치지 못하지 않아."

"장로 안 하면 되죠."

"교회에 교인만 데려다 놓는다고 하나님의 백성이 되는 것이 아니야. 예수님을 영접하고 세례를 받았다 할지라도, 그들이 예수님의 삶을 닮아가도록 성화의 과정을 밟아서 장로가 되어 먼저 방황하는 양들에게 본이 되는 모습을 보여야 해."

보라는 남편의 너그러운 양해로 교회를 다니고 있으나, 남편은 교회에 대해 매우 부정적이었다. 그는 교회에 대한 교묘한 예화를 많이 알고 있었다. 어느 경합에서 맨손으로 짜서 귤즙을 잘 짜내는 시합이 있었는데 내로라하는 역도 선수, 차력 선수, 기계체조 선수가 다 참여했는데, 그중에서 삐쩍 마른 60대 남자가 일등을 했다는 것이다. 그래서 그의 직업을 알아보니 교회 회계 장로였다는 이야기 등… 그런 남편이 자기에게 통장을 맡겼다 할지라도 생활비 이상을 지출하는 것을 십일조로 허락할 리가 없었다. 교회에서는 십일조를 내지 않으면 십일조를 훔쳐서 사는 못된 놈이라 하겠지만 남편은 십일조를 내면 자기 봉급을 훔쳐 간 못된 마누라라 할 것이다. 물론 보라가 짬짬이 학생들의 과외수업을 한 수입을 다 털어 넣을 수는 있다. 그러나 그것이 어찌 십일조가 되겠는가? 고모는 드디어 말했다. 하나님은 물질에 관심이 없으신데 십일조의 액수가 무슨 문제겠는가? 하나님은 감사해서 드리는 마음을 받으실 분이셔. 그러니 낼 수 있는 만큼의 헌금을 십일조로 작정하고 십일조 헌금 봉투에 이름과 액수를 적어 내라는 것이었다. 이렇게 해서 교회에 자기가 십일조를 내는 것을 알려야 한다는 것이었다.

"교회는 왜 십일조 헌금 낸 사람의 이름을 꼭 주보에 발표해서 여러 교인에게 알리는지 모르겠어요. 십일조 안 내는 사람을 부끄럽게 하지 않아요?"

"그건 영수증을 대신해서 발표하는 거야."

"이렇게 개인정보를 누출하지 말고 개개인의 헌금 고유번호를 정해서 알려 주어 헌금을 낼 때마다 이 고유번호로 저장해 두고 이름 대신 이 고유번호를 발표하면 더 좋지 않아요? 그럼 연말정산 때 회계도 고유번호로 검색하면 정확히 헌금 액수를 알 수 있을 텐데."

"아무튼, 헌금은 개인 신앙의 척도도 되지만 교회의 중요한 수입원도 돼."

"헌금의 종류가 너무 많은 것 같아요. 주정헌금, 절기헌금, 감사헌금, 지정헌금, 일천번제헌금… 그래서 무당에게 복채를 내는 것처럼 기분이 안 좋을 때가 있어요."

"액수를 생각하지 마. 아낌없이 내면 되는 거야. 이웃 사람과 비교하지 마. 나는 다만 이 세상에서 교회를 다니고 있는 이상 이 세상의 교회법을 따르는 것이 좋다고 말하는 것뿐이야."

"그러나 잘못된 관행은 바로잡아야 하지 않아요?"

"그래. 바로 잡으려면 먼저 장로로 당회원이 되어 교인들에게 성경을 바르게 가르치고, 무엇이 참다운 순종인지 바른 삶을 살도록 신도들을 의식화해야 해."

5.

보라가 거룩한 교회에서 기독교인이 되어 무의식중에 세속화되어가고 있다고 느낄 때, 교회의 장로, 권사, 안수집사 선거가 있었다. 관례대로 당회에서 필요한 인원만큼 장로, 권사, 안수집사를 배수 공천하여 공동의회에서 당선자를 확정하게 되었다. 보라가 놀란 것은 자기가 장로 후보로 당회에서 뽑힌 것이었다. 자기는 교회 출석한 지 10년에 불과했고 나이도 40대 중반으로 가장 젊은 장로 후보에 해당하였다. 어떻게 해서 이런 일이 생긴 것인지 알 수가 없었다. 어쩌면 신 권사의 입김이 작용하였을지도 모른 일이었지만, 이런 교회의 정치내막을 알 도리가 없었다. 자기를 아는 몇몇 집사들도 놀라는 표정이었다. 피택 (彼擇) 장로와 권사, 안수집사가 공표되자 교회 내는 어수선해졌다. 탈락한 사람의 불만과 피택된 사람에 대한 인신공격이 카톡을 통해 올라오기 시작했다. 보라에게는 어떻게 해서 장로로 당회에서 피택이 되었는지는 모르지만, 권사도 되지 않은 사람이 장로 후보가 되었다는 것은 있을 수 없는 일이라고 말하며 이것은 한국의 새 정부에서도 있을 수 없는 파격적인 후보지명이라고 비아냥거리기도 했다. 또 어떤 사람은 교회에 출석한 지 얼마 되지 않은 사람이 장로 후보가 되었다는 것은 웃기는 일이 아니냐고 말하며 교회의 평온과 조직의 엄연한 서열을 위해서도 자진하여 사퇴하라고 직격탄을 날린 사람도 있었다. 연이은 댓글은 장난이 아니었다. 보라도 자기가 단상에 올라가 대표기도를 하고 당회의 정치판에 끼어들며 주일 아침마다 교회 입구에서 잘 알지도 못하는 교인들과 악수하고 교회에 출석하는 교인을 맞는 일은 체질에 맞지 않는 일이었다. 처음 보는 신입 교인을 악수로 맞으며 '나와 주셔서 감사합니다.'라고 말하면, '내가 교회 나오는데 당신이 왜 감사하는데?'라고 자기를 쏘아붙일 사람이 있을까봐 얼굴이 붉어질 것만 같았다.

목사는 선거일까지 시간이 나는 대로 설교 시간에 장로나 권사는 직분이지 결코 계급이 아니라고 강조하면서 앞으로 자기를 대신해 교회의 막중한 직분을 맡아 수고할 분들을 위해 기도하고, 험담이나 루머로 인격을 모독하는 일을 삼가라고 말하고 있었다. 보라는

"고모, 어떻게 된 거야. 나 장로 하고 싶지 않아. 성경 지식도 부족하

고. 그만 자진해서 사퇴할까 봐."라고 말했더니

"무슨 소리야. 모르겠어? 네 개의 관문을 통해 여기까지 올라온 걸? 너는 교회를 지키고 있는 엄격한 수문장들의 심사를 거쳐 여기까지 온 거야. 너는 꼭 장로가 되어야 해. 장로가 되는 것이 마지막 다섯 번째 관문이야. 장로가 되어 이 교회에 새 바람을 일으켜야 해."라고 적극 사퇴를 말리는 것이었다.

"네가 장로가 되는 것은 내 평생의 꿈이었어. 네가 네 개의 관문을 통과할 때마다 나에게 질문한 걸 난 똑똑히 기억하고 있어."라고 말하며, 신 권사는 계속했다. 1. 주일성수, 2. 세례, 3. 중보기도, 4. 십일조. 이것은 구약시대에 예수님께서 제일 싫어하는 율법이라고 보라가 자기에게 반격했었다고 말했다. 그때마다 자기는 뭐라고 타일렀는가? 이 관문을 통과하면서 자기의 일을 다 했다고 자만하는 사람은 율법주의자가 되지만 이 관문을 통과할 때마다 하나님의 은혜를 깨닫고 감사하며 기쁨으로 감당하겠다는 생각을 하는 사람은 거듭난 사람으로, 세상을 보는 관점이 달라진다고 말하지 않았냐고 되물었다. 이런 관문을 통해 우리는 예수님께 한 걸음씩 다가가는 성화(聖化)의 길을 걷고 드디어는 죽어 주께서 주신 면류관을 받는 영화(榮化)의 단계에 이른다는 것이었다.

보라는 고모를 생각할 때마다 성경은 정말 사람을 변화시킨다고 깜짝깜짝 놀라곤 했다. 누가 고모를 교육을 받지 않은 사람이라고 생각하겠는가? 완전히 거듭나서 세상을 보는 눈이 달라진 것이다. 자기의 눈으로 세상을 보지만, 실상은 자기의 생각을 죽이고 하나님의 눈으로 세상을 다시 보는 것 같았다.

6.

항존직(恒存職) 투표일이 다가왔다. 이날 신 권사는 특별히 고운 옷을 갈아입고 교회에 출석했다. 보라가 장로가 되는 것을 보는 날이기 때문이었다. 이를 위해 하나님께 얼마나 오래 기도했는가? 자기의 부끄럽고 서럽던 명예권사의 오명을 씻는 것은 보라가 당당히 장로 당회원이 되어 주는 것이었다. 대예배가 끝나면 바로 공동의회를 열어 항존직 투표를 하게 되어 있었다. 그때 장로후보자들은 전면에 나와 한 줄로 서서 인사를 할 것이었다. 그들에게 주어진 기호대로 교회에서 요구하는 장로 수만큼 세례교인은 각자 투표용지에 표를 찍게 되어 있었다. 그런데 예배에 나와 있어야 할 보라가 보이지 않았다. 예배 직전에 갑자기 보라 남편이 나와 예배당에서 두리번거리는 것이 보였다. 신 권사는 깜짝 놀라 그 곁으로 갔다. 조카사위는 무엇 때문인지 화가 머리끝까지 나 있었다. 신 권사는 그를 데리고 예배당 밖으로 나왔다.

"자네가 웬일인가?" 그러자, 그는 버럭 화를 내며 말했다.

"보라가 미쳤어요. 교회에 열심을 내더니 이제는 집을 나갔어요."

"뭐라고? 어딜 갔어?"

"기도원인가 뭔가 하는 데 간다고 집안 살림도 팽개치고 나가 버렸다고요."

"아니, 오늘같이 중요한 날 어딜 가?"

두 사람 다 억울한 것은 마찬가지인 것 같았다. 신 권사는 수십 년의 꿈이 사라졌기 때문이요, 조카사위는 아내가 교회에 미쳐서 집을 뛰쳐나갔기 때문이었다.

"거기가 어딘데?"

신 권사는 가까운 곳이면 지금이라도 가서 잡아 올 기세였다.

"나도 모르죠. 이런 쪽지를 남겨 놓고 집을 나갔으므로 교회가 가정 파탄을 냈다고 지금 항의하러 온 길입니다."

그 쪽지는 다음과 같았다.

QT

예수님은 사도들과 함께 모인 자리에서 이렇게 말씀하셨다. "너희는 예루살렘을 떠나지 말고 내가 전에 말한 대로 아버지께서 약속하신 선물을 기다리라. 요한은 물로 세례를 주었으나 너희는 얼마 안 가서 성령으로 세례를 받을 것이다(현대인의 성경; 1:4,5)."

예수님은 육신을 가지고 세상에서 천국 시민으로 사는 본을 보이고 승천한 뒤 10일째에 세상에 내려와서 자기를 따르던 120명에게 성령을 주셨다. 자신의 혼을 그들에게 넣어주신 것이다. 왜 그렇게 하셨을까? 우리를 자기 분신으로 자기와 함께 세상에서 살게 하기 위해서였다. 그들은 각 나라말로 방언하며 세계 각처에 흩어졌다. 성전으로 불러들이지 않고 세계 각처에 흩어져 살게 했다. 왜 그렇게 하셨는가? 예수님이 그들과 함께 사는 것을 세상 사람들에게 보이기 위해서였다. 섬김을 받으려 하지 말고 섬겨라, 움켜쥐지 말고 네가 가진 것을 나누어 주라, 탐심을 버리고 빈 그릇이 되라. 인간의 의를 들어내지 말고 죄를 회개하라. 상처를 주지 말고 상처받은 사람을 찾아가

라. 사랑을 받은 대로 용서하라.…… 이것이 주께서 세상에 남은 우리에게 구하는 것이 아닐까?

성수주일하고, 세례받고, 11조 헌금 내고, 중보기도하고, 장로 되고 하는 것은 주께서 우리에게 자유를 주셨는데 다시 종의 멍에를 메고 유대교로 돌아가는 것이나 마찬가지다.

장로라는 직분이 하나님께서 나에게 맡기신 사명이 아니다. 교인들이 의심의 눈으로 나를 보는 것은, 내 뜻을 모르기 때문이다. 주일성수, 십일조 헌금을 장로의 조건으로 세운 것을 나는 먼저 싫어한다. 이것은 교회에 바벨탑을 쌓고 하나님의 나라가 열방에 전파되는 것을 막고, 교회 안으로 끌어드리는 일이다. 나는 장로가 되어서는 안 된다.

교회 공동의회에서의 항존직 투표는 보라의 궐석으로 진행되고 아무 일이 없는 듯 막을 내렸다. 목사는 선거가 끝난 뒤 이제 교회의 막중한 일을 맡게 될 항존직들을 뽑아 교회를 맡기게 되었으니 하나님께 감사한다고 말했다. 그리고 그들게 영력을 더하시어 죽도록 맡은 일에 충성하며 주께서 명령하신 지상 명령을 충실히 수행하여 올해에는 주님의 집인 이 성전에 3천 명의 신도를 채울 수 있게 해 달라는 기도로 선거를 마무리했다. 낙선된 후보들의 불만스러운 표정을 볼 수 있었다. 그러나 하나님의 일에는 오직 순종이 있을 뿐이다. 얼마 동안 낙선된 후보들의 불만은 계속될 것이었다. 그러나 그것은 시간이 해결해 줄 문제였다.

요단강 건너가 만나리

눈 깜짝할 사이에 일어난 사고였다.

거실의 식탁에서 아침을 먹고 여느 때처럼 TV를 앞에 둔 탁자 앞 소파로 은경은 걸어가고 있었다. 거기서 후식도 먹고 커피도 마시며 TV를 보고 즐기기 위해서였다. 그런데 빵 소리와 함께 그녀가 넘어지는 소리가 들렸다. 8개월 전 외출했다가 낙상해서 대퇴골 골절이 있어 수술한 뒤 퇴원해서 이제 겨우 집안에서는 거동이 자유로워진 상태였다. 그런데 또 넘어진 것이다. 노년이 되면 다리에 힘이 없어지고 골다공증으로 넘어지면 골절되기 일쑤다.

119를 불러 종합병원 응급실로 갔더니 또 대퇴골의 골절이었다. 이번에는 전번 다리의 반대편인 왼편 다리였다. 수술 일정은 빨리 잡혀 주말을 보내고 화요일 첫 시간이었다.

8개월 전에도 수술 전 동의서에 서명하면서 나는 불안하였다. 전신 마취는 두려웠기 때문이다. 그때 수술이 끝나고 다른 사람은 다 병실로 돌아갔는데 은경은 중환자실에 있으니 와 보라는 전화였다. 그녀는 코에 호스를 끼고 산소공급을 받으며 실눈을 뜨고 나를 바라보고 있었다. 잠에서 깨어나지 못한 상태 같기도 했다. 의사는 나더러 손을 컵처럼 하고 잠들지 않도록 계속 은경의 가슴을 두들겨 주라고 했다.

수술하는 동안 폐가 기능을 중지하고 있었기 때문에 산소량을 늘리고, 가슴을 두들겨서 잠들지 않게 하고 폐에 물이나 공기가 차지 않도록 해 주어야 한다는 것이었다. 언제까지나 그렇게 하고 싶었지만, 간호사들이 나를 밀어내고 다음 날 10시부터 30분간 중환자 면회시간이 있으니 그때 오라고 했다. 다행히 하루 뒤 일반병실로 옮겼는데 한 방에 있던 다른 분의 간병인이 나더러 노인이 어떻게 중환자를 간병하느냐고 자기가 간병인을 소개하겠으니 도우미를 쓰라고 했다. 나는 그녀를 돌보는 것은 내 의무라고 여기고 그녀가 퇴원할 때까지 도우미 노릇을 할 것이라고 고집하고 있었다. 환자의 간병이 얼마나 힘든 것인지를 몰랐기 때문이었다. 교회의 최 장로는 미국에 거주하는 내 아들의 친구였는데 아들은 최 장로에게 국제전화로 나를 설득해서 도우미를 쓰도록 하게 해 달라고 울면서 호소했다고 한다. 병원에 찾아온 최 장로는 자기가 미국의 아들이 보낸 특사라면서 간병인을 쓰라고 간청했다. 결국, 잠을 제대로 잘 수가 없어서 며칠 후 나는 손을 들고 간병인을 쓰기로 했다. 그 뒤로는 집에서 자고 매일 병원으로 출퇴근하였다. 어쩌다 가지 않으면 은경은 나에게 전화를 했다.

"언제 올 거야?"

"지금 곧 갈게."

"나 지금 댈러스에 있는데 어떻게 와?"

"내 차로 운전하고 가지."

"차로 운전하고 여기까지 올 수 있어?"

은경은 그때까지 섬망증(譫妄症)으로 시달리고 있었다. 누가 문병을 오면 알아보기는 하지만, 누가 왔는지 곧 잊어버렸다. 문병 온 사람도 은경을 보고서 이상한 눈치를 챘는지 아직 정신이 정상이 아닌 것 같다고 말하기도 했다. 나는 그때, 다시는 전신마취를 하는 수술은 절대로 하지 않겠다고 마음속으로 다짐했었다.

은경의 전신마취 수술을 이번 두 번째 골절 때만큼은 하고 싶지 않았다. 의사가 수술 동의서를 받으면서 "나이가 많고 빈혈증으로 심장박동이 약해서…"라고 하면서, 그럴 일은 없겠지만 수술 중 문제가 생길 경우도 고려하고 서명해야 한다고 말했을 때, 지난번까지는 무심코 서명했지만, 이번에는 너무 손이 떨렸다. 수술밖에는 선택의 여지가 없던 나는 은경이 오랫동안 먹지 못했으므로 미리 영양제 주사를 놓아주었으면 좋겠다고 말했다. 또 수술 전 수혈도 하였다.

그렇게 준비한 뒤 잡힌 수술 날짜가 화요일 첫 번째 시간의 수술이었는데 갑자기 수술 전날에 폐 기능검사를 해야 한다는 통보였다. 폐가 약하고 산소 수치도 낮아서 호흡기내과 주치의의 소견을 들은 뒤 수술을 하겠다고 하는 주치의의 신중한 판단 결과였다. 한두 시간 수술이 늦어진 것은 좋은데 이 모든 게 나를 불안케 하였다. 수술은 화요일 아침 좀 늦게 시작되었다. 입원하고 있었던 병원 별관인 관절염센터에서도 수술할 수 있었지만, 본관이 협조할 수 있는 의료진도 많고, 시설도 좋아 그쪽으로 옮겨 수술하기로 하였다. 나는 수술실에 들어갈 때 그녀의 손을 잡아주었다. "주를 앙망하는 당신께 주께서 새 힘을 주실 것"이라고 말하자, 그녀는 미소를 지으며 들어갔다.

우리 형제 가족들끼리 오래전에 야외식사를 예약해 둔 것이 수술 후 며칠 뒤라는 생각이 들어 부랴부랴 예약을 취소하고 형제들에게 알렸다. 동생네 가족들은 모처럼 약속을 잡아 비워 둔 기간이기 때문에 그날 대전으로 모두 문병을 오겠다고 우겼다. 그럼, 왕복 요금은 내가 가족 적금에서 지원하겠다고 했더니, 둘째 동생이 가족 적금을 쓰는 것을 강력히 반대했다. 문병에 가족 적금을 쓴다는 것은 말이 안 된다며 그런 적금은 꼭 필요할 때 쓰기 위해 부은 것이기 때문에 그럴 수 없다는 것이다. 그 말이 은경의 수술이 잘못되어 혹 장례라도 치르게 되면 그때 쓰겠다는 말처럼 불길한 생각까지 드는 것이었다. 마음이 조급해진 나는 수술실에 들어가자 교회 목사에게 기도를 부탁하였다. 형제 가족들에게도 수술이 잘되도록 기도해 달라고 부탁하였다.

왜 기도로 남을 귀찮게 하는가? 무엇이 기도인가? 내 가족의 무병장수와 축복, 성공을 비는 것이 기도가 아니다. 신을 믿는다는 것은 어떠한 경우에도 그분이 옳다는 것을 믿고 그분의 뜻에 나를 맡기는 것이다. 하나님의 백성으로 살겠다고 헌신하면 그분 뜻을 따라 순종이 있을 뿐이다. 믿음은 순종에서 오고 순종이 바로 믿음이다. 예수님께서는 나와 하나님 사이에 있는 제사장을 제거하고 하나님 앞에 나를 단독자로 세우셨다. 왜 내가 당한 고난을 하나님께 풀어 달라고 다른 사람에게 부탁해야 하는가? 이것이 평소의 내 생각이었다. 그랬지만 이 긴박한 순간에 나는 한없이 속되어지고 싶어졌다.

보호자 대기실에 앉아서 수술자 명단을 보고 있는데 80세 중반을 넘은 은경이 제일 연장자였다. 그녀는 이곳 병원에서도 전신마취만 이번까지 네 번째다. 심장 때문에, 뇌 때문에, 8개월 전 골절 때문에, 그리고 이번 다시 골절 때문이다. 하나님밖에는 의지할 곳이 없다고 생각하며 기도하고 있는데, 3시간을 좀 넘기고 중환자실로 오라는 연락이 왔다. 예상외로 은경은 지난번보다는 좀 건강해 보였다.

"이겨냈구려."라고 말하자 은경은 나를 보고 미소를 지었다. 간호사가 은경더러 내가 누구냐고 물었다. 그러자 은경은 "내 남편"이라며 행복해했다. 하나님께서 나와 함께 얼마 동안 더 살게 해 주셨다는 생각으로 나는 감격의 눈물이 솟구쳤다. 간호사는 이번에는 출혈이 많아 수혈을 여러 병 했다고 말하며, 주치의 선생이 적어도 이삼일은 중환자실에 있어야 할 것이라고 말했다고 하면서, 다음날 면회시간에 오라고 했다. 이튿날 면회시간에 갔더니 은경은 얼굴에 홍조를 띠며 나를 맞아주었다.

"중환자실은 있을 만했어?"

"네. 이곳은 천국 같아요. 당신이 들어와서 손을 잡아준 뒤, 나는 이곳저곳을 다녔는데 벽이고 천장이고 그림으로 너무 잘 단장되고 아름다웠어요. 어둠이 없고 날빛보다도 더 밝은 이곳은 꼭 천국 같았어요. 나는 어디에 좀 눕고 싶다고 말했더니 이곳은 모두 네 방이니 어디나 누워도 된다고 말했어요. 나는 소파에 앉았었는데 그곳이 침대였어요. 이곳이 어디냐고 내가 묻자, 천사 같은 한 간호사가 이곳은 충남대학교병원 중환자실이라고 했어요."

듣고 있던 간호사가 중환자실을 천국이라고 말한 사람은 처음 본다고 말했다.

"정말이에요. 아무 아픈 데도 없고 몸이 공중을 떠다니는 깃털처럼 가볍고 기분이 좋았어요." 은경은 아직 좀 섬망증이 있는 듯했다. 그러나 나는 그녀를 안심시키며 말했다.

"나는 당신이 나를 두고 떠나버리면 어쩔까 하고 너무 걱정했어요. 이제는 퇴원하면 방안에서도 넘어지지 않게 당신 손을 잡고 걸을게요. 밖으로 못 나가도 돼요. 방안에서 TV를 보다가 당신이 '캐나다 로키 나왔어요. 루이스 호수도 나왔구요.'라고 거실에서 나를 향해 소리치면, 나는 서재에서 달려가 함께 볼 거요. 정말 살아나 주어서 감사해요."

"나는 수술하러 들어갈 때도 걱정 안 했어요. 살 만치 살았는데 당신 사랑받으며 이렇게 죽어도 좋다고 생각했는데 살아났어요."

"뭐 죽는다고? 이제 나와 인연 끊고 싶어요?"

"왜요? 제가 먼저 요단강 건너가 천국에 있으면 당신은 나 때문에 다시는 고생도 하지 않고 얼마 뒤 천당에 올 거 아니에요. 거기서 만나면 되잖아요. 나는 더는 당신 고생시키는 것 싫어요."

"내가 얼마나 힘들게 당신을 살려 놓았는데… 사실은 내가 아니고 하나님께서 살려 주신 것이지만." 짧은 30분 동안의 대화였다.

은경은 "요단강 건너가 만나자."라고 했지만, 그녀는 죽은 뒤에 간다는 천국을 현실적으로 믿지 않는다는 것을 나는 알고 있었다. 그녀는 모순되는 말을 하고 있었다. 천국은 하나님이 다스리는 나라이고, 그분을 왕으로 모시고 그가 보낸 성령을 따라 살면 그곳이 바로 천국이라고 그녀는 평소 말했었다. 왕과 백성과 영적인 나라가 있으니 그곳이 천국이 아니고 무엇이겠는가? 사실 그녀는 살면서 질투도 원망도 미움도 원수 맺은 것도 없었다. 자녀들의 장래를 위해 기도하고 형제들의 우의에 감사하며 사는 것에 만족하고 있었다. 그녀는 이 세상에 있으면서 천국을 체험하고 살고 있다고 생각하고 있었다. 교회에서 목사가 성경의 교리를 풀어 이렇게 저렇게 천국을 해석해 주면 그녀는 그런 설교는 별로 좋아하지 않았다. "술 먹지 말라. 아프지 않으면 일하라. 성수주일 하라. 그러면 하나님이 기뻐하시는 삶을 살게 될 것이다." 이런 구체적인 행동강령을 더 좋아하였다. 그러면서 자기는 "이제 노방전도를 할 힘도 없고, 그냥 하나님의 은혜를 깨닫고 감사하고 살고 싶은데, 교회가 그런 삶을 살도록 그냥 놓아두면 안 될까?"라고 말하기도 했다. 그녀는 늘 교회에 부담감을 가지고 살고 있었다.

나는 죽어 천국에 가고 싶다는 그녀를 바라보며 고난을 참고 견디며 궁극적으로 소망하는 천국은 도대체 어떤 곳일까 하고 생각해 본다. 눈물이 없고, 다시는 사망이 없고 애통하는 것이나 곡하는 것이나 아픈 것이 다시 있지 아니하는 곳이 천국이다. 이 세상에 그런 곳이 있을까? 그런 천국에 가려면 죽어서 요단강을 건너 이 세상을 떠나야 한다.

그리스 신화에는 망자는 다섯 개의 강을 건너야 한다고 한다. 아케론 강(슬픔/비통), 코키투수 강(탄식/비탄), 플레게톤 강(불), 레테 강(망각), 스틱스 강(증오)이 그것이다. 망자는 이 강물들을 한 모금씩 마셔야 하는데 그러면서 현세의 기억을 송두리째 망각한다는 것이다. 사실 천국에 가는 사람이 이 세상의 번뇌와 울분을 다 기억하고 그 짐을 짊어지고 간다면 그곳이 어찌 천국이겠는가? 다 잊어야만 한다.

그런데 예배당 강대상 맨 앞줄에 앉아 몸을 흔들며 복음성가의 곡에 맞춰 반 박자에 한 번씩 열광적으로 손뼉을 치며 예배를 준비하는 연로한 여 성도들을 보고 있으면, "주여! 어서 오시옵소서." 하고 이 세상을 심판할 주님의 재림을 기다리는 것이 분명해 보였다. 그들은 빨리 천국에 가서 악인은 지옥에, 그리고 괴로운 삶을 참고 산 그들은 낙원에서 영광의 면류관을 쓰고 살고 싶은 것이 분명했다. 저들은 천국이 요단강 물을 멈추게 하고 건너간 젖과 꿀이 흐르는 바로 지상 어디에 있다고 생각한 것 같다. 그곳에서 조상님들과 먼저 간 형제들이 고생 그만하고 건너오라고 손짓하고 있다. 그곳에서 교인들이 다시 모여 사는 것이라고 노인들은 생각하고 있는 것 같았다. 그러나 천국은 위치 개념이 아니고 통치 개념이 아니던가?

그런데 이들이 기대하고 있는 천국에는 시간이라는 것이 없다. 어제가 있고, 현재가 있고, 내일이 있는 것이 아니다. 천국은 영원함이 있을 뿐이다. 천국의 시작이 '알파'고, 그 끝이 '오메가'라면, 알파 이전의 시간이 없고 오메가 이후의 시간이 없다. 알파 전의 시간이 있었다면 하나님은 그때까지 무엇 하고 있었겠는가? 또 오메가 후의 시간이 있다면 그것은 유한하고 영원한 것이 아니다. 즉 그곳엔 시간이 없다. 꼭 있다고 주장하고 싶으면 알파와 오메가가 이어져서 환環이 되어 어디가 시작이고, 어디가 끝인지 알 수 없는 순환이 있을 뿐이다. 그리고 그곳은 공간의 제약이 없다. 우리가 사는 3차원 공간의 연장 선상에 천국이 있는 것이 아니다. 아래, 위, 옆이 다 막혀 있어도 또 들어올 문이 있는 4차원, 5차원, 아니 무한 차원 공간과 같은, 가히 상상할 수 없는 그런 공간에 천국이 있다. 마지막으로 이 세상에서 본 사람의 모습을 그대로 볼 수가 없다. 육의 몸으로 죽고 신령한 몸으로 다시 살기 때문이다. 우리는 흙에 속한 자의 형상을 입었지만, 천국에서는 하늘에 속한 자의 형상을 입기 때문이다.

이런 천국에서 어떻게 바뀌었는지도 모를 아내, 은경을 알아볼 수 있겠는가? 나는 이 세상에 있으면서 천국을 넘볼 수가 없다. 천국은 깊은 단애(斷崖)의 저편에 있어 헤엄쳐서 갈 수도 없고 뛰어넘을 수도 없는 곳에 있다. 영원에 있는 천국은 오직 예수 그리스도를 믿음으로 구원받은 성도들만이 들어갈 수 있는, 사람의 언어로는 형언할 수 없는 곳이다.

나는 찬송가 '해보다 더 밝은 저 천국'을 생각한다. 장례식 때마다 부르는 찬송이다. 거기에 "며칠 후, 며칠 후, 요단강 건너가 만나리."라는 구절이 나온다. 이 찬송이 우리 성도를 오해하게 하는 요인이라고 생각한다. 요단강은 시리아에서 발원하여 갈릴리 호수를 거쳐 사해로 들어가는 지상의 강이다. 그런데 이스라엘 백성의 이세(二世)들은 젖과 꿀이 흐르는 가나안 땅으로 들어가는 강이라고 생각하는 데 문제가 있는 것 같다. 찬송에서 말하는 '요단강'은 이 세상에서 저세상으로 가는 데 필수적으로 건너야 하는 죽음을 맞는 강이다. 실제 이 찬송의 원작사자 베넷(S. F. Bennett)은 요단강이라는 말을 쓰지 않았다.

> 머지않아 달콤함 속에 우리는
> 그 아름다운 해변에서 만나리
> (In the sweet by and by
> We shall meet on that beautiful shore)

가수이기도 했던 베넷이 이 찬송을 만들었을 때를 회상하며 쓴 글은 다음과 같다.

평소에 늘 신경이 예민하고 우울했던, 가수인 친구 웹스타(J. P. Webster)가 이날도 침울한 표정으로 등을 돌리고 난롯가에 앉는 것을 보고 그는 "오늘은 또 웬일이야?"라고 물었다. "아무 일도 없어. 곧 좋아질 거야(It will be all right by and by)."라고 대답했었다. 이때 베넷에게 번개처럼 한 악상이 떠올랐다. "머지않아 달콤함 속에(In the Sweet By and By)! 어때 멋있는 찬송가가 될 것 같지 않아?"

이렇게 해서 30분 만에 둘이서 만든 찬송이 'Sweet By and By'라는 우리가 부르는 "날빛보다 더 밝은 천국"이라는 찬송이다.

> 낮보다 더 밝은 땅이 있네
> 믿음으로 우리는 그곳을 멀리 볼 수 있네
> 하나님 아버지께서 길 건너에서 기다리시네
> 그곳에 우리가 살 곳을 준비하시고
>
> 머지않아 달콤함 속에
> 우리는 그 아름다운 해변에서 만나리
> 머지않아 달콤함 속에
> 우리는 그 아름다운 해변에서 만나리

우리의 사랑하는 가족들은 예수를 믿고 구원을 얻어 요단강을 건너 천국에 갔다. 그곳에서 손짓해도 나는 갈 수 없으며 죽은 자는 가족들이 고통을 받고 사는 것을 잊었으며 그런 가족들을 안타까워하거나 이곳에 다시 오고 싶어 하지도 않는다. 그들에게 다시는 사망이 없고 애통하는 것이나 곡하는 것이나 아픈 것이 다시는 있지 않다. 이 세상의 모든 근심, 걱정, 원망, 미움… 모든 짐을 내려놓고 갔기 때문이다. "천국에서 편히 쉬시라."라고 우리가 기원했던 대로 그들은 거기서 우리를 잊고 편히 쉬고 있다. 가족들이 지상에서 조상을 그리며, 제사나 추도예배로 음식을 장만하고 손님을 불러 복 비는 제사를 지내거나, 망자의 영혼을 위해 기도하고 하나님을 찬송할지라도 그들은 우리를 만나려고 하지도, 그 잔치 자리에 음식을 먹으러 찾아오지도 않는다. 천국은 영원한 피안에 있기 때문이다.

나는 최근에, 『천국은 실제로 있다(Heaven is for real; 한국어판 제목 '3분')』라는 책을 읽었다. 이 책은 미국 네브래스카주의 작은 도시 목사가 쓴 것으로 전 세계에 8백만 부가 팔렸다. 네 살 먹은 그의 아들이 맹장 파열로 힘든 수술을 마치고 난 뒤에 의식이 떠나 있던 3분 동안에 본 천국 이야기를 쓴 책이다. 이 목사는 수술에서 회복한 아들 콜튼을 태우고 운전하고 갈 때, 꼬마가 갑자기 "아빠에게 팝이라는 할아버지가 있었죠?"라고 질문하는 것을 듣는다. 팝은 목사의 외할아버지였는데 콜튼이 태어나기 25년 전에 돌아가신 분이었다. 그런데 꼬마가 그분을 어떻게 알고 천국에서 만났다는 것인가? 그분은 세상에 있을 때 개를 데리고 콜튼의 아버지와 토끼사냥을 하고 다녔다면서 꼬마는 자기들도 그런 개를 샀으면 좋겠다는 말도 했다.

문제는 팝 할아버지는 평소 교회를 잘 다니지 않는데 어떻게 천국에 갔을까 하고 목사가 생각하는 것과 둘째로 내 상식으로는 천국에서는 친척도 알아볼 수 없고 세상의 옛이야기를 나눌 수 없는데 어떻게 그런 천국에서 이런 일이 있었을까 하는 것이었다. 목사는 팝 할아버지가 교회에 잘 다니지 않은 것이 분명한데 천국에 간 것은 팝 할아버지가 시골 부흥회에 참가했을 적에 부흥사가 자신의 삶을 예수님께 헌신하기를 원하는 사람이 있느냐고 물었을 때 그가 손을 드는 것을 목사의 처제가 보았다는 것으로 합리화를 하였다. 결국, 한순간의 이벤트로 천국에 갔다는 것이다. 천국은 예수님이 십자가에서 돌아가실 때 자기와 함께 매달린 한 강도가 예수를 시인하여 낙원을 약속받은 것처럼 팝 할아버지도 예수님께 헌신하겠다고 손 한 번 들고 천국에 간 것은 당연하다는 이야기다.

그러나 나의 두 번째 의심은 쉽게 풀리지 않았다. 만일 천국에 간 사람이 세상과 인연을 끊지 못하고 있다면 친척의 비운을 보고 괴로워하지 않았을까? 또 친척들에게 지상에서 일어난 악한 일들을 보고 보복해 주고 싶은 생각은 나지 않았을까? 그런 생각을 가지고 어떻게 천국에 있을 수 있었을까 하는 것이었다.

물론 사도 요한이 본 천국의 계시(啓示錄)에서도 천국 보좌에서 하나님 말씀을 지키다가 억울하게 죽임을 당한 영혼들이 제단 아래서 큰소리로 "거룩하고 참되신 주님 언제나 땅에 사는 사람들을 심판하여 우리를 죽인 원수를 갚아주시렵니까?"하고 외치는 장면이 나온다. 그렇지만 원수 갚을 생각을 한 사람들이 어떻게 천국에 갈 수 있었으며 또 그것이 천국에 간 사람들이 외칠 목소리냐는 생각이 든다. 이것을 보면 천국에 가기 전 지상에 있는 사람들과 연락을 끊지 못하는 영혼들이 머무는, 소위 천주교에서 말하는 연옥(煉獄)이 있을지도 모른다는 생각도 하게 된다.

단테는 지옥 편, 연옥 편, 천당 편으로 되어 있는『신곡』에서 지옥, 연옥, 천당을 살피며 천당의 지고천(至高天)까지를 백 편의 시로 장엄하게 묘사하고 있다. 지옥을 빠져나온 단테는 연옥을 둘러싸고 있는 바닷가로 내려가 풀잎에 맺혀진 이슬로 지옥에서 더럽혀진 얼굴을 씻고 물가에 피어 있는 '겸손'의 상징인 골풀을 꺾어 허리에 두르고 연옥 편력에 이른다. 연옥에 머문 망령들은 죽기 전에 겨우 잘못을 뉘우쳤으므로 현세에서 누렸던 쾌락의 시간만큼 천당 문을 들어가지 못하고 연옥에서 대기하고 있다. 지옥에 떨어지는 것만을 겨우 면한 망령들이 천당 문이 열리기를 기다리면서 단테에게 현세에 돌아가거든 자기들의 친척들에게 곧 연옥에서 천당으로 들어갈 수 있도록 기도해 달라고 부탁한다. 연옥에는 일곱 개의 두렁길이 있는데 그곳에는 지상에서 사람들이 가질 수 있는 모든 태도가 있다. 이런 교만, 질투, 태만, 탐욕, 탐식, 색욕을 말끔히 씻어야만 연옥을 탈출할 수 있다. 이 두렁길을 다 지나면 드디어 나타나는 것이 레테 강과 에우노에 강이다. 낙원에 이르기 전에 죽은 자들은 꼭 이 강을 건너야 한다. 레테 강은 슬픔과 고통에 처해 있는 세계의 모든 죄악의 기억을 앗아가는 강이요 에우노에 강은 모든 선행과 행복에 대한 기억을 회생시키는 강이다. 결국, 천국은 모든 슬픔과 고통과 원한을 지우는 것만으로는 충분하지 않고 하나님과 하나 되는 참 생명을 회복하는 데까지 이르고 있다.

은경은 중환자실에서 병실로 돌아와 많이 회복되었지만, 식욕이 없고 투병하기가 괴로운 것 같았다. 수술 전날 자정부터 물도 마시지 않고 금식한 지 10일이 되어 가는데 변을 보지 못해 불안해하고 속이 불편하다고 했다. 뱃속이 편해진다는 '불가리스'나 '쾌변' 같은 음료수를 마셔보지만 특별한 효과가 없었다. 중환자실에서 나온 후 처음 며칠은 죽을 먹었다. 그것도 싫다고 해서 밥을 시켰는데 그것도 물을 말아 조금 먹다 마는 형편이었다. 억지로 더 먹으라고 강요하면 그녀는 안타까운 듯 나를 쳐다보며

"나 정말 먼저 죽으면 안 될까?"하고 말했다. 생명을 유지한다는 것이 너무 힘든 모양이었다.

"또 그 말이야? 언젠가는 죽게 되겠지. 그렇지만 나는 고난을 받더라도 이 세상에서 좀 더 당신과 함께 애들을 위해 기도하며 살고 싶어. 그렇게 나와 헤어지고 싶어?"

"나는 천국에서도 당신을 기억하며 기다리고 살 거예요. 성경에도 현재의 고난은 장차 우리에게 나타날 영광과 비교할 수 없다고 했잖아요? 그런 천국이 어떻게 우리를 영원히 갈라놓는 비운의 장소가 되겠어요?"

"그래요. 그곳은 날빛보다도 더 밝은 곳이겠지요. 아담의 죄악에서 해방되어 하나님과 영원히 동행하는 세상이지요. 아담이 벗고 있어도 부끄러운 것을 모르던 태초에 하나님께서 창조한 그 세상으로 가는 것이겠지요. 그러나 나는 준비가 안 되어있어요."

"당신은 천국에 갈 때는 망각의 레테 강을 건너야 한다고 했지요? 그러나 또 하나의 강은 모든 선행과 행복의 기억을 회생시키는 에우노에 강이라고 당신이 말했잖아요? 우리의 아름다운 기억은 그 강물을 마실 때 다 회생할 거예요. 나는 그 기억을 갖고 당신을 기다릴게요."
그러면서

"천국은 블랙홀이 아니잖아요? 모든 기독교인이 천당에 가려고 예수를 믿는데, 당신처럼 그렇게 부정적으로 천국을 생각하면 안 될 것 같아요. 수정같이 맑은 물이 흐르고, 거룩한 새 예루살렘에는 열두 진주 문이 있고, 성의 길은 순금이고 사시사철 꽃이 피어 있는 그런 곳을 상상하면 안 돼요? 나는 그런 곳에 가고 싶은데."라고 말했다.

"만일 천국 문 앞에 베드로가 서 있어서 당신은 세상에 있을 때 전도는 않고 남편만 사랑했으니 들어갈 수 없다고 하면 어쩌려고 그래?"

"그럼 당신 오기까지 문밖에서 기다려야지 뭐."

"내 생각에는 죽어보지 못하고 예수를 믿고 있는 우리는 천국에 대해서 여러 가지로 잘못된 인식을 너무 많이 가진 것 같아. 어떤 사람은 자기가 천국에 갈 자격은 없지만, 거기에 꼭 가보려고 한 것은 못된 목사도 천국에 와 있는지 아닌지 확인하고 싶기 때문이라고 했대. 또 어떤 이는 구원받았다고 뽐내며 장로답지 않게 살다 죽은 교인이 천국에서는 초막집에서 거지같이 사는 꼴을 보고 싶고, 말없이 봉사하며 살다간 교인은 금으로 지어진 구중궁궐 같은 집에서 면류관을 받고 호화롭게 사는 것을 확인하고 싶어 천당에 가고 싶다고 했대."

"천국이나 불못인 지옥은 예수님이 재림하셔서 최후의 심판을 하시기까지 이름만 있고 비어있는 것이 아닌가요?"라고 은경은 말하기도 했다.

"그러면서 어떻게 당신은 천국에 가서 나를 기다리겠다고 하는 거요?"

"가 봐야 알겠지만, 구원받은 사람은 다 가는 거 아니에요?"

그러다가 은경은 갑자기 또 물었다.

"구원은 믿음으로 받는 것이지요?"

"왜 갑자기?"

"당신이 병원교회에 갔다 오면서 주보를 가져왔는데 그곳에 결신자 명단이 918, 919⋯ 이렇게 나와 있던데 그것은 이 교회에서 9백여 명을 천국에 갈 사람으로 등록시켰다는 것 아니에요?"

"글쎄 그렇겠지. 그러나 교회에 나오겠다고 다 구원받은 것은 아니잖아? 교회 의식인데 세례를 받으면 의롭다고 인정을 받는 칭의(稱義)의 단계일 뿐이야."

"그래서 목사님은, 칭의는 천당 가는 입장권이지만 그것으로는 타는 불에서 꺼내 구원한 부지깽이 같은 부끄러운 구원이며, 천국에서 면류관을 받기 위해서는 행위가 있어야 한다고 하는 거군요?"

"예수를 닮아가는 행위를 성화(聖化)라고 하는데 나는 칭의와 성화는 하나로 묶여 있다고 생각해. 그런데 이것을 별도의 단계로 나누어 먼저 세례로 칭의의 단계에 들어가고 다음 구원을 완성하기 위해 성화의 행위를 보여야 한다고 강요하는 것이 잘못된 일이라고 생각해. 행위로는 구원을 얻을 수 없기 때문이야. 봉사라든가 선교라든가 헌금이라든가 아무리 하나님의 뜻이라고 생각해서 자기가 노력했다 할지라도 인간의 행위는 천국의 유업을 보장받는 구원의 완성일 수 없어. 그것을 인정받는 것은 하나님의 은총이고 하나님의 몫이야. '나는 무익한 종'이라고 고백할 수밖에 없는 것이 인간이라고 생각해."

"그냥 나는 이 복잡한 과정과 이론은 생각하지 말고 일단 천국에 가보고 싶어요. 내 이름도 천국의 어린 양 생명책에 기록되어 있을까요?"라고 은경은 물었다.

"말했지요. 당신은 나처럼 아직 천국에 갈 준비가 안 되었다고."

"왜요? 아직 성화의 과정을 거치지 않아서요? 나는 다시 살아나도 늙어서 하나님의 지상명령인 전도는 못 해요."

"말했잖아요. 행위로는 하나님의 의에 이르지 못해요. 당신은 하나님의 은혜에 늘 감격하고 사는 사람이잖아요. 감격의 삶으로 남은 인생을 주의 증인으로 살면 된다고 생각해요. 다른 사람의 마음을 움직이는 말, 태도, 몸짓, 미소, 우러나오는 사랑으로 '주는 나의 하나님 나는 그의 백성'임을 몸소 보이며 주님의 증인으로 삶을 살면 돼요. 믿음으로 살면 돼요. 나도 당신과 그런 삶을 좀 더 살고 싶어요."

열흘 만에 은경은 결국 관장하기로 하였다. 병원은 시시각각으로 병자의 체온, 혈압, 산소 수치, 맥박 등을 조사하고 있었다. 배설도 그들은 신경 쓰고 있다. 나는 그들의 지시에 따르면 환자의 육신의 생명은 유지된다고 생각하고 있었다. 침대를 끌고 널찍한 장애인 화장실로 갔다. 간호사는 관장용 좌약 두 개를 항문에 삽입하고 15분 뒤에 올 테니 환자가 아무리 급하다 하더라도 기저귀로 항문을 막고 기다리고 있으라고 말하고 떠났다. 15분 뒤에 그토록 걱정되고 고통스럽던 배설은 끝났다. 은경은 기분이 좋아서 병실로 돌아왔다. 얼마 뒤에 배가 고프다고 말했다. '떠먹는 요구르트'를 갖다 주었다. 좀 입맛이 도는 모양이었다. 저녁을 먹을 때는 물에 밥을 말아 먹으면서 말했다.

"장아찌에다 먹으면 맛있을 것 같아요" 이건 정말 희망적인 목소리였다.

"그래, 그걸 구해 올까?"

"집에 가면 김치냉장고 제일 아래편에 '나라츠케'가 있어요. 뭔지 알아요?"

"그럼 알지. 오래전에 둘째 며느리가 갖다 놓은 일본 장아찌잖아?"

"그래요. 참외보다는 좀 크고 긴 울외가 술지게미 속에 박혀 있을 거예요. 그걸 반절만 잘라 꺼내서 씻은 뒤 잘게 썰어 오세요."

"그럼. 그렇게 하지. 내일 바로 가서 가져올게." 나는 너무 기뻐서 소리쳤다. 그녀는 얼굴에 홍조를 띠고 천정을 바라보며 꿈꾸듯이 말했다.

"당신, 나박김치도 담글 수 있어요?"

"그럼. 물김치잖아. 그것도 할 수 있어. 못하면 우리 교회에서 제일 솜씨 좋은 권사님에게 배워서 담가 올게." 이제는 은경에게서 죽음의 그림자가 완전히 사라졌다. 얼마 있다가 그녀가 말했다.

"그건 좀 어렵겠다. 그냥 두세요. 내가 나가서 담글게. 그런데 당신 뭐가 그렇게 좋아요?"

"다시 삶의 의욕이 솟아난 것 같아. 천국 이야기가 쑥 들어갔잖아."

"천국 안 가겠다는 것이 그렇게 좋아요?"

"그럼. 다 천국 가고 싶다고 말하지만, 막상 '지금 나와 함께 천국 갈 사람은 손들어요.' 하면 아무도 안 들걸."

"나는 베드로 때문에 못 가는 것이 아니라 당신 때문에 못 가는 거예요."

"아무튼, 감사해."

그렇게 말하면서 나는 자신의 행위에 소스라치게 놀랐다.

천국 문 앞에 서서 나는 무엇을 하고 있는가? 기독교에서 천국을 빼면 무엇이 남는가? 고생과 수고가 다 지난 후 광명한 천국에서 쉬고 싶다고 노래했던 내가, 나도 천국에 안 들어갈 뿐 아니라 그렇게 가고 싶다는 은경을 천국 문 앞에서 막고 있다.

천국은 과연 어떤 곳인가? 지금 천국 문을 막고 있는 나는 과연 누구인가? 나는 선악과의 유혹을 못 이기고 찰나의 단맛을 즐기고 있는 아담인가? 나는 악을 밭 갈아 죄를 거두는 소돔과 고모라를 뒤돌아보다가 소금기둥이 된 롯의 아내인가?

박 교수와 김삼순 선교사

⋮

    박 교수는 캄보디아에 나가 있는 김삼순 선교사로부터 최근 그녀의 근황을 이메일을 통해 듣고 너무 가슴이 아파 잠을 이루지 못했다. 생각 끝에 그는 자기 딸과 사위가 권사와 장로로 시무하고 있는 교회에 김삼순 선교사의 딱한 사정을 알려서 그 교회에서 김삼순의 해외 선교 지원을 해 달라고 청원해 볼 생각을 하였다. 혹 안 되더라도 다른 교회를 통해서든 뭔가 길이 열리지 않을까 하는 생각에서였다. 그 교회 목사는 딸을 통해서도 이메일이나 전화번호도 알아볼 길이 없어서 등기 속달로 그 교회 사무실에 장문의 편지와 그가 최근에 출판한 수필집을 보냈다. 그 수필집에는 김삼순 선교사의 이야기가 실려 있었기 때문이었다. 그러고 나서 좀 마음이 홀가분해져서 김삼순에게 이메일을 보냈다. 평소처럼 '내 사랑하는 김삼순 선교사에게'라는 제목과 함께.

    박 교수는 김삼순 간사를 딸처럼 생각했었다. CCC 동아리 지도교수를 맡아서 그들이 성경공부 등으로 개별 모임이 필요할 때는 자기 연구실도 내주었으며 가끔 상담에도 응하고 점심을 사주기도 했다. 또 교회에 불러 교인들이 CCC 동아리의 '사영리(四靈理)'를 통한 개인전도 훈련'을 받게도 했다. 박 교수는 은퇴할 때가 가까워서였는지 대학생들을 양육하며 영혼 구원에 힘쓰는 김삼순 간사의 모습이 안쓰럽기도 하고 딸처럼 돕고 싶은 생각이 강했기 때문이었다. 박 교수는 자기가 어느 대형 교회에 김 선교사의 후원을 청원했으니 현실에 너무 낙심하지 말고 기다려보라고 말했다. 그러면서 교회 목사에게 보낸 청원서도 첨부파일로 보냈다.

이xx 목사님

저는 85세의 은퇴 장로로 귀 교회의 박xx 권사 애비가 되는 사람입니다. 미국 미시간주에 살면서 한때 목사님과 동역하기도 한 무디신학교 출신 박xx 장로의 큰아버지가 되기도 합니다. 또한, 저는 아내가 불편하여 교회를 못 나가는 동안 매 주일 TV를 통해 목사님이 인도하는 예배에 열심히 참여하고 있는 사람이기도 합니다.

제가 이 글을 쓰는 이유는 캄보디아에 가 있는 전 CCC 동아리 간사, 김삼순 선교사(남편 정xx 간사)의 안타까운 사정을 말씀드려서 귀 교회가 어떤 방법으로든 도와주든지 아니면 잘 아시는 교회를 하나 연결해 주었으면 좋겠다는 생각으로 이 청원을 드립니다.

김삼순 선교사는 1996년에 제가 재직한 대학에 CCC 동아리 캠퍼스 전임간사로 파송되어 왔을 때부터 인연을 맺었기 때문에 햇수로 22년째 되는 것 같습니다. 저는 당시 대학 CCC 동아리 지도교수를 오래 하고 있었는데, 그 자매가 대학을 떠난 뒤에도 계속 기도편지로 연락을 주고받았기 때문에 그녀가 어떻게 살고 있는지 잘 알고 있는 사람입니다. 그 자매는 주님께 헌신한 삶을 살면서, 두 남녀의 어머니가 된 뒤에도 2008년 말부터는 어느 입양 복지회를 통해 2년 터울의 두 남매를 입양해서 열심히 기르고 있는 자매입니다. 저는 그녀와 만난 지 2년 뒤 대학에서 은퇴한 후에도 제게 마지막 남은 김 선교사와 또 다른 CCC 동아리 간사에게 미미하지만, 후원을 계속하고 있습니다.

그런데 이번에 해외에 나가 활동하는 어느 선교사가 김삼순 선교사 부부에게 찾아와서 캄보디아에 국제대학을 세우는 데 도와 달라는 요청을 했다고 합니다. 그때 그들은 막 안정을 찾았고 김 간사는 신대원에서 M.Div. 과정 중에 있을 때였습니다. "영혼 구원은 생명을 건 전쟁"이라고 말하며 "이곳 공부도 좋지만, 캄보디아의 죽어가는 생명 구원 전선에 같이 뛰어듭시다."라고 열정적으로 설득하는 말에 섬뜩하여 심장이 멎는 듯했답니다. 가슴이 찔려 며칠을 고민하다가 그것이 하나님의 뜻으로 알고 순종하기로 했답니다. 그들은 집을 청산하고 저축해 놓은 통장도 정리하고, 신대원 M.Div. 과정까지 그만둔 채 2014년 10월 말, 캄보디아 바탐방으로 떠났습니다. 그들에게 간절히 부탁했던, 두려울 만치 선교사역에 열성적이었던 분은 그해 12월 현지에 한 선교대학을 세웠는데 그곳은 어학 연수원과 유치원, Pre-School, 신학교까지를 망라한 학교였습니다. 김삼순 선교사 부부는 자기들이 가지고 온 사재를 다 바치고 하루 12시간씩 봉사했는데 8개월여 그곳에서 일하다가 거기를 떠났습니다. 깊은 내막은 모르지만, 같이 일할 형제가 아닌 것을 깨달은 것 같았습니다. 그들은 빈 몸으로 2015년 7월 중순에 프놈펜으로 떠났습니다. 투자한 돈도 다 돌려받지 못했다고 합니다. 그러나 프놈펜에서 좋은 선교사와 목사님을 만나 그곳 한인교회를 섬기고 남편은 프놈펜 대학생 학사(學舍)에서 사역하며 이제는 조금 안정을 얻은 듯했습니다. 그런데 이제는 그들을 후원해 주던 한국의 미자립교회가 더는 도울 수 없다는 연락을 해 와서 그녀는 지금 막막한 상태에 있습니다.

이렇게 선교지에서 고생하는 이들 부부 선교사에게 측은한 생각이 드시거든 좋은 길을 열어주시기를 간청합니다. 저는 CCC 동아리를 창건하신 김중곤 목사님을 존경하며 따르던 사람입니다. 그분이 살아계신다면 김삼순 선교사에게 어떤 도움이라도 주었으리라고 믿습니다. 이 목사님께서도 CCC 동아리 출신이라는 말을 들었습니다. 목사님, 큰 교회의 높은 담과 교파를 초극해서 측은한 손길을 뻗어 주실 수는 없을까요?

2018년 3월 26일

박xx 장로 올림

박 교수는 그 편지에서 자기가 출판한 수필집에 올린 김삼순 선교사의 평소 삶을 소개한 글, '청빈낙도(淸貧樂渡)'도 읽어봐 달라고 부탁했다는 내용도 언급했다. 김삼순은 이미 알고 있는 내용이었다.

청빈낙도

청빈낙도는 우리나라 가난한 선비들이 자주 썼던 말이다. '청렴결백하고 가난하게 사는 것을 옳은 것으로 여기고 도를 즐긴다.'라는 뜻이다. 부자로 살지 못한 실패자의 푸념처럼 들린다. 그런데 왜 청빈한 선비들은 존경을 받았을까? 그들은 덕을 쌓고 자신을 위한 치부에 눈을 돌리지 않으면서, 어렵게 사는 사람들에게 옳게 사는 본을 보였기 때문이다. 성경에 나오는 바울은 평생 복음 선포로 다른 사람의 영혼 구제에 힘을 썼는데 자기는 어떤 궁핍에도 스스로 만족하는 법을 배웠다고 말하고 있다. 가난하게 산다는 것 자체가 탐욕을 이겨낸 도인으로 옳은 길을 권할 수 있는 자격을 갖추는 것이라고 볼 수 있다.

지난해 8월 한국을 방문한 프란치스코 교황은 한국 수도자들에게 "청빈은 수도 생활을 돕는 방벽(防壁)이고, 올바른 길로 이끄는 어머니"라고 말한 바 있다고 들었는데 하나님께 몸 바친 사람들은 청빈한 삶이 없으면 대중 앞에서 방벽이 없는 것과 같으며 그것 없이는 성도들을 올바른 길로 인도하는 어머니 역할도 할 수 없다는 말로 생각된다. 성직자가 호화로운 주택에 살고 호화로운 차를 타고 다니면서 가난한 사람들을 위해 아무리 복음을 전파해도 그것은 소귀에 경 읽는 꼴이 된다는 말이다. 정말, 예수 그리스도를 전하려면 청빈한 삶을 살아야 할까?

나는 CCC 동아리에서 전도훈련을 받고 남의 후원만 가지고 수십 년간 예수님께 헌신하고 사는 자매를 알고 있다. 1996년 내가 봉직하는 대학교 CCC 동아리 간사로 와서 봉사하다가 지금은 네 자녀의 어머니가 된 그녀는 CCC 동아리 간사로 함께 일하던 신랑과 결혼했다. 이들은 밥그릇 둘, 국그릇 둘, 물컵 두 개로, 방 하나 딸린 옥탑방에서 신혼살림을 시작했다. 성경에서 말한 대로 이 세상의 모든 것을 버리고 주를 따랐다. 시골에서 부모님이 택배로 보낸 쌀과 반찬은 학생들을 불러다 먹이고, 일주일 분량의 장을 봐서 만든 반찬이 이삼 일 만에 남의 입에 들어가도 나머지 날은 없는 대로 만족하며 살았다. 마트에서 반짝 세일로 몇 개 한정으로 파는 세일 상품 방송을 하면 물건을 고르되 늦게 올 사람을 위해 좀 못한 것부터 샀다고 한다. "돈은 일체 가지고 가지 말라. 여행 가방이나, 갈아입을 옷 그리고 여분의 신발이나, 지팡이도 갖고 가지 말라."는 성경 말씀대로 산 것이다. 그것이 성경의 말씀이었고 CCC 동아리에서 가르쳤던 삶의 방법이었다.

그러나 나는 두 사람이 지금까지 간사로 또는 선교사로서 일정한 수입이 없이 교회 봉사나 후원금만으로 사는 가난한 삶이 불안하고 안타깝다. 은퇴 연금도 없이 어떻게 하루하루 살 수 있다는 말인가? 그런데 더 대책이 없다고 생각한 것은, 그들에게는 귀여운 딸과 아들이 있었는데 이들이 다 자라기도 전에 또 다른 아들과 딸을 입양해서 지금은 모두 여섯 가족이 살고 있다. 그들은 결혼한 지 3년 뒤에 연년생으로 남매를 가졌다. 7년 뒤 업고 안고 병원을 오가며, 힘들게 기른 아이들에게서 숨을 좀 돌릴 때가 되었다고 생각된 때였다.

귀한 생명을 낳자마자 핏덩이째 검은 비닐봉지에 넣어 버리기도 하고, 그렇게까지는 아니지만 철없는 어린 미혼모는 입양시설에 세워진 '베이비 박스'에 어린 생명을 버리고 간다는 기사를 읽자 그녀는 다시 두 살 터울로 남매를 입양하여 4남매의 부모가 된 것이다. 여섯 식구의 빨래만 해도 큰일이었다. 애들의 털옷, 털모자, 목도리, 장갑, 심지어 부츠, 실내화, 운동화도 모두 손빨래를 하는데 작은 세탁기를 돌려서 빠는 양말만 마흔네 짝이어서 어디로 빠졌는지 그 짝을 한 번도 제대로 맞춘 적이 없었다고 한다.

옛날 자기가 캠퍼스 전임간사로 있을 때 CCC 동아리 학생으로 자기에게 신세를 졌던 학생들은 졸업하여 직장을 갖거나 잘 사는 남편을 만나 부유하게 지내고 있다. 그런데 내가 아는 이 자매는, 옛 순원(筍員; CCC 동아리에서는 조직의 기본단위 cell을 筍이라고 한다)들이 자기들만 잘사는 것이 미안해서 보내온 후원금으로 생활을 유지하고 있다.

이들을 보면 나는 이탈리아의 아시시에서 태어난 성 프란체스코를 생각한다. 그는 중류층 마포 상인의 아들이었는데 25세 때 허물어져 가는 성당의 십자가상 앞에서 기도하다가 하나님의 음성을 듣고 모든 세속적인 것을 버리고 십자가에 돌아가신 예수 그리스도에게 헌신할 것을 결심하였다. 그는 철저한 가난을 실천하며 탁발하는 수도자, 순회하는 설교자로 살았다. 그는 자기를 따르는 수도사 중에서 예수님처럼 열두 제자를 뽑았다. 그리고 성경대로 둘씩, 둘씩 짝지어 세상으로 보내 전도하게 하였다. 자신은 동반자로 마세오를 택하여 함께 떠나, 소위 '거지 순례'를 시작한 것이다. 사랑의 빵을 걸식하러 마을로 나갔는데 갈림길이 나타났다. 두 사람은 거기서 헤어졌다. 그들이 마을을 지나 다시 만났을 때는 성 프란체스코의 손에는 마른 빵 몇 조각이 있을 뿐이었다. 그는 왜소하고 보잘것없는 외모여서 나이 어린 거지 취급을 받은 것이었다. 그러나 마세오는 키가 크고 수려해서 그의 손에는 많은 음식과 빵이 있었다. 그들은 가까운 데서 샘물을 찾아 널찍한 바위 위에 앉아 식사하게 되었는데, 프란체스코는 "마세오야, 우리는 이와 같은 보물을 받을 자격이 없는데…"라는 말을 되풀이했다.

"선생님, 이처럼 가난한 채 빵 몇 조각 얻은 것을 어떻게 보물이라고 부를 수 있습니까? 우리는 옷도 없고, 나이프도 접시도 없으며, 그릇도, 집도, 식탁과 요리사도 없습니다."

"그것이 바로 큰 보물이니라. 이것들은 우리 수고로 준비된 게 아니라 하나님의 섭리로 마련되었다. 빵과 편편한 돌, 식탁, 깨끗한 샘물을 보라! 우리, 온 마음을 다하여 하나님이 주신 '거룩한 청빈'이라는 매우 고귀한 보물을 사랑할 수 있도록 기도하자."

나는 이런 구절을 읽을 때 성 프란체스코는 독신 수도사이며 오직 예수를 믿고 그와 하나 되기를 원한 사람이었기에 그렇게 할 수 있었다고 생각한다. 그러나 그런 성자는 교부시대에도 그렇게 흔하지 않았다. 그런데 결혼한 부부가 자녀를 기르면서 성 프란체스코를 흉내낼 수 있을까를 생각한다. 이것은 강요된 새로운 율법이 아닐까? 바울의 자비량(自費量) 선교는 그런 것이 아니었을지 모른다.

이런 편지를 보낸 얼마 뒤에 김 선교사로부터 답신이 왔다.

교수님^^

답답해 보일 수도 있지만, 교수님도 아시다시피 고난은 축복의 통로로 반드시 돌아오잖아요. 여기 저희가 교제한 선교사님들이 모두 그렇게 살아왔더랬습니다. 저는 이때를 잊지 않을 것입니다. 가난하고 한 치 앞도 모르지만 그런 가운데서도 우리를 인도하신 주님을 간증할 날이 언젠가는 오겠지요. 너무 염려 마시고 깊은 중보기도를 부탁드립니다. 그리고 그렇게까지 애쓰시지 않아도 됩니다. 처음부터 지원교회를 생각하고 시작한 일이 아닙니다. 지금 잘살고 있습니다. 걱정하지 마십시오.

그러나 한 달 뒤, 박 교수는 '사랑하는 내 딸 김삼순 선교사'에게 또 편지를 썼다. 청원했던 교회에 많이 화가 나고 불쾌한 어조였다. 김 선교사를 후원해 달라는 청원서를 등기로 보내고 우체국에서는 모바일을 통해 배달되었다는 연락까지 받았는데 한 달을 기다려도 답이 없어 교회 홈페이지를 검색하여 그 교회의 행정 목사에게 어떻게 된 것인지 영문을 문의했다고 말했다. 당회장 목사는 집 주소도, 전화번호도 숨기고 철저히 베일에 싸여 일반인에게는 접근이 허락되지 않은 것 같아서 자신이 보낸 청원서가 어찌 되었는지 따지고 싶어 행정담당 목사에게 분풀이했는데 이번에 그 경위를 알아 조처하겠다는 내용의 글이었다. 그러면서 박 교수는 행정담당 목사에게 보낸 편지 내용을 첨부 문서로 김 선교사에게 보냈다. 다분히 그녀도 자기처럼 분개하리라고 기대하며 쓴 글이었다. 첨부 문서의 내용은 다음과 같았다.

행정담당 정 목사님:

저는 현재 85세의 은퇴 장로입니다.

지난 3월 26일(전후 2, 3일 내)에 귀 교회의 담임 목사님께 교회 주소를 통해 등기로 택배를 보낸 일이 있습니다.

제가 궁금해하는 점은, 택배가 도착하면 행정 목사님께서 미리 이것을 받아 선별한 뒤에 당회장 목사님께 폐가 되겠다고 생각하는 것은 아예 쓰레기통에 버리는지, 아니면 일단 당회장 목사님께 드리기는 하는지요. 만일 전자라면 교회가 잘못된 길을 걷고 있다는 생각이 듭니다. 당회장 목사가 자신은 철저히 베일 뒤에 숨어서 규칙과 명령으로 교회를 움직이고 심지어 부목사까지도 독재자 수족처럼 쓰고 있다는 생각이 들어서입니다. 이것은 천주교의 교황제도와 무엇이 다릅니까? 귀 교회만은 다른 대형 교회와는 다르다고 생각했는데 실망입니다.

예수님은 누구와도 불통을 원하지 않고 소통을 원하셨습니다. 그분을 만나고 싶어 뽕나무에 오른 삭개오를 만나서 구원하셨고, 열두 해를 혈루증으로 앓던 여자가 생명의 위험을 무릅쓰고 군중 속에서 그분의 옷깃에 손을 댔을 때, 그분은 그것을 느끼고 그녀를 불러 병을 낫게 하셨습니다.

지금 한국 교회가 어떻게 본질에서 벗어나고 있는지 아십니까? 목사는 돈과 권력과 명예를 탐하고, 교인들 앞에서 교황으로 군림하면서 귀신 들린 자, 병든 자, 가난한 자들을 돌보지는 않고, 하나님께 바치는 헌신과 헌물을 자기가 가로채고 있습니다. 주님과 직접 교제하는 개별적 교인은 온데간데 없고, 구원받았다는 각 지체는 자신이 바로 예수님이 사시는 '성령의 전(殿)' 인 교회인 것을 망각하고, 교회공동체의 일원으로서만 종으로 헌신하고 있을 뿐입니다. 목사는, 매주 바리새인이 율법을 강론하듯 설교해서 스스로는 '주의 종'이 되고, 교인들을 자신에게 순종하는 종으로 만들어 놓은 것입니다. 모든 교회는 대형 교회를 흠모하며, "3천 명을 주시옵소서." "4천 명을 주시옵소서."하고 외치며, 교인들을 노방전도에 동원하거나, 총동원 주일 같은 행사를 기획해서 교회로 사람들을 초대하고 그들에게 상품 공세를 퍼붓기도 합니다. 마치 돈으로 '주의 백성'을 살 수 있다고 훈련을 시키는 것 같습니다. 영적인 것을 물질적인 것으로 대체하고, 하나님의 백성이 모인 무형의 교회는 눈에 보이는 치장된 대형 교회로 바뀌어 가고 있습니다. 큰 예배당을 지으려다 빚에 쪼들려 교회가 경매로 넘어가기도 하며, 교회가 눈에 보이게 커지면 목사는 자녀에게 교회를 세습하기도 합니다. 부흥회로 복을 나누어 줄 뿐 아니라 자기가 축귀(逐鬼)의 권능을 받지 못했거나, 신유(神癒)의 은사를 받지 못했을 때는 그런 기적을 행하는 목사를 초빙해서 하나님의 초능력을 체험하도록 부흥회를 하기도 합니다. 예배당의 이름을 바꾸어서 그 건물을 '성전', 교회 조직 명칭을 '성역'… 그래서 이제는 목사는 옛 제사장, 성역장들은 레위인이 되어, 교회는 제사 지내는 성전같이 되어가고 있습니다.

목사님, 제발 이 평신도의 외침을 신학교에서 신학교육을 받지 못했다고 외면하지 말고 귀 기울여 주십시오. 말씀을 이렇게 이해하고 교회를 이렇게 보고 있는 평신도도 있구나 하고 역지사지의 입장이 되어봐 주십시오. 나를

위한 것도 아니오. 내가 사랑하고 아끼던 선교사에 대한 청원이었는데 답이

없어 서운했습니다. 어떻게 되었는지 행정절차를 알려 주어서 내가 어떤 무

례한 짓을 하고 있는지 알게 해 주십시오.

2018년 4월 26일

박xx 장로 드림

얼마 만에 또 김삼순 선교사로부터 회신이 왔다.

교수님^^

딸처럼 여러 가지로 걱정해 주신 것 감사합니다. 시골에는 낳아 주신 부

모님이 계시고, 여기 예수님을 깊이 아시는 또 한 분의 아버님이 계신 것을

감사합니다. 저는 하나님 은혜로 잘살고 있습니다. 이제는 더는 그 교회의

부정적인 이야기를 하거나 저를 위해 부탁하는 일을 그만두어 주십시오. 그

교회는 건전한 대형 교회입니다. 그 교회는 그 교회대로 규칙이 있습니다.

그 교회에서 해외선교사를 보낼 때는 반드시 그 교회의 교인으로서 자격심

사에 통과된 사람을 선교 훈련을 시킨 뒤 파송하게 되어있다고 들었습니다.

물론 자비량(自費量)이 원칙입니다. 또 은퇴 후 퇴직금으로 선교사로 나가고

싶은 자기 교인도 심사 후 훈련을 마친 뒤에 보낸다고 합니다. 그 교회 교인

만으로도 자원이 넘치는데 어떻게 제가 해당되겠습니까? 이제 제발 수고를

그만두십시오.

다만 제가 아쉬운 것은 제 후원과는 상관없이 그 교회 목사님 몇 분이라

도 교수님이 쓴 수필은 읽어 봤으면 좋았을 것이라는 생각을 합니다. 교수님은 단편소설도 쓰시는데 거기에는 "요단강 건너가 만나리."라는 것도 있었습니다. 그것을 읽고 저는 많은 생각을 했습니다. 장례식 때 천국에 가시라고 부르는 찬송인데, 저는 죽은 뒤 정말 천국에서 가족을 만날 수 있을까를 다시 생각하게 되었습니다. 우리는 지상에서 죽을 때 육의 몸으로 죽지만, 천국에서는 전혀 다른 모습인 영의 몸으로 존재하는 것인데 훗날 내가 죽어서 어떻게 어머니를 알아볼 수 있을지, 또 천국에 있는 어머니가 지상에서 가족들이 모여 추도예배를 드릴 때마다, 무한의 세계에서 유한의 세계로 와서 지상의 우리와 교제할 수 있는 것인지? 또 막내아들 결혼을 못 보고 안타깝게 돌아가신 분이 그 아들을 잊지 못하고 천국에서 그 아들을 위해 기도를 쉬지 않고 있다면 이 세상의 고통과 슬픔을 그대로 안고 천국에 갔다는 말이 되는데 다시는 사망이 없고 애통해하는 것이나 곡하는 것이나 아픈 것이 다시는 있지 아니한 천국에서, 그런 부담을 안고 어찌 안식할 수 있겠는가? 이런 교수님의 주장에 저는 많이 흔들렸습니다. 목사가 교인들에게 천국을 잘못 가르치고 있는 것은 아닐까? 잘 가르치고 있다면 교수님 같은 오해가 잘못된 것이라는 것을 밝혀야 하는 것이 아닐까? '불신 지옥, 예수 천당'이라는 구호로 불신자들에게 잘못된 인식을 심어주어 그들을 교회로 유인했다면 이것은 범죄행위가 아닌가? 이런 생각도 했었습니다.

사실 교역자들이 신학대학, 신학대학원, 교회, 그리고 바로 젊어서 설교 현장에 뛰어들었다면, 기독교 세계관의 지평이 편협할 수도 있겠다는 생각도 듭니다. 그런 점에서 저는 교역자들이 교수님의 수필을 한 번쯤 읽어봐 주었으면 좋았을 것 같다는 생각을 해본 것입니다. 그러나 제 문제에 대해서는 제발 다시는 걱정하지 마시고 교회 후원문제도 손을 놓으십시오.

박 교수는 의외의 답변에 약간 놀랐다. 자기는 편협한데 김 선교사가 더 너그럽고 의연한 것 같았기 때문이다. 자기는 세속적이고 초조하고 근심 걱정이 넘치고 예수 그리스도를 온전히 의지하지 못하고 늘 불안해하는데 그녀는 하나님의 요새와 반석에 앉아 하나님의 구원을 찬양하고 있는 것 같은 느낌이 들었기 때문이다. 가뭄 속에 요단 앞 그릿 시냇가에 숨어 있는 엘리야 선지가 하나님이 까마귀를 통해 보내주는 떡과 고기를 먹으며 다음 명령을 기다리고 있는 것처럼 그녀는 자기는 잘 있으니 아무 걱정을 하지 말라는 것이 자기를 더욱 초조하게 하였다.

한 달 뒤에 박 교수는 다시 김삼순 선교사에게 이것이야말로 자기가 최선을 다한 마지막 편지라는 뜻으로 메일을 또 보냈다.

사랑하는 내 딸 김심순 선교사에게

나는 지난번, 네 편지 때문에 다시는 협력교회의 청원은 잊어버리기로 하였다. 그러나 혹 그 목사가 어떤 부담감이 있어 답을 주지 않을까 해서 한 달을 더 인내하고 기다리기로 하였다. 그러나 아무런 답변을 받지 못했다. 다만 그때 내가 서운했던 것은 교회는 다양성을 가진 개별 교회로 나타나면서, 전체로서 그리스도의 몸을 이루는 우주적 교회로 존재하는 공동체라는 것을 왜 그는 인정하지 않을까 하는 안타까움이었다. 예수 그리스도를 '주'라고 고백하는 성도들의 모임인 교회는 시대와 장소와 교파와 교리에 구애받지 않고 하나님을 아버지로, 우리는 그의 백성이며 형제로 세상으로 나가 예수 그리스도의 복음을 전하여 하나님의 나라를 확장하는 사명을 받은 공동체가 아니냐? 그래서 나는 그리스도의 형제로서 어떤 조언이 있을 것을 기대하고 있었다.

나는 여러 면에서 교회가 참 생명이신 예수님을 잃어가고 있다고 생각해서 마음이 아프다. 우리나라는 현재 국운이 풍전등화처럼 위태로운 상태에 놓여 있는 것을 너도 알겠지. 그래서 얼마 전 나는 주간 지방지에 '우리의 생명줄은 예수 그리스도'라는 글을 기고한 일도 있다. 우리나라의 불안한 장래는 미국이나 중국, 러시아 등의 동아줄을 붙잡는다고 살길이 열리는 것이 아니고, 오직 생명의 동아줄은 예수 그리스도라고 강력히 주장하기 위해서였다. 그런데 내가 주장한 최후의 보루인 교회가 국내에서 무너져가고 있다면 오직 방황이 있을 뿐이다.

나는 『성 프란체스코의 작은 꽃들』이라는 책 속에서 '어떻게 프란체스코는 구비오의 매우 사나운 늑대를 길들였는가.'를 읽은 일이 있다. 프란체스코가 구비오 마을에 머물고 있을 때 그 도시의 주변에는 굶주리고 광포한 늑대가 한 마리 살고 있었다. 그 늑대는 짐승뿐 아니라 사람까지도 잡아먹곤 해서 사람들은 너무 공포에 사로잡혀서 누구도 성문 밖으로 나갈 수가 없었다. 프란체스코는 자기가 늑대를 만나 담판을 짓겠다고 산중으로 늑대를 만나러 갔다. 이것은 영웅적인 행위로 아무나 쉽게 할 수 있는 일이 아니다. 늑대는 그와 그의 제자를 향해 달려들었다. 그는 십자가의 성호를 늑대를 향해 보였다. 그러자 늑대는 유순해졌다. 프란체스코는 늑대를 부르면서 말했다.

"나에게 오라. 늑대여! 그리스도의 이름으로 명하노니 나와 누구도 해치지 말라."

그때 참으로 놀라운 기적이 일어났다. 늑대는 머리를 숙이고 프란체스코 앞에 어린 양처럼 앉았다.

"형제 늑대여, 너는 이 지방에서 많은 해를 끼쳤다. 그리고 너는 무자비하게 하나님의 피조물을 파괴함으로써 크나큰 죄악을 저질렀다. 너는 짐승을 해쳤을 뿐 아니라 심지어 하나님의 형상을 가진 사람들조차도 잡아먹었다. 그러므로 너는 극악무도한 강도나 살인자처럼 사형을 받기에 합당하다. 또한, 모든 사람이 너를 증오하고, 미워하는 것이 당연하며 도시 전체가 너의 적이 될 수밖에 없다. 그러나 형제 늑대여, 나는 너와 시민들 사이에 평화를 맺어주기를 원한다. 그래서 그들이 너로 말미암아 더는 해를 받지 않게 되고 그들도 너의 지나간 모든 죄를 용서한 후에 사람이나 개들조차도 다시는 너를 미워하지 않게 되기를 바란다."

늑대는 이 모든 것을 알아듣고 수긍하는 모습을 보였다. 프란체스코는 다시 말했다.

"형제 늑대여, 너는 이 평화조약을 지키기를 원하였으므로 나는 너에게 약속한다. 나는 이 도시 사람들에게 네가 살아 있는 동안 날마다 너에게 음식을 갖다 주고, 네가 절대 굶주림으로 고통을 당하지 않도록 해주라고 말하겠다. 왜냐하면, 네가 여태까지 행한 모든 악은 굶주림 때문에 나온 것임을 나는 알고 있기 때문이다. 그러나 나의 형제 늑대여, 내가 이와 같은 은혜를 베푸니 너는 다시는 어떤 동물이나 사람도 해치지 않을 것을 약속하기 바란다. 너는 나에게 그것을 약속하겠느냐?"

프란체스코가 그 맹세를 받기 위해 손을 내밀었을 때 늑대도 그 앞발을 부드럽게 얹어 놓았다. 그는 말하였다.

"형제 늑대여, 나는 너에게 예수 그리스도의 이름으로 명한다. 두려워하지 말고 나와 함께 마을 안으로 가서 주님의 이름으로 평화조약을 맺자."

마을로 내려온 그는 마을 사람들에게도 말했다,

"사랑하는 여러분 앞에 서 있는 형제 늑대는 나에게 약속했습니다. 그리고 맹세했습니다. 늑대는 여러분과 화평할 것이며 여러분이 매일 그를 먹이기로 약속한다면 그도 여러분을 해치지 않을 것입니다. 그리고 나는 형제 늑대를 위하여 나 자신을 보증인으로 맹세합니다. 그는 신실하게 이 평화조약을 이행할 것입니다."

이렇게 해서 늑대와 마을 사람 사이에 평화가 이루어졌다는 것이다.

너는 이것을 어떻게 생각할지 모르지만 나는 이것은 현실성이 없는 동화 같은 이야기라고 생각한다. 어떻게 그 호전적인 늑대가 그 본성을 드러내 언제 표변할 줄 모르는데 영원히 유순해진다는 것을 믿으며, 두려워 떨던 사람들이 그 늑대와 평화조약을 맺을 수 있겠느냐고. 그러나 내 간절한 소망은 혹은 내 믿음이라고 해도 좋은데 나는 우리나라 기독교인이 참 예수의 제자가 되어 다 프란체스코와 같은 마음이 된다면 8·15광복과 같은 하나님의 선물이 이 나라에 임한다고 믿는다. 평화는 결코 상대방을 위협해 궁지에 몰아넣거나, 눈치를 보고 비위를 맞추거나 해서 얻어지는 것이 아니며, 늑대의 마음을 움직이는 하나님의 섭리가 있어야 하기 때문이다. 모든 주의 백성들이 함께 모여 "보라 내가 새 일을 행하리니"하고 선언하시는 하나님의 음성을 듣고 믿는다면 그때는 동화가 현실로 나타나는 기적의 순간을 볼 수 있게 될 것이라고 나도 믿는다. 엉뚱하게 평화협정의 성사를 인간적인 방법으로 미리 꿈꾸고 그것을 정치적인 거래로 이용하려 한다든지, 군중의 인기를 사로잡는 포퓰리즘의 도구로 삼으려 한다면, 하나님께서는 기적을 거두실 것이다.

그런데 나는 지금 한국 교회의 실상에 절망하고 있다. 최근 우리나라에서 2,000명이 넘는 교인을 가지고 있는 한 교회가 장로 선출을 하는데 '장로 피택 후보추천 수락서'라는 것을 후보자들에게서 돌리고 받았다는구나. 거기에는 최근 3년간 교회에 낸 헌금 내역을 전 교인에게 공개하겠다는 것과 교회건축 등 필요할 때는 자기 재산을 담보로 연대보증을 서겠다는 것, 그리고 교회의 공식 집회에는 빠지지 않겠다는 서약 등이 들어있었다는 것이다. 그런 서약의 당위성을, 진정한 죄의 회개는 "지갑이 먼저 회개해야 한다."라면서, "제물 앞에 사람을 세워보아야 그 신앙의 깊이를 알 수 있기 때문"이라고 당당히 말했다는 것이다. 그리고 재정보증은 현 시무(視務) 장로도 과거 교회건축을 할 때 다 집을 잡히고 재정보증을 섰기 때문에 현재의 교회가 세워졌고, 그렇게 해서 세운 교회의 부채는 현재 거의 다 갚아가고 있다면서 새로 세울 장로도 옛 시무장로와의 형평성을 고려해서 그 항목의 서약은 마땅하다고 했다는 것이다. 이렇게 물질 중심, 율법 중심으로 뽑힌 장로가 어떻게 교인의 권징을 관리하고 교회의 영적인 관계를 살피며 또 교인들이 교리를 오해하거나 도덕적으로 부패하지 않도록 권면할 수 있겠니? 영적인 지도자들은 마지막 날 하나님의 심판대 앞에 설 때 자기들이 교인들을 양육할 때에 했던 일들을 하나하나 하나님 앞에서 보고(會計)해야 할 사람들인데 이것이 그런 장로를 뽑을 때 있을 법한 서약 항목이니? 이것은 교회가 교회이기를 그만둔 속인들의 모임이다.

사랑하는 삼순 선교사야, 나는 너희 후원에 관한 것을, 왜 인간인 교회의 당회장 목사나, 행정담당 목사를 의지하여 문의했는지 심히 후회하였다. 내가 물어야 할 하나님께 왜 기도하며 묻지 않았는지 너무 죄스러웠다. 그래서 내가 뒤늦게 회개하고 하나님께 기도하며 받은 응답은 "남의 살을 떼어 주려고 하지 말고 네 살을 떼어 주어라."는 말씀이었다. 왜 그 생각을 진즉 하지 못했는지 너무 하나님께 죄스러웠다. 그래서 이번에 내 살을 깊이 도려내지는 못했지만, 다음 내 수필집의 자비출판을 위해 비축해 놓은 돈을 너에게 보내기로 하였다. 나는 당장 책을 내지 않아도 된다. 큰돈은 아니지만 받아 유용하게 써 주었으면 한다.

그리고 이번 기회에 너에게 부탁하고 싶은 것은 해외 선교를 접고 귀국해라. 그 나라에 귀화해서 그 백성과 함께 괴로움을 나누고 평생 살 생각이 아니면 조국으로 돌아와 우리나라 선교사로 일하면 어떠냐? 우리나라는 지금 선교사를 파송할 형편의 나라가 아니다. 자기 나라는 원전을 폐기하면서 다른 나라에 가서는 원전 수주를 받으려고 로비스트가 되어 가 있는 것과 같다. 지금 우리나라 기독교의 현주소와 너의 선교 활동은 무관하지 않다. 지금은 역 선교로 우리나라에 선교사를 받아들여 참 교회를 세우고 모든 교회의 교인들이 진정한 하나님의 백성으로, 천국 백성 증인의 삶을 사는 모습을 세상에 보여야 할 때다. 왜 목사의 아들들이 빗나가며 왜 선교사의 부모가 교회에 안 나가는지 생각해 보았니? "그런 하나님이면 나도 믿고 싶다."라며, 세상 사람들이 기독교 교인들의 변화된 삶을 보고 따르고 싶어 해야 하는데 예수 믿는 사람을 보고 다 외면하는구나. 깊이 생각해 보아라.

김삼순 선교사는 일주일 후에 이에 답신을 보내왔다.

교수님^^

답신이 늦어 죄송합니다. 큰 충격으로 많이 울고 기도했습니다. 무엇보다도 부모님을 회심시키지 못한 죄책감 때문에 괴로웠습니다. 많이 기도하면서 제가 정말 하나님을 모르는 나라에 와서 선교사로서 잘하고 있는지를 생각했습니다. 지금까지 주님을 위해 산 제 삶은 무익한 것이었는지를 돌아보았습니다. 주님께 합당한 열매를 드리지 못한 삶을 살았다면 제가 심판을 받아야지요. 그런데 지금까지의 제 삶은 끊임없이 주의 인도하심에 따른 것이었습니다. 그렇지 않았다면 지금까지의 제가 고통 중에 이겨낸 고난의 뜻은 설명할 길이 없습니다. 또한, 형제자매들을 주 앞에 인도했을 때의 환희와 기쁨도 설명할 길이 없습니다.

저는 주님께서 교수님께 주신 계시가 있는 것처럼 제 개인에게도 제게 합당한 계시가 계속 있었다고 생각합니다. 그리고 제게 중요한 것은 주님께서 저 자신에게 주신 계시입니다. 저는 주께서 어려서부터 지금까지 불러주셔서 저는 저에게 맡겨주신 사명을 수행하며 열심히 살아왔다고 확신합니다.

제가 주님의 어떤 인도로 여기까지 왔는지를 말씀드리겠습니다. 저는 예수를 모르던 초등학생 때 마을에 있는 어느 작은 교회에 호기심을 가졌는데 하나님은 그때부터 저를 부르셨다고 생각합니다. 그때 교회에 가보고 싶다고 했더니 아버지는 "네가 무엇이 아쉬워 그런 곳에 나가냐? 부모가 없냐? 무엇이 부족하냐? 동네 사람 창피한 짓 하지말라."고 노발대발하셨습니다. 집에서 4, 50분 떨어진 고등학교에 다닐 때 친구의 권유를 따라 처음으로 교회라는 곳을 가보았습니다. 그때 부모에게 거짓말을 해가며 교회의 고등부 교사가 가르치는 대로 주기도문과 사도신경을 집에 가는 길에 외웠는데 그때의 기쁨은 구름 위를 걷는 것처럼 황홀했던 것을 기억합니다. 대학은 집에서 아예 멀리 떨어진 곳이어서 거짓말하지 않고 자유롭게 교회를 다닐 수 있게 해 달라고 기도하기도 했습니다. 그리하여 대학에서는 CCC 동아리에 들어갔습니다. 그리고 2학년부터 졸업까지 순장으로 지냈습니다. 순장이 되어 순원들을 양육할 때는 그 삶이 그렇게 즐거울 수가 없었습니다. 처음으로 제 인생에 목표가 생긴 것을 깨달았습니다. 책임감이 생기고, 순원들을 권하여 신년금식기도회, 여름 수련회 등에 열심히 참석하면서 점차 캠퍼스 전임간사의 꿈을 키우기 시작했습니다.

졸업 때 대학원에 진학할까, 직장을 가질까, 방황하기도 했습니다. 그러나 선배들의 충고와 금식기도 끝에 얻은 결론은 진학도, 직장도 아닌 CCC 동아리 간사로 사는 것이었습니다. 저는 지금도 하나님께서 저를 그렇게 불러 세워주셨다고 믿습니다. 제가 원해서 교회에 간 것이 아닙니다. 제가 원해서 순장이 된 것이 아닙니다. 저를 지금까지 이끌어주고 간사의 삶을 살도록 결심까지 하게 해주신 분은 하나님이십니다. 하나님께서 20여 년간 저를 인도해 주시고 먹여주시고 입혀주셨으며 지금도 저는 주님의 심부름꾼이며 주님의 사역을 하고 있다고 확신합니다. 그 확신을 저에게서 빼버리면 지금까지의 제 삶은 공허 바로 그것입니다.

교수님^^

저를 향한 주님의 계시는 분명합니다. 죄송하지만, 그래서 주님의 일을 방해하는 것은 마귀의 장난이라고 생각하기로 했습니다. 예수님께서도 열두 제자를 세상에 내보낼 때 먼저 주님의 일을 방해하는 귀신을 제어하는 권능부터 주셨습니다. 심히 죄송하지만, 교수님께서 아무리 그럴듯한 말로 포장할지라도 저는 교수님의 유혹을 마귀의 간계(奸計)로 생각하기로 했습니다. 제가 의지한 성경 말씀은 "마귀의 간계를 능히 대적하기 위하여 하나님의 전신 갑주를 입으라"(엡 6:11) 와 "근신하라 깨어라 너희 대적 마귀가 우는 사자 같이 두루 다니며 삼킬 자를 찾나니"(벧전 5:8)입니다. 저는 마귀의 유혹을 이기고 승리할 것입니다.

교수님, 거듭 죄송합니다. 저는 교수님의 권고에 따라 한국에 돌아가는 것을 하지 않겠습니다. 이제부터는 "사랑하는 내 딸 김삼순 선교사"라고 부르는 것도 거부합니다. 그리고 이번 일회성 후원금과 매월 보내주시는 후원금도 거절하겠습니다.

언젠가는 제가 탕자처럼 아버지 품으로 갈 때가 있을지 모르겠습니다. 그러나 현재는 교수님 후원과 권고가 너무 부담스럽고 제 사역을 방해하는 간계 같습니다. 지금까지의 사랑과 돌보심에 감사드립니다. 또 일시 후원금은 교수님 댁으로 우편전신환으로 송금될 것입니다. 20여 년간 만나와 메추라기로 먹이신 하나님을 저는 의지하고 믿습니다. 믿음은 바라는 것의 실상입니다. 저를 통해 주님의 뜻을 이루소서.

박 교수는 김 전도사의 최후의 통첩에 머리가 하얗게 되고, 정신을 잃고 쓰러질 뻔하였다. 부흥강사가 손가락으로 자기를 가리키며 "주의 일을 훼방하는 마귀여, 물러나라!"라고 외치고 있었다. 그러자 모인 청중들이 "아멘!"하고 큰소리로 외치는 소리가 들렸다.

박 교수는 이때 "정신을 잃지 말아야 한다."라고 자신을 진정시키고 있었다. "김 선교사의 모든 말은 들어줄 수 있다. 그러나 나는 마귀가 아니다."라고 큰소리로 외쳤다. 이 우주에 자기를 변호해 줄 누가 있는가? 자기가 믿는 예수 그리스도가 자기 손을 들어주지 않으면, 자기는 영원히 마귀일 수밖에 없다고 박 교수는 생각했다. 그것이 신앙이 아니던가?